U0065818

直到被黑暗吞噬

世界最恐怖小說精選

死之眼

愛倫·達特洛 主編

吳妍儀 譯

各大權威媒體盛讚不已！

一個令人驚歎且完美無瑕的系列，展現了該類型中最恐怖的作品。達特洛對令人恐懼與不寒而慄的嗅覺，完全沒有任何類型上的限制，其中包括普通人的惡意與超自然的殘酷。令人激動，充滿文學性，且完全讓人恐懼的選集，絕無例外！

——**出版家週刊**

三十多年來，愛倫．達特洛一直都是恐怖的核心，她帶給你最最恐怖的故事，並滿足恐怖迷們渴望得到的膽戰心驚……而且這樣的選集還越編越出色。她是行業中所有人的偶像！

——**《信號地平線》雜誌**

如果忽略了愛倫．達特洛這本選集，相信再也沒有其他的投機選擇了。這本書的陣容可能是……不，是絕對教人驚豔！恐怖小說中最恐怖的才華全都橫溢其中！

——Tor.com

本書是由令人尊敬的恐怖女王愛倫·達特洛編輯的作品……書中的故事既經典又創新，同時又不失恐怖創作的主題：恐懼。

——**紐約時報**

本書是過去十年來的最佳恐怖小說調查……強烈推薦給對當代恐怖和黑暗幻想感興趣的人，以及正在尋找那些最傑出、最恐怖短篇小說的讀者。

——**《書單》雜誌**

如果你想閱讀短篇小說，達特洛的「年度最佳恐怖小說」系列絕對是最佳投資，這本書也不例外！

——**「奇幻冒險」YouTube頻道**

不容質疑的精采質量，非常出色，無比崇高……還需要我再多作評論嗎？還在懷疑達特洛式的奇幻有多精采嗎？恐懼不死，並且仍活在人們的皮膚之下。如果你還不明白黑色小說的趣味所在，請翻開這本書！

——**《軌跡》雜誌／伊恩·蒙德**

屢獲殊榮的編輯愛倫·達特洛收集了二十八種令人恐懼與不安的樂趣。除了能夠讀到出色的小說之外，這本書也是尋找作家新星，並透過短篇小說來豐富生活的理想作品！

——**寇克斯評論**

從著名的尼爾‧蓋曼到其他應該成為名人的作者，
如同以往，達特洛再次兌現了她承諾的「年度最佳恐怖小說」！
——**華盛頓郵報**

愛倫‧達特洛又完成了一部具有高度價值的作品！
傑出的短篇故事是這部作品的特色所在，
除此之外，這本書也同樣提供了許多關於恐怖小說領域的寶貴資訊。
——**英倫奇幻獎／瑪利歐‧古斯蘭迪**

本書是達特洛十年來的最佳恐怖小說調查結果，
也展現了她在該領域中的才華與思想趨勢。
本書的內容擁有堅實的說服力，同時也是達特洛為培育人才所做的工作成果。
——**《軌跡》雜誌／約翰‧蘭根，〈2018恐怖精選〉**

由雨果獎得主愛倫‧達特洛編選這個黑暗寶石系列已有十年之久，
如今，她的名字幾乎與驚嘆號畫上等號！
——**邦諾書店「我們最喜歡的2018奇幻‧科幻小說」部落格**

目錄

引言

歡迎來參與這個表揚過去十年優秀短篇恐怖小說的慶祝活動。

在編輯「年度最佳幻想與恐怖小說」（*The Year's Best Fantasy and Horror*）的恐怖小說部分二十一年之後，這個系列停止出版了，但夜影圖書公司挺身而出，同意讓我編輯一本年度恐怖文選，「年度最佳恐怖小說」（*The Best Horror of the Year*）。現在，在成果豐碩的十年之後，我們呈現的是一部精選集中的精選集，選自這個仍在出版的系列前十卷，其中包括許多我個人最喜歡的故事。

我從這十卷中的每一卷裡，挑了大約二到四篇短篇。在我重讀的過程中，我領悟到一件事：現在出版的高品質恐怖小說有多麼多，甚至比十年前更多了。卓然成家的作者們繼續產出頂尖作品，而選中我沒出版過的作者的故事，總是很令人振奮。我在揀選過程中甚至從來沒考慮過這一點，但這是我在總結這一年的時候注意到的事情。

這本書裡有活屍、吸血鬼、連續殺人魔、鬼故事跟洛夫克拉夫特式恐怖，這證明了我參與企圖哀嘆恐怖橋段已招式用老的小組會議時，一貫強調的事情：這些橋段／怪物之所以陰魂不散，是有理由的。它們不是老套路，也沒有疲態盡露。只要作家以新鮮的觀點來看待這些橋段，繼續創造出令人振奮的新詮釋，這些橋段永遠不會過時。相信我，你會看到的。

從我開始為我的年度最佳短篇選集工作以後，我讀的長篇小說就寥寥無幾了，因為我大多數的時間都被閱讀短篇小說占用了。然而我想要提一提過去十年裡我最喜歡的一些長篇：

托比．巴洛（Toby Barlow）的《利齒》（*Sharp Teeth*，Harper出版）是一部以韻文形式寫的狼人小說，別被這種文體嚇跑了。這是不押韻的無韻詩，而這本書絕妙的扣人心弦之處，有一部分在於語言上的濃縮。放膽去讀，你不會失望的。高度推薦。

傑佛瑞．福特（Jeffrey Ford）的《陰影之年》（*The Shadow Year*，William Morrow出版）是福特的中篇小說〈補綴之城〉（Botch Town）令人滿意的擴寫，為一九六〇年代初期在紐約長島的成長過程，創造出一幀鮮明的快照。兩兄弟跟他們的小妹妹探查社區裡的神祕事件，部分得力於妹妹看似超自然的偵察能力。成年主述者回顧他家族故鄉黑暗的一年時，從來沒有干擾到故事，而這些角色極其真實，以至於讀他們的事幾乎讓人心痛。高度推薦。

約翰．傑維德．倫德維斯特（John Ajvide Lindquist）的《血色童話》（*Let the Right One In*，Quercus出版）原本是二〇〇四年在瑞典出版的。此書在二〇〇七於英美出版時引起廣大迴響，而根據小說改編的電影在二〇〇八年問世。我先看過電影，而雖然到頭來我喜歡電影勝過小說，小說本身還是相當好。奧斯卡，一個被霸凌的十二歲小孩，跟他離婚的母親一起住在斯德哥爾摩鄰近外圍的一個住宅區。神秘的鄰居搬到隔壁，隨之而來的是該區的幾樁殘暴謀殺案。奧斯卡遇見了其中一個新鄰居，跟他一樣孤獨的兩百歲吸血鬼孩童依萊。在他們的關係發展中，有些精妙的神來之筆。而且書中也有些極棒的場景，指出要是一個吸血鬼沒有遵循自身種族的規矩，像是未經邀請就進入一處住所，會發生什麼事。小說與電影都對青春期前的孤寂與陰冷荒涼的瑞典冬季，做出絕佳的描述。

克里斯提安．孟克（Christian Moerk）《吉姆情人》（*Darling Jim*，Henry Holt出版）的

開頭，是一對姊妹及其姑母的屍體令人震驚地在都柏林郊區被人發現，接著展開的是更多的恐怖，這一切全都是出自一個誘人的流浪說書人，他不可思議的魅力，迷惑了範圍內的每個女人與女孩。吉姆達令——受他引誘的人這麼稱呼他——在他編織關於兩兄弟、一匹狼、一個詛咒與一位公主的故事時，迷惑住他造訪的酒吧裡的常客。一個其實想成為圖像小說家的年輕郵差，意外發現死亡姊妹之一的日記之後，固執地追求通往真相的線索，費盡心力破解了三人死亡的謎團。

柴納・米耶維（China Miéville）的《被謀殺的城市》（*The City & The City*，Del Rey出版）是一則黑暗、形而上的警察程序小說，以一具屍體的發現開場。謎團是建立在米耶維所創造的不尋常世界之上，這個世界就跟米耶維過去曾想像過的任何世界一樣奇異：在一個不同於我們自身世界的另類現實中，兩個東歐城市——貝澤爾與烏廓瑪——重疊在相同的空間之上，然而兩城的市民都被禁止承認另一個重疊城市的任何人／事／地點，或與之互動。「跨界監察」會被召喚來處理被逮到犯法的人，而這些罪人會從此消失。一個來自貝澤爾極重案組的警探奉命偵辦這樁謀殺案，而他的人生徹底轉變。這是很棒的閱讀經驗。

莎拉・華特絲（Sarah Waters）的《小陌生人》（*The Little Stranger*，Riverhead出版）是一本絕佳的歷史小說，慢慢地堆疊緊張感，從而變成一個擾人的心理學謎題與鬼屋故事。這個故事是在二戰戰後仍苦於物資短缺的英國，從一位中年地方醫師的觀點來講述的。法拉第醫師變成了豪翠山莊屋主的醫師，多年前他母親在這個現已搖搖欲墜的豪宅裡當女僕。這一家的成員是因為壓力而變得精神失常了，還是豪翠山莊裡真的有什麼東西企圖「逮住」他們？儘管這棟房子成了廢墟，法拉第被當地仕紳階級接受的渴望，還有他固執、極端的合理化思考，卻把這棟房子變成焦點所在；還有，這種從童年開始主宰他想像的執念，讓他無法在及時真正幫上忙。

彼得．史超伯（Peter Straub）的《黑暗物質》（*A Dark Matter*，Doubleday出版）是優雅、有娛樂性的小說珠玉之作，作者是目前這個領域頂尖恐怖風格名家之一，此書有四百一十六頁的篇幅，讀起來感覺卻快得多；內容是關於一個發生在六〇年代的災難性事件產生的後續影響，當年一群青少年在他們那位自封的大師領導下，進入了一個神秘沼澤，他們沒有一個人對此有準備，然而所有人都面對嚴重的後果。多年之後的現在，這個群體中沒有被大師迷惑的一位成員受到驅策，要去調查他的朋友們到底發生了什麼事。

史迪格．拉森（Stieg Larsson）的千禧年三部曲〔《龍紋身的女孩》（*The Girl with the Dragon Tattoo*，Vintage出版）、《玩火的女孩》（*The Girl Who Played With Fire*，Vintage出版）、《直搗蜂窩的女孩》（*The Girl Who Kicked the Hornet's Nest*，Knopf出版）〕創造出一個現代小說裡最令人難忘的一位英雄：莉絲白．莎蘭德，一個從童年開始就受到瑞典社福體系系統性虐待的年輕女性，儘管有這種遭遇，還是長成一位傑出的電腦駭客（雖然她缺乏「待人」的技巧）。這三本書對於上達政府層級的腐敗，做出一個引人入勝的小說式研究，而且真正無愧於第一部原本的標題，《憎恨女人的男人》。這三部曲很黑暗、暴力、性感又充滿吸引力。

米雪兒．佩弗（Michelle Paver）的《暗物質》（*Dark Matter*，Orion Books出版）是一個懸疑的鬼故事，一九三七年一支英國籍北極科學遠征隊去了格魯呼肯，一個遺世獨立的挪威海灣。謠傳格魯呼肯鬧鬼。這個故事大半是透過傑克．米勒所寫的日記來講述，米勒是個二十八歲男子，急於逃離讓他自覺失敗的倫敦。此書對於北極冬天陰冷荒涼的描述，讓人想起丹．西蒙斯（Dan Simmons）的史詩巨作《極地惡靈》（*The Terror*），但《暗物質》是更小規模、感覺更親密的故事，透過一個人的聲音講述。不過日益增加的幽閉恐怖感、落入圈套的感受與鬧鬼過程本身，全都異乎尋常地有效果。

葛拉漢・喬伊斯（Graham Joyce）的《靜默之地》（*The Silent Land*，Gollancz/Doubleday出版）是個關於死亡的黑暗奇幻故事，但這是在謎團與恐懼當前時，對生命、愛與信任的頌歌，屬於當代、豐富而歡樂。一對夫婦在庇里牛斯山脈滑雪時被雪崩吞沒。傑克把佐伊挖出來，然後他們一起回到旅館去，那裡空無一人。從此時開始，事情有了奇怪的轉折：失蹤的旅館員工留下的食物過了好幾天還保持新鮮，人出現又消失，而這對夫婦相信他們一定死了——或者處於某種古怪的停滯狀態。正當你以為你知道情節要往哪發展的時候，讀者（還有書中人物）卻碰上另一個小小的峰迴路轉。以我本人來說，我很高興我一路追隨。

唐納・雷・波拉克（Donald Ray Pollock）的《神棄之地》（*The Devil All the Time*，Doubleday出版）有時候很駭人，卻很難歸類成恐怖小說——但如果讀者能夠欣賞一本以南俄亥俄與西維吉尼亞農村及當地居民為主題、優秀而陰暗的主流小說，這應該不成問題。這個故事有電影《冰封之心》〔*Winter's Bone*，我還沒讀由丹尼爾・伍卓爾（Daniel Woodrell）所寫的同名原著小說〕中那種生猛與難以預料。這些角色中，有個男人相信只有透過越來越細緻的動物獻祭，才能拯救他瀕臨死亡的妻子；一對謀殺成性的夫婦揀選年輕男子來酷刑折磨；還有一對偽裝成傳教士及其助手的職業騙子。

詹姆斯・李・柏克（James Lee Burke）的《愚人之日》（*Feast Day of Fools*，Simon & Schuster出版）。雖然我很愛讀戴夫・羅柏蕭系列小說，但我——就像他的創造者一樣——有時候也需要放下這些書休息一下。所以，柏克以哈克貝瑞・荷蘭警長為主角（一個飽受韓戰期間戰俘經驗困擾的男子）的小說來得正好。荷蘭是柏克前兩本小說的中心人物，其中包括早期的《放下劍與盾》（*Lay Down My Sword and Shield*），書中的荷蘭剛從戰場回來。《愚人之日》沒有超自然元素，卻是個陰暗複雜而引人入勝的故事，內容是關於德州與墨西哥邊境發生的惡行與善事。一個酗酒的前拳擊手目擊一個男人在沙漠中被折磨至死，向警長回報，啟動了一連串凸顯當代美國社會某些引火點：非法移民、毒品走私、剝削兒童、精神病態殺手、腐敗政客與宗教極端分子。

戴瑞．葛雷哥里（Daryl Gregory）的《扶養史東尼．梅霍》（*Raising Stony Mayhall*，Del Rey出版）是一部絕妙的小說，講述一個在暴風雪中被發現的新生兒，他的母親已經死去。他也死了。然後，他睜開了雙眼──他是個活屍。瞞著有關當局（他們會殲滅這孩子）收養他的家庭，替他命名為史東尼。在違背所有科學理由的狀況下，史東尼長大了。而事情從此變得更加有意思。這是對於活屍套路的絕佳新詮釋。

考森．懷海德（Colson Whitehead）《一號區》（*Zone One*，Doubleday出版）是一部讓人全神貫注、逼真、恐怖然而帶點幽默的苦澀活屍小說。活屍瘟疫獲得控制了，以水牛城為基地的政府興匆匆地致力於重建，尤其是重建紐約市。故事從馬克．史皮茲的視角展開，他是駐守下曼哈頓的數名平民清潔隊員之一，他們被派來除掉重裝砲兵隊強襲過之後剩下的任何活屍占住者。在這支隊伍清掃的過程裡，史皮茲回憶著他怎麼會到頭來置身此地。

丹尼爾．歐麥利（Daniel O'Malley）《替身》（*The Rook*，Little, Brown出版）是一部神奇的處女作，陰暗暴戾，然而夾雜著幽默。此書有我讀過最引人入勝的開頭第一句：「親愛的妳：妳現在占有的身體原本是我的。」而就這樣，一個年輕女子兩眼烏青地醒過來，她周圍的地上躺著死人，而她不記得她是誰，也不記得她為什麼置身於這個情境裡。小說的其餘部分不會讓人失望，有個保護大不列顛免於超自然力量的神秘單位、陰謀與大量的混亂暴行，持續地娛樂讀者。

雷爾德．巴隆的《老女人儀式》（*The Croning*，Night Shade Books出版）是作者第一部完整長度的長篇小說（幾年前他曾出版過一本大約四萬三千字的較短長篇）。巴隆讓他可憐無辜的傻氣主角以折磨人的步調，經歷了侏儒妖（Rumpelstilkin）故事驚人而恐怖的重演。巴隆是描繪洛夫克拉夫特式宇宙級恐怖的專家，而這本書——其中包含來自他短篇與中篇小說中的地點與角色——就是寫給會大啖此類作品的讀者。

伊莉莎白．韓德（Elizabeth Hand）的《可得的黑暗》（*Available Dark*，Minotaur出版）是《失落世代》（*Generation Loss*）的續集，兩本小說都是優秀、讓人讀個不停的當代黑暗懸疑小說，主角是卡珊卓拉．妮利（Cassandra Neary），一位卓越攝影師，短暫地點亮了七〇年代龐克場景，然而很快就因為烈酒與毒品而江郎才盡。在緬因州發生某些真正齷齪的事情之後（《失落世代》）妮利逃家去了曼哈頓，在那裡有人祭出豐厚酬勞，還包下所有開銷要她飛去赫爾辛基，鑑定一系列五張據稱由某知名攝影師拍下的照片。一到了當地，她就開始捲入一個斯堪地納維亞死黑金屬邪教組織與犧牲儀式謀殺之中，最後在經濟被毀的冰島，為了求生而奮力一搏。這部強有力的小說裡一直穿插著幽微的超自然元素。《嚴峻的光》（*Hard Light*）是第三部以卡珊．妮利為主角的黑色犯罪小說，她是前紐約龐克運動分子，以其離經叛道的照片、甚至是非常糟糕的行為聞名。在靠著偷來的護照逃離雷克雅維克以後，她在倫敦等待她的情人，而他沒有現身，她很輕易地就被慫恿參加一個由某幫派分子主辦的派對，然後扯進關於骯髒的交易裡——包含古董、古老電影製作工具、美麗而危險的輸家，當然，還有藥物跟酒精。情節很複雜，但就算讀者可能偶爾會在誰對誰做了什麼的複雜情節裡迷路，閱讀這本文筆華美的小說能夠充分彌補這一點。

琳賽．巴若克勞夫（Lindsey Barraclough）的《高個兒藍金》（*Long Lankin*，The Bodley Head/Candlewick出版）是一本絕佳的長篇處女作，在行銷上被歸類為青少年小說。雖然書中三個觀點裡有兩個屬於小孩，這本書應該能夠吸引任何年齡層的讀者。在一九四〇年代晚期，兩個來自倫敦的年輕姊妹被送到英國鄉間一個孤立小村莊去，跟她們的姨婆同住。她們的姨婆奇異而嚴格。這房子鬧鬼，周遭的土地也是。兩個兒童敘述者旁聽到成人對話，而因為她們比讀者更慢才領悟到發生了什麼事，所以我們會為她們感到害怕。書裡有一個詛咒，一名女巫，幾個鬼魂，還有一個能吞沒屍身於無形的沼澤。不自在的感覺緩慢卻毫無間斷地在讀者心中滋長，然而是每個角色的個別聲音，讓這部關於恐懼與絕望的小說如此出色。最後五十頁非常揪心。

維克多．拉瓦利（Victor LaValle）的《銀衣惡魔》（*The Devil in Silver*，Spiegel & Grau出版）很駭人，不過其中的超自然元素退居背景，凸顯對於美國心理健康體系鮮明、令人氣餒而可怕的描述。佩伯是個粗壯憤怒的大個子，因為時機不對的見義勇為，到頭來被送進新海德精神病院，被困在一個有病患宣稱被惡魔跟蹤謀害的地方。

羅柏．傑克森．班奈特（Robert Jackson Bennet）的《美國異境》（*American Elsewhere*，Orbit出版）是我在二〇一三年最喜歡的小說之一。一個心力交瘁的離婚前警察，繼承了她本來不知道屬於她母親（多年前已死於自殺）的房子，這棟房子位於她從沒聽過的「眨眼鎮」；蒙娜．布萊特決定去那裡瞧瞧，希望能夠對她幾乎不記得的母親有更多了解。隨著故事迅速展開，它很高明地混合了科幻小說、黑暗奇幻與恐怖的元素，全都交疊到這個布萊德利式城鎮的主要謎團裡。

如果有可能這麼說，馬里莎．佩斯爾（Marisha Pessl）的《暗夜電影》（*Night Film*，

Random House出版）這部小說既讓人急著看完又慢熱，而這部小說屬於我最愛的恐怖次類型之一：電影恐怖故事。史考特．麥葛拉斯是個調查記者，對神秘、深居簡出的地下電影導演史丹尼斯拉斯．哥多瓦很著迷，此人的電影令人心神不寧、駭人、讓人上癮，而且很難追蹤。對於這位導演的工作方法，一直都有陰森的傳言纏繞不去，而在麥葛拉斯追得太近的時候，他就被人陷害了——他的專業名聲因此直墜地獄。不過在哥多瓦二十四歲的女兒在一棟荒廢建築物裡墜樓而死時，他又被吸回哥多瓦的世界。在憤怒與報復之心刺激下，麥葛拉斯打定主意要證明哥多瓦要為女兒之死負責。我特別喜愛書中幻覺式的怪異，讓人想起約翰．符傲思（John Fowles）的偉大小說《魔法師》（The Magus）。

史蒂芬．鐸賓斯（Stephen Dobyns）《燃燒的宮殿》（*The Burn Palace*，Blue Rider Press出版）有個強勁的開頭：一個新生兒失蹤，一個中年人被剝了頭皮。這些事件與其他嚇人的事情，讓布魯斯特這個城鎮上的居民相當緊張不安。到處都暗示著超自然力量：一個年輕男孩努力發展他的心電感應能力，當地的土狼沒有表現出土狼應有的行為，有人發現類似山羊蹄的巨大兩腳足印，一個居家好男人似乎轉化成得了狂犬病的瘋狂動物。在小說進行的過程裡，城鎮中人類非超自然的行為所創造出的不安氣氛，開始超越超自然的力量，但這種轉變並沒有減低懸疑性。鐸賓斯先前已經有兩本優秀的小說在探究黑暗，具體來說，就是《普契尼夫人的兩次死亡》（*The Deaths of Senora Puccini*）與《死亡女孩的教堂》（*The Church of Dead Girls*）。

喬．希爾（Joe Hill）的《耶誕惡靈》（*N0S4A2*，William Morrow出版）的人物性格描述很豐富，而且讀起來極其令人滿意。我們跟著小維經歷小女孩的神奇童年，在這段期間她發現了一個不可能存在的橋梁通往過去，她可以在那裡找到遺失的物品。不幸的是，她也被一個名叫查理・曼克斯的邪惡之人，還有他的虐待狂瘋子跟班賓注意到了；他們用一輛綽號「惡靈」的古董勞斯萊斯綁架小孩，把他們帶到一個叫做耶誕樂園的地方。這樣的衝突反覆激盪著小維多弁的餘生。

瑞妮・丹菲德（Rene Denfeld）的《迷幻之境》（*The Enchanted*，HarperCollins出版）是一部寫得優美，極端黑暗又讓人心碎的小說，內容是關於一個古老、腐敗的監獄。一個傑出、固執的調查員接下了毫無希望的死刑犯上訴案，深入探究兒童虐待，以便找出線索與可減輕罪行的情節，拯救犯下可憎罪行者的性命。一個遁世的囚犯相信在監獄之下有自由奔馳的狂野金馬，影響著偶爾在鐵窗之後爆發的暴力潮。

戴瑞・葛雷哥里的《我們全都好得可以》（*We Are All Completely Fine*，Tachyon Publications出版）是一本傑出的短篇幅長篇小說，內容是關於一個由五位因為狂暴超自然事件身心受創的男女組成的治療小組。在他們學著（稍微）信任彼此以後，他們開始領悟到他們的經驗可能互有關聯，而且他們的苦難還沒結束。情節聰明，而且充滿了彌漫於最佳恐怖故事之中，讓你覺得旁邊的陰影與轉角可能藏著什麼的那種發毛懼意。

傑夫・范德米爾（Jeff Vandermeer）的《遺落南境三部曲：滅絕、權威、接納》（*The Southern Reach Trilogy: Annihilation; Authority; Acceptance*，Farrar, Strauss & Giroux出版）由相關聯的三本小說構成，是一部讓人讀得欲罷不能、描述縝密、華麗詭譎的創作。在第一卷裡，一支四人遠征隊被派到X禁區——美國一塊曾經被可能發生過的外星人造訪感染／殖民／改變的區域——去探索、調查並搜尋先前失蹤的探險隊發生何事的線索，並且衡量這塊土地上的變化。第二與第三卷互為對比，解釋、分析並分解第一卷中的元素。在《權威》中，讀者見到了指揮官，一個有內在衝突的前任前線情報員，疑似因為他母親在這個機構中的影響力，而被派來負責指揮進入X禁區的探險隊。

M．R．凱瑞（M. R. Carey）是麥克．凱瑞（Mike Carey）的另一個筆名，他的《帶來末日的女孩》（*The Girl with All the Gifts*，Orbit/Grand Central出版）是引人入勝、切入點新鮮的活屍小說。一個名叫梅蘭妮的年輕女孩，跟其他差不多年紀的孩童一起被鐐銬鎖住、被戴上口套、關在一個神秘的營區裡。也有一群老師給他們上課，其中只有一個人似乎特別有同情心。這些孩子是活屍，然而是智力上有所不同的活屍，不像營區外的「餓鬼」，只想找吃的。營區主要是個實驗室，這裡進行著針對這些孩子的實驗，這是情急之下，想要拯救人類免於滅絕的嘗試。

喬許．梅勒曼（Josh Malerman）的《蒙上你的眼》（*Bird Box*，Ecco出版）是令人驚嘆的懸疑處女作，內容是關於一場人類大規模滅絕的倖存者，滅絕的原因在於看到……某種東西所導致的瘋狂。這本書有兩條情節線，一條跟著梅樂莉跟她的兩個幼兒離開他們已經居住多年的避難所，另一條則是回溯她怎麼會跟其他倖存者一起住在那棟房子裡。

保羅．特蘭布雷（Paul Tremblay）的《滿腦子鬼魂》（*A Head Full of Ghosts*，William Morrow出版）是一本絕佳的小說，內容是關於一個表現出思覺失調症症狀的青少年。醫生們幫不上忙。她情急的父親諮詢了一位天主教神父，這位神父助長了父親的宗教狂熱，並相信這個女孩被惡魔附身，急著進行驅魔儀式。有個關於這個家庭及其困擾的實境秀在製作中。這個故事大半是從八歲大妹妹的角度來敘述的，她仰慕她的姊姊，然而她也有自己的心理／情緒問題。因為這一點，還有她的稚齡，她可能不是最可靠的敘述者。這兩個女孩中的妹妹名叫瑪麗迪斯（Meredith），簡稱瑪麗（Merry），並不是個巧合〔效法的是《從此，我們過著幸福快樂的日子》（*We Have Always Lived in the Castle*）裡面的瑪莉喵（Merricat）〕。

史蒂芬・金（Stephen King）的《誰找到就是誰的》（*Finders Keepers*，Scribner出版）寫得極好。我有好一陣子沒有持續追蹤金的出版進度，所以沒發現這本書是我還沒讀過的二〇一四年作品《賓士先生》（*Mr. Mercedes*）的續集。不過沒關係。一位作家在寫完一部暢銷的文學三部曲以後退休了。最後一本書對至少一位讀者來說，並不令人滿意——這人是個精神病態者。有謠傳說有部續集，而這位心理不平衡的讀者想要讀手稿——不計任何代價，從而觸發一連串緊張嚇人的事件。這是一部關於執迷，還有作家對讀者所負責任的小說。

史考特・霍金斯（Scott Hawkins）的《炭山的圖書館》（*The Library at Mount Char*，Crown出版）是一本以怪物般的神為主題的徹底新穎處女作。一個年輕女子跟幾個其他的鄰家孩童，因為一次毀滅性的事件而全部成為孤兒，隨後一起從正常生活中被連根拔起，由一個神秘的男人扶養長大，這個男人變成了他們生性苛求的「父親」。每當讀者很確定接下來會發生什麼事，情節就瘋狂地轉向一個控制精準的不同方向。在全書進展到四分之三的時候，這一點尤其明顯，這時故事看似要結束了。實則不然。這是一部好得驚人、極端黑暗的奇幻故事，講的是諸神的暴行。在詼諧與恐怖之間轉換，正中紅心。雖然我不想過度推銷，此書卻是我在二〇一五年讀到最精緻、最讓人滿足的小說。

蓋瑪・法爾斯（Gemma Files）的《實驗電影》（*Experimental Film*，CZP出版）是怪誕小說（weird fiction）的另一個卓越例子，講的是電影與電影製作過程背後鮮為人知的奧秘。一位苦於憂鬱與焦慮——起因在於要應付一個有自閉症的孩子——的前任電影學老師，被拉進一個對她還有她周遭之人越來越危險的謎團裡。這部小說談到眾多議題：眾神與祂們對於崇拜的要求，觀看與瞥見之間的差別，還有知道什麼時候該撇開視線。以及執迷的危險。毛骨悚然得妙不可言。另一部來自二〇一五年的好作品。

麥特・羅夫（Matt Ruff）的《洛夫克拉夫特之鄉：逃出絕命村》（*Lovecraft Country*，Harper出版）結合了一九五〇年代吉姆・克勞法之下美國的悽慘可怖，還有洛夫克拉夫特神話體系的超自然恐怖。在一九五四年，一個非裔美國人失蹤了，而他的退伍軍人兒子從芝加哥出發，在兩位同伴陪同下去找他。每一章都講了一個不同的故事，建立成一個完整整體，透露出一絲恐怖感——而來自猖獗種族主義的恐怖感，幾乎多過於來自一群邪教巫師喚醒的怪物帶來的恐怖。但就算如此，這絕對肯定是洛夫克拉夫特式的故事，有讀者可以期待的全副偏執妄想、陰謀、家庭秘密與宇宙性恐怖。

這本書與維克多・拉瓦利的中篇小冊子，《黑湯姆之歌》（*The Ballad of Black Tom*）是一同閱讀的絕配。Tor.com的中篇小說計畫在二〇一五年開始出版科幻小說、奇幻與恐怖故事，不過第一部實際出版的恐怖中篇是維克多・拉瓦利的《黑湯姆之歌》（由我買下並編輯）。作者在獻詞裡傳達了他對洛夫克拉夫特的矛盾情感，而他重新想像了〈紅勾區恐怖事件〉（The Horror at Red Hook），以一個年輕的非裔美國人為主角。查爾斯・湯瑪斯・泰斯特受雇遞送一本神秘學書籍給住在皇后區的一位老婦。這個行動讓他開始扯進受到神話激發的神秘事件中。

史蒂芬・葛瑞恩・瓊斯（Stephen Graham Jones）的《雜種》（*Mongrels*，William Morrow出版）是一則黑暗美妙而動人的成長故事，一個年輕未成熟的狼人被他的祖父、姑姑跟叔叔扶養長大，他們全都肩負著教他如何做一個狼人的任務——狼人可以做什麼、不能做什麼，什麼可以傷害或殺死他。此書優雅地在數年的時間區間中來回穿梭，線索就灑落在整個家族歷史之中。

托馬斯・奧爾德・赫維爾特（Thomas Olde Heuvelt）的《歡迎來到黑泉鎮》（*Hex*，Tor

出版）是我讀過數一數二**讓人緊張不安**的作品。一個在紐約上州的小鎮被十七世紀的一位女巫詛咒，這個女巫的眼睛跟嘴巴都被人縫起來。尤其令人緊張不安的是，這個女巫隨心所欲地在整個城鎮裡神秘出現又消失：在街頭、在店鋪、在住家裡。鎮上的每個人都知道有必須遵守的規則，否則他們跟他們心愛的人就會受到傷害。其中一條規則是外人絕對不能知道這種詛咒，所以整個城鎮基本上是跟世界其他部分隔離的。一個新家庭不顧所有企圖勸退他們的努力，一無所知地搬進這個城鎮，隨後一連串事件開始把整個城鎮逼進極端瘋狂的狀態。

大多數長篇超自然恐怖小說對我來說不太有效果，因為我通常會在某一刻無法再暫且擱置懷疑。《歡迎來到黑泉鎮》設法避免了這一點——或許是因為它同時兼具超自然恐怖與心理恐怖。

約翰．蘭根（John Langan）的《漁夫》（*The Fisherman*，Word Horde出版）是一本絕佳的第二作，作者在過去幾年裡持續產出強勁而有文學性的短篇小說，已經在恐怖領域裡建立名聲。在如同完美摺紙工藝品的故事套故事裡，一位漁夫講了關於另一種漁夫的故事，這種漁夫尋求的不只是魚。

安德魯．麥可．赫利（Andrew Michael Hurley）的《隆尼》（*The Loney*，Houghton Mifflin Harcourt出版）本來是Tartarus Press在二〇一四年出版的，並且在二〇一五年贏得聲望卓著的柯斯塔長篇處女作大獎（Costa First Novel Award）。這是一本寫得很優美、力道強勁的哥德小說，是關於三個天主教家庭在蘭開夏郡北海岸曠野的宗教僻靜地發生的事，這個地區被稱為隆尼。他們去那裡是為了治好敘事者的哥哥的失能問題，同時這個地方以鬧鬼聞名，充滿了謎團，有時候也能提供奇蹟。不過奇蹟是有代價的。這種事永遠都有代價。文學恐怖小說的極致。

維克多・拉瓦利（Victor LaValle）的《偷換的孩子》（*The Changeling*）帶著讀者搭上一班情緒上很折磨人的雲霄飛車之旅：一個恐怖的舉動，毀滅了一對紐約夫妻及他們的嬰兒看起來如詩如畫的美好生活。阿波羅・卡格瓦的父親失蹤了，留給他奇特的夢境跟一箱書籍。阿波羅變成了罕見書的書商，自己也成為人父。而他的妻子艾瑪開始舉止怪異，他心生警覺，然而在他能有所作為以前，她做了某件恐怖又無可原諒的事情——然後失蹤了。這個故事變成一個黑暗童話故事，講述阿波羅的史詩之旅，他進入一個超過我們眼界範圍，魔法能夠賦予力量也能摧毀人的世界。

瑞妮・丹菲德（Rene Denfeld）的《尋童者》（*The Child Finder*，HarperCollins出版），是二〇一四年以處女作《迷幻之境》備受讚譽的作者最新的作品。《尋童者》是恐怖小說嗎？可能不是，雖然這是一部關於兒童誘拐與虐待的犯罪小說。一位本身就曾是被誘拐兒童，對自身經驗記憶不多卻飽受困擾的年輕女子，把找回其他失蹤與被誘拐兒童視為己任。這本書很傑出、懸疑、令人心碎又引人深思。當年最佳作品之一。

以下是過去十年我讀過最好的一些單一作者小說選集。

約翰・蘭根的《憔悴先生及其他令人心神不寧的相遇》（*Mr. Gaunt and Other Uneasy Encounter*，Prime出版）是這位作者的第一本作品集，包括五篇中短篇與中篇小說，其中一篇是首次出版。蘭根的作品受到他的學術作品，還有他對於亨利・詹姆斯及M・R・詹姆斯兩人作品的興趣影響。我特別喜歡書名標題中的中篇〈憔悴先生〉，但他所有的小說都值得一讀。他細緻的故事註腳，對於想要知道「你從哪得來這些點子」的讀者來說很有啟發性。

約翰・蘭根五年後出版的《寬廣的肉食性天空及其他怪異地理學》（*The Wide, Carnivorous Sky*

and Other Monstrous Geographies，Hippocampus Press出版），是作者第二本毛骨悚然得絕妙的短篇小說選集。蘭根的中短篇與中篇長度作品尤其光彩奪目，而這本新作裡的幾乎所有作品都是這樣的長度。有八篇原本是在二〇〇八年到二〇一〇年之間出版，一篇是發表在作者的部落格。選集中的原創作品是優秀的中篇。有傑佛瑞・福特所寫的導讀與雷爾德・巴隆所寫的卷後語。

麥可・席亞（Michael Shea）的《驗屍與其他故事》（*The Autopsy and Other Tales*，Centipede Press出版）是一本內容極好、篇幅超厚又有插圖的書，由二十一篇這位已故作者的最佳短篇與中篇構成，其中包含某些我個人的最愛：讓人發毛的洛夫克拉夫特式作品，《肥臉》（*Fat Face*）與中篇《我，蒼蠅說道》（*I, Said the Fly*）。這本選集重印了Arkham House在一九八八年出版過的《波利菲莫斯》（*Polyphemus*）中的全部八篇短篇。雷爾德・巴隆寫了一篇對於席亞作品的導論。其中也包括一篇第一次出版的短篇。

芭芭拉・羅登（Barbara Roden）的《西北航道》（*Northwest Passage*，Prime出版）由十篇短篇（兩篇是初次發表）組成，是令人印象深刻的作品集處女作。其中四篇重印作品在「年度最佳奇幻與恐怖小說」中曾經得到榮譽獎，而還有一篇在「年度」選的第十九集中重印過。評論家麥可・德達（Michael Dirda）為此書撰寫引言。

雷爾德・巴隆的《掩星》（*Occultation*，Night Shade Books出版），是由一位筆力穩健、敘事聲調讓人難忘的作家所推出的第二部作品集。如果你想要文學恐怖小說加上像樣分量、發自肺腑的寒意與偶爾的震懾，你找不到更好的選擇了。三篇過去未發表的原創作品——兩篇中篇與一篇短篇——全都很優秀。有幾篇短篇曾經在我的年度最佳選集裡重印過。

史蒂芬・葛雷恩・瓊斯的《逃脫者》（*The Ones That Got Away*，Prime出版）是一本重要的作品集，其中包括十一篇發表於二〇〇五年到二〇一〇年之間的強勁短篇，還有兩篇新作。瓊斯的作品直入肺腑、暴戾又令人不安。本書有雷爾德·巴隆深具洞見的引言，還有作者寫的作品註解。有好幾個故事都曾在不同的年度最佳選集裡重印過，我自己編的選集也曾選用。

諾曼·帕崔吉（Norman Partridge）《小惡魔》（*Lesser Demons*，Subterranean Press出版）收集了十篇在二〇〇〇年到二〇一〇年出版的短篇，還有一篇新作。無論他的故事落入哪種文類，是冷硬派西部小說、當代黑色小說還是怪物故事，帕崔吉這位作者都一樣遊刃有餘。與書名相同的短中篇是洛夫克拉夫特式作品，而且非常有效果。

西蒙·寇特·昂斯沃斯（Simon Kurt Unsworth）《失落之地》（*Lost Places*，Ash-Tree Press出版）是優秀的處女作品集，收錄十八篇小說，其中十四篇過去從未發表。這些故事的語氣、背景與人物各有不同。有好幾篇特別讓人發毛。

《傑納斯樹與其他故事》（*The Janus Tree and Other Stories*，Subterranean Press出版）是葛倫·赫許伯格（Glen Hirshberg）的第三本短篇小說作品集，而這一本如果沒有比前兩本更好，至少也是一樣傑出。其中收錄了他的十一篇近期短篇。與書名相同的短篇贏得雪莉·傑克森獎（Shirley Jackson Award），另外幾篇曾被選入年度最佳選集裡。兩篇為本書寫的原創作品都讓人膽寒。

利維亞·路維林（Livia Llewellyn）的《慾望引擎：愛與其他恐怖的故事》（*Engines of Desire: Tales of Love and Other Horrors*，Lethe Press出版）是強有力的處女作品集，由十篇在二〇〇五年到二〇一〇年之間刊登的小說組成，還有一篇令人印象深刻、為本書而寫的短中篇，曾在「年度最佳恐怖小說卷四」（*Best Horror of the Year Volume Four*）中重印。路維林創造出面對外界與內在黑暗的有缺陷角色時，態度兇猛而堅定。《暖爐》（*Furnace*，Word Horde出版）是利維亞．路維林的第二本作品集，有十四篇短篇，一篇新作。她是當代優秀恐怖短篇作家中的佼佼者。有一種心理性的性感、有挑撥性、敏銳而複雜。

瑞吉．奧立佛（Reggie Oliver）的《午夜太太與其他故事》（*Mrs Midnight and Other Stories*，Tartarus Press出版）是頂尖品質的第五本恐怖與怪誕故事作品集，十三篇小說裡有四篇是第一次出版。附有作者的隨頁小插圖。這是二〇一二年出版的最佳作品集之一。

克里斯多佛．法勒（Christopher Fowler）的《紅手套》（*Red Gloves*，PS Publishing出版）是極優秀的兩卷作品集，包含二十五篇作品，慶祝作者寫作恐怖小說二十五週年。法勒既多產又多才多藝，這是個必勝組合。第一卷包含在倫敦發生的故事，第二卷則是由「世界」的故事組成。其中有幾篇是為這部作品集寫的原創作品，而其中之一是新的布來安與梅系列故事。

厚達六百頁的《兩個世界與介於中間的事物：凱特琳．R．基爾南精選》（*Two Worlds and In Between: The Best of Caitlin R. Kiernan*，Volume One出版）是非常慷慨的大合集，收錄這位優秀作者從一九九三到二〇〇四年的產出作品。基爾南筆下陰暗小說的粉絲必買。她在地質學與脊椎動物古生物學方面的背景，灌溉了她的科幻小說作品，還有她受到洛夫克拉夫特影響的故事。

《記得你為何怕我》（*Remember Why You Fear Me*，ChiZine Publications出版）是羅伯特．席爾曼（Robert Shearman）的第四本短篇集，也是他唯一歸類為「恐怖小說」的作品集（雖然他有許多早期的故事很黑暗）。這部作品集包含二十一個短篇，其中十篇是新的。享受這個盛宴吧。他在二〇〇八年以第一本作品集《小死亡》（*Tiny Deaths*）贏得世界奇幻小說獎之前，他的名氣來自他是把達立克（Dalek）重新引進《神秘博士》（*Doctor Who*）的編劇。除了這部新的作品集以外，席爾曼從二〇一一年起開始在他的部落格上貼出一系列短篇——某些是重印，大多數是第一次出版。用他自己的話說，原本的主意是：「我寫了一本短篇小說集，叫做《每個人都這麼特別》（*Everyone's Just So So Special*）。而為了慶祝此書問世，我提議讓買下這一百本特別皮製裝訂版的人收到一篇完全屬於他們自己的獨特故事，裡面會出現他們的名字，長度至少五百字。為了證明這些故事**確實是**獨特的，我會把所有故事都貼到網路上，讓全世界都看得到。問題是，這些故事不只五百字。它們比五百字長一點點。可是話說回來，我喜歡挑戰啊。」我不相信他完成了他的任務，但他確實寫了的故事到了二〇一八年還在那裡。請在下列網址享受這位先生腦袋裡冒出來的東西：justsosospecial.com。

喬爾．藍恩（Joel Lane）的《恐怖的改變》（*The Terrible Changes*，Ex Occidente Press出版）是一部優秀的選集。其中包括十四篇短篇，十二篇是過去未結集的，兩篇是第一次發表。藍恩的前言描述了他身為一個怪誕小說作者的演化，而這些短篇涵蓋了他至今二十五年的職業生涯。也由藍恩所寫的《暖爐燃燒之處》（*Where Furnaces Burn*，PS Publishing出版），是一本整體品質極佳的作品集，作者常常被人拿來跟康拉德．威廉斯（Conrad Williams）相提並論，以下我將會提到威廉斯的新作品集。藍恩這本作品集中的二十三篇重印與一篇原創作品全都非常好，而且總是很好讀。藍恩在二〇一三年去世；這兩本作品集分別是在二〇〇九年與二〇一二年出版。

康拉德．威廉斯（Conrad Williams）的《生來有牙》（*Born With Teeth*，PS Publishing出版）是這位作者另一部優秀的短篇小說作品集。書中有十七則風格各異的恐怖故事，原本是在一九九七年到二〇一二年刊登在不同的雜誌與選集中，還包括一個優秀的全新短篇，在「年度最佳選集卷六」重印過。

布萊安・伊凡森（Brian Evenson）的《風眼》（*Windeye*，Coffee House Press出版）呈現了二十五個黑暗、有時怪誕的故事，作者一直備受主流讚譽，儘管事實上他大多數寫的是恐怖小說。今日在這個領域中，他是少數即使作品篇幅不過幾頁，還能直擊人心，又不至於看似用盡心機的作家。

納森・包林葛倫德（Nathan Ballingrud）的《北美湖怪物》（*North American Lake Monsters*，Small Beer Press出版）是作者的第一部作品集。九個短篇裡的某一些幾乎屬於主流小說，我猜你可以說在感性上屬於主流，不過其中總是有一抹怪誕色彩。自從二〇〇三年《科幻》線上雜誌（*Scifiction*）刊出他的第一篇小說以後，我一直震懾於他的範圍之廣。一則為本選集原創的故事是亮點，而且在「年度最佳恐怖選集」裡重印了。

雷爾德・巴隆（Laird Barron）的《等待我們所有人的美麗事物》（*The Beautiful Thing That Awaits Us All*，Night Shade出版）是巴隆的第三本作品集，而有八篇故事原本是在二〇一〇年與二〇一二年之間刊出的，還有一篇新作。巴隆的寫作可能會被形容為一種混合物，混合了洛夫克拉夫特式主題、偏執妄想，還有路修斯・謝柏（Lucius Shepard）那種強悍男子變得軟弱（有時是為了女人）的語言與人物特色。評論家們說湯瑪斯・里戈提（Thomas Ligotti）是洛夫克拉夫特的衣缽繼承者，這說法可能是對的，但巴隆的最佳表現，把宇宙性的恐怖推入二十一世紀。本書附有諾曼・帕崔吉的引言。那一篇新作在「年度最佳恐怖小說選集卷六」裡重印過。雷爾德・巴隆的《迅速追趕》（*Swift to Chase*，Journal Stone出版）是作者的第四本作品集，有十二篇短篇與中篇，有一篇新作。巴隆的短篇小說類型範圍從恐怖、劍與魔法、黑色小說到反烏托邦都有，而且從未太遠離他寫得這麼好的極端黑暗核心。

麥克・馬歇爾・史密斯（Michael Marshall Smith）的《你所需的一切》（*Everything You Need*，Earthling Publications出版）是讓人期待的新作品集，由這個形式的當代大師所寫的十七篇故事組成。史密斯的作品範圍非比尋常，同樣順暢地在恐怖、黑暗奇幻、科幻與主流小說之間漫遊。有三篇新短篇，其中一篇是主流小說，而且讓人心碎。

卡羅爾・強史東（Carole Johnstone）的《明亮的白晝結束了》（*The Bright Day is Done*）是極佳的首作，有十七篇故事，這位英國籍作者的作品曾經刊登在《黑色靜電》（*Black Static*）與《間斷帶》（*Interzone*）與許多選集中，其中也包括「年度最佳恐怖小說選集」與「年度最佳英國奇幻小說」。這些短篇與短中篇中，有五則是新的。必讀。

約翰・康納利（John Connolly）這位愛爾蘭作者的犯罪小說經常充滿不可思議之事，他的《夜間音樂：夜曲第二卷》（*Night Music: Nocturnes Volume 2*，Atria Books/Emily Bestler Books出版）是優秀的第二本短篇作品集，有十三篇超自然故事。書中有五則新的故事，還有一則〈剃刀脛〉（Razorshins）原本是在這本作品集出版前幾個月刊登於《黑色靜電》，這則特別好。

雷・克魯利（Ray Cluley）的《也許是怪物》（*Probably Monsters*，ChiZine Publications出版）是一本強有力的處女作，作者在大不列顛贏得越來越多實至名歸的矚目（有一篇短篇贏得英國奇幻小說獎）。這二十篇故事展現了他的作品範圍廣博，有三篇全新故事，其中之一重印在「年度最佳恐怖小說卷八」。

彼得・史超伯的《內在的黑暗》（*Interior Darkness*，Doubleday出版）是超過二十五年間出版的十六篇短篇與中篇合集，是從這位風格大師的三本作品集裡精選出來的。其中三篇短篇與中篇先前未曾結集。

黎貝佳・洛伊德（Rebecca Lloyd）的《破布人及其他家庭詛咒》（*Ragman & Other Family Curses*，Egaeus Press出版，Keynote Edition I）是由四個令人印象深刻的短中篇組成的限量版迷你精裝選集。〈破布人〉與〈為了兩首歌〉（For Two Songs）都恐怖得讓人驚慌失措。前者曾經在「年度最佳恐怖小說選集」中重印過。洛伊德的《七個奇異故事》（*Seven Strange Stories*，Tartarus Press出版），是這位作者鬼氣森森的陰暗短篇與中篇組成的優秀選集。兩篇是舊作重印。為本書而寫的原創作品在「年度最佳恐怖小說卷九」中重印過。

彼得・貝爾（Peter Bell）的《幽靈：十二個詭譎故事》（*Phantasms: Twelve Eerie Tales*，Sarob Press出版）是七個重印短篇與五則新短篇構成的優秀選集，作者是鬼故事的傑出作家。

納迪雅・布爾金（Nadia Bulkin）的《她說毀滅》（*She Said Destroy*，Word Horde出版）是一部聰明、強勁的處女作品集，有十三則恐怖與怪誕小說，其中一篇是新作。其中三篇是雪莉・傑克森獎入圍作。

泰瑞・道凌（Terry Dowling）的《夜間店鋪：寂寞時刻的故事》（*The Night Shop: Tales for the Lonely Hours*，Cemetery Dance出版）是這位贏得多項大獎的澳洲作者出版的第四本恐怖小說選集，而對於他的作品來說，是個絕佳樣本，有十八篇令人心神不寧的短篇，其中十三篇是新作。此書展現了道凌的頂尖技藝。

威廉・布朗寧・史班瑟（William Browning Spencer）的《非正統的德磊柏先生及其他故事》（*The Unorthodox Dr. Draper and Other Stories*，Subterranean Press出版）收集了史班瑟最近十年的作品——從二〇〇七到二〇一七年——其中包含九篇短篇與一首詩。他的作品超現實、有趣又恐怖，而且寫得非常好。

為「年度最佳恐怖小說選」工作這麼長時間，讓我對「恐怖」一詞中的內在豐富性，有強烈的讚賞。我在過去十年裡選過的故事，是我曾經帶著持續不斷的享受愉悅讀了又讀的故事。因為我就是這樣選擇哪些作品要收入這個選集——我讀過我標註要特別注意的小說好幾次，直到我把選集的字數往下拉到我的年度極限為止。所以你可以想像，我重讀了構成這一卷選集的故事多少遍。

我通常會開玩笑地說我自己是個「毒販」——我確實是。推銷我認為很棒的短篇小說的毒販。我想讓你們這些讀者愛**我身為讀者**很愛的這些故事。我希望你們會以跟我一樣的享受之感，一再重讀這些故事。而或許會把這些故事再「推」給你們的朋友。

低地之海

蘇西・麥基・查納斯

蜜莉安以前來過坎城兩次。電影節的匆促繁忙與魅力光彩，並沒有讓她的注意力維持太久（她對電影沒有愛，而且太過了解造就電影的那票人真實本性如何，以至於魔法無效），但從他們在電影節期間住的旅館窗戶往外看，她可以眺望到海，同時坐著揚帆返鄉的白日夢，靠一艘船對抗來自北非、朝內陸流去的海潮。

這是個愚蠢的夢；現在沒有人去非洲了——付再多錢都不足以讓人去那裡，紅汗症在當地肆虐的時候就不成（今年的電影節本身都因為瘟疫而順延到夏末了）。她讀到過，來自南部滿載難民顛簸而至的船艦，規律地在遠離海岸之處被歐洲軍隊船隻射得四分五裂，而各個海灘不但仍舊處於關閉狀態，還有嚴密巡邏防範運氣好的泳渡者，這些人也當場被解決掉。真的，這就是蠢，甚至不是她能靠想像力支撐到超過開場場景的夢。假設她真能存活下來，久到足以抵達家鄉（而且她知道她是個求生冠軍），她的村莊也什麼都不會剩下了，就像她的童年自我一樣，殘留給她的就是一無所有，或者非常接近一無所有。她被帶走已經八年了。

很糟糕的年頭；到最後維克多買下了她。她的氏族刺青引起了他的注意。後來，他讓人複製了那些刺青，應用在化妝上，這是為了他的電影《光明之心》（故事是關於一群非洲兒童兵在一個勇敢又熱心的美國冒險家——由維克多本人扮演——號召之下，對抗伊斯蘭恐怖分子）。

她明白，在現代世界裡買進奴隸——當然，是為了讓她自由——這樣合乎正義的非法行為誘惑了他；這樣讓他自覺大膽又充滿美德。事實上，維克多很習慣用錢買人。光是從蜜莉安認識他的時候算起，他已經付錢給兩個俄國女人替他懷小孩，因為他的第四任妻子不孕。他已經有孩子了，不過在逼近六十的節骨眼，他想要有新證據證實他的生殖力。

蜜莉安並不意外。她自己的父親，毫無疑問是用賣掉她的錢買了另一個年輕老婆，來溫暖他變冷的床榻；男人的做法就是那樣。他現在可能死了，或者住在某處的難民營裡，跟他那個大院裡的所有兄弟姊妹阿姨嬸嬸在一起：在戰爭、紅汗症與爭食殘羹剩飯之後，剩下的東西不會多。

她並未心懷怨恨，她已經領悟到她父親賣了她，是為她做了件好事。她看到過一個小表弟在新生兒弟弟生病死掉以後，因為行使巫術被自己的父親趕走。走投無路的家庭可能就這樣迅速地擺脫一張他們餵不起的嘴。

更好的是，蜜莉安被帶走時還沒有經歷女性割禮的磨難。起初她害怕就因為這個理由，買下她的男人們一直把她轉賣給別人。但她學到了這就是運氣，這種運氣的所有反常古怪之處，把她的人生壓製成某種形狀。在她離開家鄉以後的形狀不是非常好，但後來好運再度以維克多這個人的形態來到，她替他暖床，直到他變得厭倦她為止。然後他雇用她來照顧他的新生嬰兒，凱文與萊夫。

雙胞胎在故鄉很觸楣頭：在那裡，其中之一或兩個人都會立刻被放到灌木叢裡等死。但這件事，就跟許多其他事情一樣，對於白人來說是不一樣的，只有最窮的那些例外。

他們是漂亮的小寶寶，凱文有點挑剔，但充滿了蜜莉安樂於看到的活潑精力與機靈。維克多的演員妻子卡麥蓉討厭這兩個小男孩（畢竟他們不是她的孩子，照這些人對這種事情的看法來說不是）。她欣然把照顧他們的工作留給蜜莉安。

此後不久，維克多就買下了克莉絲塔，一個東歐女孩，她極盡所能寵溺這兩個小男孩，很快就接手照顧他們。維克多討厭把人趕出他的家庭（他自認為是個寬宏大量的男人），所以他的主要助理，保加利亞人包伯，找到一個辦法留著蜜莉安。他給她一個簡單俐落的小數位相機，用這個相機替維克多的家庭生活留下快照紀錄：她算是居家生活的記錄工作者。是保加利亞人巴伯（不同於法國人包伯，維克多的首席司機）在針對雙胞胎的一次早期攝影中，注意到她對於拍照的興趣。

保加利亞包伯就是這樣的人：他注意到種種事情，然後照料這些事。

蜜莉安覺得自己有神庇佑。站在維克多家裡那些以節食塑身、用ＳＰＡ保養、靠外科手術臻於完美的女人旁邊，她知道她很平凡，所以她幾乎不可能靠美貌來確保得到保護；她也沒有任何一種這些人珍視的出眾才能。不過拿著像佳能Ｇ９這樣的相機，妳不需要特別的天賦，就能拍下迷人的家庭快照。舉例來說，這肯定比變成某人卑微的第三任妻子，或者在家鄉跟一個滿臉皺紋的神壇祭司一輩子銬在一起強得多了。

克莉絲塔說，保加利亞包伯以前在布拉格是幫派分子。這當然有可能。某些男人有種魔力，可以幫他們把任何一樣東西變成別的東西：這種魔力叫做金錢。維克多的金錢改變了蜜莉安的地位，很神奇地，竟然就從非法奴隸搖身一變成了美國歸化公民（雖然她希望她永遠不必知道，她的新文件是否能禁得起認真檢視）。因此她被連根斬斷，飄浮在維克多的世界裡。

不過，最好別去想這個，最好別去想痛苦的念頭。

克莉絲塔明白這一點（她不需要一堆鬼扯淡，就理解很多事情）。然而維克多一家子到任何地方去，克莉絲塔都固執地維持一個用舊相片、信件與小飾品組成的小小神龕，就建立在某個有隱私的角落裡。儘管曾在荷蘭與比利時妓院裡度過一段嚴峻時期，她還是保有一種甜美的天真。蜜莉安希望沒有任何厄運會影響克莉絲塔，讓她無法照顧雙胞胎。克莉絲塔是個東歐人，這一點似乎讓一個女人比常態下更容易受到厄運傷害。

蜜莉安先前幫助克莉絲塔融入圍繞著維克多的其他人——教練、私人購物助理、活動安排人員、設計師、保鑣、公關人員、治療師、司機、廚師、秘書跟各式各樣的食客。他就像個最高主宰，有一大群收了錢要奉承他的讚美歌手，要用聲量壓倒照料電影界每個大人物的同類烏合之眾。這個世界跟蜜莉安所知的非洲與阿拉伯世界沒多少差別，雖然起初這世界似乎奇怪得嚇人——這麼閃亮亮，速度這麼快又刺耳吵鬧！但妳直接追根究柢的時候，就發現這裡一樣是把較年輕競爭者打跑的狂妄自滿年長男性，而他們全都聞著味道跟上的人，一樣都是漂亮女孩；而地位較低的宮廷群眾，當然了，包括幾乎看不見的公務員，像是克莉絲塔跟蜜莉安。

蜜莉安計畫總有一天要離開。她小心翼翼攢下的存款，比起這些耀眼人士積聚、浪費、為之爭吵的財富，根本不算什麼；但她幾乎有夠多錢，可以在某個安靜、舒適的地方過安靜、舒適的生活了。她知道怎麼省吃儉用，而且一旦她離開維克多的運行軌道以後，她認為她甚至可能賣掉她的某些照片。

這並不表示，她渴望奔向某個她看到在歐洲大城人行道上看到，賣仿冒名牌包與手錶的英俊非洲男子。有時候，在聽到熟悉家鄉語言的時候，她想像著要加入他們——但那些人是窮困的男人，總是在跑路躲避當地法律。她不可能賦予這種男人高於她與她的存款的力量。

也不是說有錢就讓世界變得完美：就像任何倖存者一樣，蜜莉安是個現實主義者。她發現這件事很有趣：就算是維克多的追隨者，有輕盈的腦袋與沉重的口袋，也買不到滿足感。成功本身逃避著他們，因為他們持續重新定義成功，定義成他們還沒達到的事物。

以維克多為例：他渴望卻不可得的一樣東西，就是對他的電影的讚美——他身為演員兼導演的第一次努力成果。

「他們恨我！」他哭喊著，揉爛另一個糟糕的影評，然後把它扔到他們旅館套房的客廳去，「因為我有種對付嚴峻的現實！他們想要的就只有性愛、爆炸還有布萊德·彼特的新片！什麼都好，就不要真相，他們受不了真相！」

當然他們受不了這個。沒有人受得了。真相是大多數普通人的絕望生活，通常太難以忍受的生活；光靠呈現在銀幕上的影像，不能讓那成為吸引人的奇觀。蜜莉安在家鄉認識一些男孩，他們自以為是「藍波」。某些人變成了殺手，其他人變成被殺的對象：吸了毒的男孩子，身上掛著槍跟子彈帶，就像雕刻出來的咒物雕像，身上掛著一串串彈殼。他們短促的生命並不在電影裡，也不像電影。

然而在這個主題上，蜜莉安把她的意見留給自己，就像許多其他主題一樣。

《光明之心》在坎城受人奚落。維克多的現任妻子卡麥蓉，含淚逃離他的臭臉跟怒火。連續好幾天她都躲得遠遠的，用派對、泳池與接待會來淹沒她的不快樂。

然而財富確實有某些不可或缺的用處。在蜜莉安加入他的家庭之前幾年，維克多買了一個到頭來變得很必要的東西：一個有白色牆壁的豪宅，叫做拉巴斯提德，高踞在距離坎城只要一天車程的某個法國河谷一側。這裡本來要當成他的遁世之所，避開電影世界的混亂與壓死人的無聊，他能夠在這裡重新充飽他的創意能量（保加利亞包伯如是說）。

在新聞傳來，發現有三個蘇丹人死在卡拉布里雅，他們的皮膚上結成一層表面龜裂的血殼時，維克多讓他租來的六台賓士裝滿了汽油跟必需品。他們在下一個日出前驅車離開坎城。地中海岸天氣很熱。內陸則更糟。粗短的飛機嗡嗡響著劃過天空，留下一條條羽毛狀的防燃劑跟水，落在山陵裡的火場之上。

維克多站在拉巴斯提德陽光普照的庭院裡，告訴每個人他們有多幸運，能在離開坎城的道路開始擠滿了人，大家都要逃離逼近到令人不安的紅汗症以前，就逃到這個避難所來。

「這裡有空間容納我們所有人，」他說道（蜜莉安拍下他自信的站姿與寬廣、有如酋長般的手勢）。「更好的是，我們有所準備，而且**很安全**。這些牆壁厚實強韌。我在樓下放了一架子的槍，而且我們知道怎麼用這些槍。我們有很多食物，還有我們想要的所有用水：出自我們下方岩床的一道山泉，把甜美乾淨的水注入就在牆壁之內的一口井裡。而且，既然我不必儲水，別的東西我們都有很多很多！」

喔，這麼戲劇化；蜜莉安告訴克莉絲塔，他已經在他腦袋裡拍一部關於這一切的電影了。

他不是唯一的一個。其他人走向保加利亞包伯分配給他們的住處，拖著一串興奮的吵鬧聲響穿過房子陰涼的空間時，那些自己有買攝錄影機的人把機器挖出來，當場開始拍。維克多鼓勵他們，說這場冒險必須留下紀錄，這會是未來攝影報導的勝利。

他私底下告訴蜜莉安：「這只是讓他們保持忙碌。我就靠妳的靜態照片來捕捉這一切的真實。我們以後會辦個展覽，甚至可能出本書。蜜莉安，妳別具慧眼；而且在妳的那一部分世界裡，妳對危機有經驗了，對吧？」

「拉巴斯提德」意味著「鄉間住宅」，不過這個地方似乎比這個說法更有氣勢，高聳、蒼白又遺世獨立，矗立在河谷上方的峭壁之上。如同維克多已經指出的，外牆很厚，有扎實的木門跟護窗板。他讓人用相稱的岩石在後面加了個側廂房。有個小小的庭院——裡面有井的那個——被新舊建築物之間的牆壁圍了起來。樓上的房間有高挑的窗戶跟堅固的鐵製陽台；南側的房間眺望著河谷下三公里外的一個法國村莊。

每個人都有工作要做——有劇本要讀、要寫或者修改，有電話要打要接，有交易要做——

但他們免不了會遊蕩到一樓的交誼廳，有最大平板電視的房間裡。電視一直開著。上面播送著燎原的野火。在夏天任何地方都可能燒起來，而現在南歐大半年都是夏天。

但大多數的新聞是有關於紅汗症的。激動的人群指指點點、大吼大叫，他們的表情急迫而緊繃：「昨天打劫者來了。警察呢，有關當局在哪裡？」

「我們搜刮建築物尋找電池、火柴、罐頭食物。」

「我們能做什麼？他們把我們留在後頭，因為我們老了。」

「我們聽到貓狗哭嚎，被關在屋裡沒食物沒水。我們把貓放出去了，但我們怕狗；狗群已經在街頭四處遊蕩。」

畫面顯示覆蓋著各色縐床單、窗簾與床罩的屍體，躺在人行道還有臨時停屍間裡——學校體育館、教堂、汽車展示間的地板上。

我的天啊，他們說著，瞪大眼睛盯著螢幕。現在到北義大利了！這麼**近**！

男人穿著笨重、古怪的保護性服裝又戴著面具，持槍步行穿過無人街道。卡車裡裝滿救援物資，等待道路變得能夠通行的時候；倖存者在卡車抵達時上前圍攻。死掉的生物被沖上海岸線，有些是人類，有些不是。穿著長袍、西裝、纏著頭巾或軍隊制服的男人，對著麥克風講、講、講個不停，重申保證、央求、指控、啜泣。

當然，這一切已經醞釀了好幾個月，不過坎城的每個人都太過忙碌，沒怎麼注意。就算現在，在拉巴斯提德，他們也鮮少談論新聞。他們談論電影。這樣比較輕鬆。

蜜莉安看很多電視。有時候她會把螢幕上的影像拍下來。唯一可以讓她避開不看的東西，是一張沒遮蓋的人體照片，人已經死了，或者很快會死，上面有薄薄一層血，讓皮膚顯得光澤黯淡。

在維克多的命令之下，他們全都在比較小的客廳裡吃飯，那裡沒有電視。

在第三個晚上，克莉絲塔問道：「在這一切都沒了以後，我們會吃什麼？」

「幾個月前我弄到成箱的肉醬。」保加利亞包伯露出微笑，交叉著雙臂站在後面，就像一家時髦餐廳裡的侍者。「別擔心，還有很多。」

「我的好夥計。」維克多說著，埋頭大吃他的煙燻挪威鮭魚。

第二天，在外面露台上喝他們的早餐咖啡時，他們看到軍用車輛從下面的馬路吱嘎作響地開過去。新聞裡說過，救援物資運送部隊現在被攔截了，還受到攻擊劫掠。

「別擔心，小蜜，」她從露台上抓拍漆了迷彩紋的卡車時，保加利亞包伯說道：「維克多是在伊朗危機時買下這裡修復。他認為我們會碰到更多戰爭。我們準備好擋個一兩年。」

蜜莉安做了個鬼臉。她說：「在我的國家，儲存食物的地方就會有槍手來偷東西。」

保加利亞包伯帶著她參觀拉巴斯提德令人驚嘆的保全系統，全都由主臥房的一個複雜電腦控制台來主控：可以猛然關上的沉重鐵格網大門，金屬護窗板，外面有通電架子的通風管。

「但如果電力沒了怎麼辦？」她問道。

他微微一笑。「我們這裡有自己的發電機。」

那天晚上的晚餐以後，華特為他們提供娛樂。他本來是維克多雇用的跆拳道教練，結果他還是個受過音樂學院訓練的男中音。

「別再唱歌劇了，」維克多說道，否決掉一首詠嘆調。「一間鄉村老屋就適合鄉村老歌。華特，給我們唱些民謠！」

華特唱了〈香菜與山艾〉、〈芭芭拉．艾倫〉跟〈金色虛榮〉。

最後這首歌讓蜜莉安雙眼刺痛。這首歌講的是一個年輕的船上侍者自告奮勇，從砲火不敵對手的戰船上游到敵方的船艦去，單槍匹馬靠一根螺旋鑽弄沉敵艦；但事後他的船長卻不願讓他回到甲板上。這個小侍從沒有把那艘船也弄沉，讓邪惡的船長還有他自己無辜的同船夥伴一起滅頂，卻讓自己溺斃：「他沉入低地，低而孤寂，沉入低地之海。」

維克多鼓掌。「真棒，華特，多謝！你現在沒事了，已經有夠多的陰鬱與毀滅了。悲劇等明天——今晚要**喜劇**！」

他們跟著他進入圖書室，這裡裝上了一個電影大銀幕，還有附上遊戲機的電腦。他們坐下來看拉巴斯提德大規模電影圖書館裡的馬克斯兄弟電影與老浪漫喜劇。保鑣熬夜到很晚，玩著充滿暴亂的電腦遊戲。他們為蜜莉安的相機鏡頭咧嘴笑。

在第二天炎熱又霧濛濛的下午，一輛綠色的迷你悍馬出現在公路上。蜜莉安跟克莉絲塔厭倦了哪部幫派電影裡有最多髒話的整體討論，坐在露台上互相幫忙塗腳趾的指甲油。那輛悍馬從馬路上轉彎下來，爬上山丘，然後停在拉巴斯提德的前方大門口。一個穿著牛仔褲、涼鞋還有白襯衫的男人，從駕駛座走出來。

這人是保羅，被雇來捉刀幫維克多寫自傳。他舉起一隻手替眼睛遮蔭的時候，炎熱而帶著灰燼的風把他的袖子吹得波浪起伏。

「嗨，女孩們！」他喊道。「我們辦到了！其實我們得走小路，妳們不會相信的，比較大的城鎮周遭的交通是什麼樣！維克多在哪？」

保加利亞包伯出現在她們身邊，站在那裡俯視。

「嘿，保羅，」他說：「維克多在睡覺；昨天晚上辦了個大派對。我們可以幫你什麼忙？」

「當然了，就是打開大門！我們已經開了好幾小時了！」

「從坎城？」

「當然是從坎城！」保羅樂呵呵地喊道。「你能相信嗎，某個秘魯天才贏得金棕櫚獎？不過也許你們已經聽說了——評審團頒了個特別獎給《光明之心》。我們把獎座一起帶來了——小卡從坎城過來的一路上，都握著那個獎座。」

卡麥蓉跳出車外，舉起某個包在毛巾裡的笨重玩意。她穿著派對服裝：閃亮亮的綠色洋裝、繫帶高高纏到她豐滿小腿上的厚底涼鞋。蜜莉安自己細瘦筆直的腿微微顫抖了一下，覺得很放心自己在上面這裡，在露台上，而不是在下面的大門那裡。

保加利亞包伯把他的大手輕柔地蓋在她的相機鏡頭上。「這個不拍。」他嘟囔道。

卡麥蓉精力旺盛地揮著手，喊著保加利亞包伯的名字，還有蜜莉安的名字，甚至是克莉絲塔的名字（每個人都知道她恨克莉絲塔）。

保羅靜靜地站著，瞪著上方。蜜莉安必須轉開視線。

保加利亞包伯說：「這個獎會讓維克多非常快樂。」

克莉絲塔悄聲說道：「他在找他們皮膚上的血；不過從這裡看太遠了，看不到。」她對包伯說：「我該去告訴維克多嗎？」

保加利亞包伯搖頭。「他不會想要知道的。」

他沒再說半個字，就轉身回到室內。蜜莉安跟克莉絲塔拿著她們的指甲油瓶子跟她們的面紙，跟著進屋。

接下來兩天，維克多把前門外這些懇求、威脅與哭嚎當成耳邊風（所以其他人也個個如此）。一個由保鑣與技工組成的指定「保全團隊」，到處去確定拉巴斯提德鎖得滴水不漏。

維克多坐在一張沙發上前搖後擺，腫著眼睛。「我的天啊，我痛恨這樣；但他們動作太慢了。**他們可能帶病**。我們有責任保護自己。」

第二天早上悍馬車跟車上的兩名乘客就不在了。

電視頻道變成一天只播幾小時，帶來紅汗症在巴黎、伊斯坦堡與巴塞隆納的報導。北大西洋公約組織的軍隊趕著人群進入臨時的「急救」營：學校、政府建築物，當然還有那可靠的囚禁與死亡備用地點，運動場。

電台與網路上的新聞網站說的更多：難民到處移動。起初恐慌的逃難動亂已經結束了，但據報較小的團體在這整片大陸上到處橫衝直撞。在東歐，官員們躲在山中的修道院與城堡裡，設法要靠著野味活下去。都市居民擠在加拿大各城市的地下商場裡。紅汗症在蒙特婁恐怖登場時，引發奔向鄉間的驚慌逃竄潮。

他們說猴子帶著病毒，還有土撥鼠、野狗、野人。烏鴉，那些急切的食屍者，牠們的爪子與鳥喙上肯定帶病，或者用牠們的糞便散播疾病。所以人類射殺禽鳥、狗、齧齒類，還有其他人類。

克莉絲塔規律地對著她留在身邊的兩個小小木製聖像祈禱。蜜莉安被養育成鍍上一層基督徒色彩的異教徒。她不祈禱。神從來沒顯得比現在更遙遠。

在某人藏起來的快樂丸消失無蹤，引起一場尖叫爭執以後，保全隊伍在掃蕩中一網打盡囤積的藥物。這些藥被鎖了起來，只能由保加利亞包伯在固定時間發放。

「我們有很多食物跟飲水，」維克多解釋道：「卻沒有無窮無盡的藥物可以供應。我們不想在這檔事結束以前用光全部的藥，對吧？」為了補償，他對酒精很慷慨，拉巴斯提德的酒窖裡藏了很多。他的女按摩師（她有糖尿病）還有其中一個司機堅持要離開，自己保護自己，到外界去滿足他們的個人需求，這時維克多沒有抗議。

蜜莉安本來沒有料到，一個只有在銀幕上必須表現得像個領袖的人，在真實生活中也能這麼自然而然施展權威。

他的子民並沒有反叛情緒，這很有幫助。他們留在自己房間裡玩紙牌、睡覺，有些人甚至去讀樓下靠窗座位底下的書架上擺的舊小說。遊戲室裡一直在玩機智問答遊戲。（「哪些演員在綠色的身體化妝下演了哪些重要角色？」）眾人用他們的手機在建築物的不同區塊打電話給彼此，因為對外通話通常接不上線（在真正接通的時候，對話內容並不怎麼鼓勵人心）。

現在電視上除了來自泰國的泰拳比賽以外什麼都沒有，不過廣播還在運作：「火災摧毀了馬賽的主要醫院；消防隊並未馳援。來自鄉下，在醫院中避難的難民據信已死。」

「波隆那大學師生闖入了市政府辦公室，卻沒有發現任何謠傳儲存在此的食物與補給品。」

現在許多地區都沒有供電了。維克多裁定，他們絕對只能在晚間打開現代化的保全系統。在有日照的時間裡，他們在厚厚的外門上使用沉重的古老鎖頭與門閂。保加利亞包伯在露台與後廂房屋頂上部署了武裝警戒哨。手機被收集起來，這是為了制止他們沒有良好理由就充電。

不過維克多那台極其昂貴、極其有效率的德國製發電機，使用的柴油燃料突然間用光了（看來是在前一年冬天，拉巴斯提德的看守人把大部分柴油給賣掉了）。在日落後靠電子訊號鎖在定位的一樓鐵捲門，無法再打開了。

出乎意料的是，維克多的人馬似乎很高興能更安全地被封閉起來。他們把更多活動轉移到前廂房較高的樓層，避開樓下封閉的黑暗。他們早點上床以節省蠟燭。他們在黑暗中開趴。

電力幫浦停了，不過地下室洗衣槽的一個老式手動幫浦被架設好，從井裡抽水到屋裡的水管中。在過程中他們拆掉一部分的水井，弄得處處灰塵，但到了最後，他們甚至讓一台破破爛爛的舊鍋爐在地下室的一個木頭火爐上運作。大家熱切地登記洗澡輪班表，雖然負責假髮的女孩艾莉西雅再也不准用熱水幫她的約克夏㹴犬洗澡了。

維克多那天傍晚召集了他的軍隊。他不是個高大的男人，但他精力充沛，而他英俊的大臉散發出自信與決心。「看看我們——我們是電影人，夢想編織者，凡夫俗子還要花錢分享那些夢！誰需要一間放映室、電腦跟電視？我們可以娛樂自己，否則我們就不該在這裡！」

到處都是病懨懨的咧嘴笑容，但他們立刻奮起迎向他的挑戰。

他們演短劇、全本劇本、熱門電視節目的模仿秀。他們甚至開演唱會，因為有好幾個人能彈很好的鋼琴或吉他，而華特不是唯一一個有好歌喉的人。有人在樓下找到一把裝在展示盒裡的小提琴，不過沒有人知道怎麼拉。克莉絲塔跟最年輕的廚師，用茶葉還有遊戲室裡的撲克牌替人算命。大家的命運都好得不得了。

蜜莉安沒有去想未來。她讓自己忙著拍照。其中一個攝影師提醒她，現在電池無法再充電了；如果她關掉佳能G9的液晶螢幕，這相機的拍照能力就會撐久一點。大多數攝影機都已經因為過度揮霍使用而沒電了。

現在日落以後總是很吵鬧；大家用這種方式反擊拉巴斯提德牆外的黑暗。蜜莉安用蠟燭的蠟油來做耳塞，並且在晚上鎖住她的臥房房門。在一個活力四射的狂歡宴之夜（華特的生日派對），她靜靜地取得她所知能打開她房間的所有鑰匙，包括保加利亞包伯手上那組裡的那一支。保加利亞包伯當時跟其中一個司機正在忙，他們在二樓樓梯間上面急不可耐地撫摸對方。

現在有更多性愛，也有更多緊張。一場牌戲、一個走偏鋒的笑話、把某人的塑膠水瓶放錯位置，都會引爆拳打腳踢。維克多讓保全人員拉開一對扭打的男人，把他們推進庭院裡。

「這是怎麼回事？」他質問道。

史奇普．雷克喘著氣說道：「他在吹噓他去了某個拉曼．阿爾哈吉的演唱會！那傢伙是個天殺的阿拉伯人，一個瘋狂該死的穆斯林！」

「狗屁！」山姆．蘭德里低聲嘟囔著，同時揉著他臉頰上的一塊紅印。「音樂就是音樂。」

「那天殺的紅汗症是從哪開始的，混蛋？非洲！」史奇普喊道：「那些用破布纏腦袋的傢伙自己互相傳染好多年，然後他們決定分享這個毛病。你想它是怎麼散播到歐洲來的？他們故意帶來的，用他們汙染過的痰跟血毒害食物跟飲水。誰比『**巡迴演出**』中的音樂家更會做這個？」

「白痴！」山姆嘶聲說道。「黑死病期間他們就是這樣講猶太人的，說他們在村莊水井裡下毒！你什麼人啊，納粹嗎？」

「媽的混帳！」史奇普尖聲嚷嚷。

蜜莉安猜測是脫癮症狀讓他變得這麼粗魯。古柯鹼存量越來越少，許多人因此很不好過。

維克多命令保加利亞包伯打開前門。

「你們兩個別吵了，現在就停，」維克多說：「要不就去外面打。」

每個人往外盯著一排排灰塵遍布的車子，參差不齊的草坪，還有那些樹木，遮著野草蔓生、呈螺旋狀朝著下面柏油路延伸的車道。那兩個鬥士偷偷溜走，其中一個溜回自己床上，另一個去廚房照料他的瘀傷。

卡麥蓉的髮型師吉兒，在保加利亞包伯再度推著沉重的前門關上的時候噘起嘴。「真解嗨！我們本來可以從屋頂上看的，就像看比武一樣。」

保加利亞包伯說：「他們不會出去的。他們知道維克多不會再讓他們回來。」

「為什麼不？」女孩說。「現在還有誰能在外面活著感染紅汗症啊？」

「妳永遠不確定的。」保加利亞包伯把大門甩到底。然後他環抱著吉兒蒼白的腰際，裝出像是怒吼的噪音，把她掃回屋裡。保加利亞包伯很擅長安撫人心。他有需要如此。緊張氣氛在層層堆高。蜜莉安突然想到，拉巴斯提德裡的某個人可能會攻擊她，就因為她來自這種病第一次出現的那個大陸。麥克．貝婁斯，一個來自芝加哥的黑人劇本醫生，在前一個週末消失了；他們說是翻牆逃走了。

蜜莉安看到史奇普．雷克，一個現在沒有電影可以剪接的電影剪接師，在他以為她沒在看的時候瞪著她。她從來沒喜歡過麥克．貝婁斯，他是個自大又沒耐性的男人；或許史奇普更不喜歡他，還讓他消失了。

她心想，她所需要的就是替她自己找某條通道，某個通往外界而無人看守的門，如果這裡的狀況變糟了，她就能夠用這條路線逃跑。那就是一個生存者必須要想的事。到目前為止，拉巴斯提德的輕鬆生活——大量的食物與陽光，來自地窖的葡萄酒，尋寶遊戲與短劇，大客廳裡的遊戲，扮裝派對——釋放了大家的緊張情緒中最糟的部分。到目前為止，每個人都接受維克多的規矩。他們知道他是他們用以對付無政府狀態的堡壘。

可是維克多所擁有的權威，就只限於別人對他的自願遵從。食物配給永遠是危險的措施，卻不可避免了。這些花錢買來的朋友與隨從，到最後還是會忠於他們自己（或許只有保加利亞包伯除外，他似乎真心愛著維克多）。

現在只有身為司機之一的傑夫，會去外面對那一排停泊車輛的引擎敲敲打打好幾小時。有一天早上在陽光下，蜜莉安與克莉絲塔坐在前方台階上注視著他。

「看。」克莉絲塔耳語著，用敲個不停的焦慮手指輕拉著蜜莉安的衣袖。在下面靠近馬路的地方有十幾隻狗，有些狗拖著從項圈上垂下的鏈子或牽繩，緊追著一個奔跑的人影，在無聲的追獵啞劇裡，穿過一片枯萎的葡萄樹園。

她們兩個都站起來大喊。傑夫看著她們看的方向。他抓起他的工具，然後趕著她們跟他一起回屋裡去。在那之後前門就保持關閉了。

第二天早上從她的露台上，蜜莉安又看到那些狗。在車道底端，狗群嚎叫扭打，拉扯著某個面目全非又太過汙穢而難以辨認的東西。她沒有告訴克莉絲塔，但或許有別人也看到了，還把話傳出去（近來拉巴斯提德缺乏新聞，因為就連廣播訊號都變得很稀罕）。

在找牙膏的時候，蜜莉安發現克莉絲塔在她房間裡哭泣。「那是湯米．莫洛伊，」克莉絲塔啜泣著說：「那個想要把電影做成電玩遊戲的男生。跟那些狗在一起的是他。」

湯米．莫洛伊，一個不重要的食客，習慣晚起，在維克多匆促從坎城撤退的那天早上沒趕上車隊。蜜莉安很懷疑湯米怎麼可能找到路，在這麼長時間以後，還靠他自己穿越瘟疫肆虐的土地到達拉巴斯提德。「從這麼遠的地方，妳怎麼分辨得出來？」蜜莉安在床上坐下，坐在克莉絲塔旁邊，輕撫著克莉絲塔的手。「我不知道妳喜歡他。」

「不，才不，我討厭那個猴子似的可怕小男生！」克莉絲塔哭著，憤怒地搖頭。「講爛笑話，還捏人！可是他現在死了。」她把臉埋進枕頭裡。

蜜莉安不認為被狗追的男人是湯米．莫洛伊，可是為何要爭辯呢？無論如何，都有很多事情可以哭。

冬天還沒來；儲存起來供應建築物中六個火爐的統一規格木材，仍然靠著庭院牆壁堆得高高的。既然他們有很多水，每個人都用得很兇，在老鍋爐裡加熱。每天都有一堆木材燒的灰要被倒在邊門外。

蜜莉安與克莉絲塔輪同一班做這個雜務。

她們站上一會（儘管外面巷子裡惡臭的垃圾都滿出來了，因為再也沒有人把垃圾帶走了）。下面的道路今天空無一物。靠近的時候，克莉絲塔聞到汗水與酒味。屋裡的某些人變得疏於打理自己了。

「我母親會用這種灰燼來做肥皂。」克莉絲塔說：「但妳也需要——那叫什麼來著？石灰？」

蜜莉安說：「在所有肥皂都用光以後，他們會做什麼？」

克莉絲塔大笑。「暴動！我也會。在我小時候，我以為奢侈就是天天換新床單。」然後她瞪大眼睛轉向蜜莉安，然後悄聲說道：「蜜蜜，我們必須離開這裡。我的國家肯定沒有紅汗症！大家都是農夫、村民，他們生活很健康，住在城市之外！我們可以到那裡去，然後就安全了。」

「比這裡還安全？」蜜莉安搖搖頭。「進去吧，克莉絲塔，維克多的小男孩們一定哭著在找妳了。我會跟妳去，拍幾張照片。」

牆外的寂靜有很沉重的存在感，在嚐起來一股澀味的飄散煙霧中顯得苦澀；山谷上方某些用昂貴合成材料蓋的新建大別墅，一著火以後就緩緩地悶燒了好幾天。不時有更遠處的濃煙變得肉眼可見。有人會說：「西邊有場火災。」而每個人都會到外面的露台上看，直到火災平息下來，或者因為風向被吹出視線之外。他們現在看不到飛機，也看不到軍隊運輸了。死屍不時出現在馬路上，烏鴉呼喚彼此來享受大餐的聲音，就是屍體出現的信號。

蜜莉安注意到烏鴉並沒有趕開牠們的其他同類，而是把有好貨的消息傳得又遠又廣。如果你是隻鳥，這樣也許非常可行。

有一天出事了，克莉絲塔在驚慌中偷偷透露，雙胞胎之一生病了。

「妳必須告訴維克多，」蜜莉安說著，把手臂貼在凱文前額上，他抽噎了一聲。「這孩子發燒了。」

「我什麼都不能說！他這麼害怕紅汗症，他會把這孩子扔到外面去！」

「他自己的小兒子？」蜜莉安想到把自己的兒子當成巫師趕走的村民。「那樣就太愚蠢了。」她這樣告訴克莉絲塔，但她更明白世事黑暗，所以她更知道正確的做法是什麼。

她們沒有一個人對維克多提起任何有關的事。兩天後，克莉絲塔把凱文的小身體緊抱在她胸前，從露台上跳了下去。淚眼朦朧的蜜莉安把她的相機朝下瞄準，然後把他們兩人鬆弛、扭曲的一團混亂拍下來。他們被留在那裡，在車道長著雜亂野草的石礫上，隨後很快招來了忙碌的烏鴉。

白晝變短了。維克多的群眾每天晚上開趴，從來不在意蠟燭的事。保加利亞包伯睡在維克多臥房的一張帆布床上，手上握著一把槍：另一件每個人都知道卻沒有人談論的事情。

在一個潮溼多雲的早晨，維克多發現蜜莉安跟小萊夫在育嬰室裡，萊夫在地板上玩幾個空藥瓶。萊夫玩得很安靜，沒有抬頭。維克多短暫地碰碰小孩的頭，然後在桌前坐下來，正對著蜜莉安，以前克莉絲塔都坐那裡。他的鬍子剃得這麼乾淨，連他的臉頰都發亮了。他在冒汗。

「蜜莉安，我親愛的，」他說道：「我需要妳幫個大忙。華特昨晚在村莊裡看到燈光。軍隊肯定抵達了，過了這麼久終於到了。他們會有藥物。他們會有新聞。妳會下去那裡跟他們說話嗎？我本來想自己去的，但每個人都仰仗我來保持某種紀律、某種希望。我們不能再有更多人放棄了，像克莉絲塔那樣。」

「我現在在照顧萊夫——」蜜莉安心虛地開口。

「喔，小卡可以做這件事。」

蜜莉安很快地撇開視線不看他，她的心臟跳得很激烈。他真的相信他到頭來還是把他的現任妻子，穿著閃亮亮綠色派對禮服的她帶進拉巴斯提德了嗎？

「這件事太重要了，」他催促著，把身體靠得更近，而且用（保加利亞包伯總是這麼說）攝影機很愛的方式，眨著他大大的藍眼睛。「蜜莉安，這件事會給妳非常、非常大的紅利，足夠讓妳在這一切結束之後，非常舒適地自立門戶。我沒辦法要求別人，我不相信他們能安全健康地回來。至於妳，妳頭腦這麼冷靜，又有渡過艱困時期的經驗，不像這裡某些被寵壞的蠢人。外界狀況一定變得比較好了，不過我們關在這裡怎麼會知道？每個人都同意：我們需要妳來做這件事。

「傳染現在一定已經平息了，」他勸誘道：「我們已經好幾天沒看到外面的動靜了。每個人都走了，或者躲起來了，像我們一樣。如果外面還很危險，士兵們不會在村裡。」

才不過是昨天，蜜莉安就見過一個孤零零的騎士踩著一台吱吱作響的腳踏車沿著公路騎過去。不過她聽到維克多的弦外之音了：隨著更多必要的補給品（迷幻藥、衛生紙）越來越少，他需要能夠說服其他人到外面去，說服他們相信這樣很安全；他控制這些補給品；而且他終究可以硬把她趕出去。

聆聽著瓶子在萊夫小手中的碰撞聲，她領悟到她幾乎等不及要離開了；事實上，她**必須**去。她會找到驚人的大獎，帶回新聞，而他們全都會感恩戴德到讓她永遠安全待在這裡。如果有必要，她會捏造好消息來取悅他們；以確保她在這裡，在拉巴斯提德內部的地位。

但就現在而言，她非去不可。

保加利亞包伯發現她坐在她的床緣，處於暈頭轉向的沉默中。

「別擔心，小蜜，」他說：「我為克莉絲塔感到遺憾。我會在這裡維護妳的利益。」

「謝謝你。」她這麼說，沒看他的眼睛。**每個人都同意**。她很難思考，她的心思一直到處亂跳。

「帶上妳的相機，」他說：「還能運作，對吧？妳一直省著用，比某些白痴更聰明。這裡有張給相機用的新記憶卡，只是以防萬一。我們需要看到外面現在怎麼樣。當然，我們什麼都不能印，但我們可以在妳回來的時候，用液晶螢幕看妳拍的照片。」

這一晚的盛宴是獻給「我們大無畏的斥候蜜莉安」。眼中淚光閃閃，維克多宮廷裡的美人們向她敬酒（而且當然了，也為他們運氣好沒被選中去外面冒險乾杯）。然後他們開始玩一個喧鬧的遊戲：誰能記得《絕命終結站》系列電影精確的死亡人數，還有細節？

對蜜莉安來說，在燭光下，他們看起來像瘋狂女巫、像食人族。是，她幾乎等不及要離開了。

維克多自己在清晨來送她離開。他給她一瓶水，一個火腿三明治，還有某些乾杏桃，讓她放在她的紅色防撕裂背包裡。「在妳回來以前，我會一直擔心得要死！」他說。

她轉身背對他，注視著車道，注視著蓋上一層灰塵的車子蹲踞在癟掉的輪胎上，還有克莉絲塔皺縮、發黑的屍體。

「妳知道要找什麼，」維克多說：「火柴。士兵。工具，蠟燭；妳知道的。」

發現任何有價值之物的可能性很小（而且她會特別努力**不要**找到士兵）。不過當他在她肩膀上像是推進那樣拍了一下以後，她就像個發條玩具一樣，開始沿車道往下走。

肥胖的狗群在看到她過來的時候躲開了。她撿起一些石頭要拿來丟，卻用不著。

她走過山谷上游處的廢棄農舍與度假用民房，然後是村莊裡的建築物，有些燒掉了，有些躲過一劫；空蕩蕩的汽車，死氣沉沉如化石；人類的遺骸。被賣掉的她，躲過在家鄉看到這種景象的命運。她過去沒親自見過身上的襯衫與洋裝被太陽曬到褪色的屍體，草葉生長到空蕩蕩的眼眶裡，其他人在那裡拍下的就是這種景象。現在她暫時停下，拍她自己小心翼翼選擇的珍貴照片。

街道上只有少數屍體。大多數人是為了躲避死亡而死在室內。為什麼她的人生大費周章帶著她繞了這麼長的路，只為了抵達她如果留在家鄉，無論如何總會到的地方呢？

微風吹亂了野草與垃圾，揚起在骯髒的骸骨上飄蕩、滿是灰塵的頭髮與碎布，還偶爾讓鬆脫的百葉窗或門晃蕩時吱嘎作響。有幾隻母牛——現在已經太緊張不安，不會輕易落入流浪狗群口中——很警覺地在村莊噴泉周圍的花圃上吃草，這個噴泉現在仍然無精打采地細水長流。

如果有鬼，他們也沒在她面前現身。

她往荒廢的店舖與房屋裡看，收集散落的零星紙張、蠟燭頭、罐頭食物、原子筆。她從一間美容沙龍裡拿了些舊雜誌，從一家荒廢咖啡屋裡拿了兩本平裝小說。冒險進入一間酒舖讓她割傷了腳踝：這個地方被砸成碎片了。有其他人比她早到這裡，就像那個蜷縮在錢櫃旁邊的死去男子。

在一張辦公桌抽屜裡，她找到一條巧克力棒。她在回頭往山谷上走的時候吃了那根巧克力棒，這次穿越的是空曠的田野，以便避開村莊。巧克力易碎而乾燥，然而美味到讓人頭暈目眩。

當她抵達拉巴斯提德的大門時，看守的男人們傳話給保加利亞包伯。他站在她上方的鐵欄杆上，往下喊出問題：她看到什麼，確切來說她去了哪裡，她有進入建築物嗎，有看到任何活人嗎？

「維克多在哪裡？」蜜莉安問道，她的嘴巴突然間變得非常乾燥。

「我看就這麼做吧，妳在下面等到早上，」保加利亞包伯說：「我們必須確定妳沒有感染，蜜莉安。妳知道的。」

蜜莉安，不是小蜜。她費勁的心跳如在打鼓。她感覺她自己的記憶插了進來：小卡跟保羅站在這裡，懇求著要進去。只是現在她正抬頭注視著拉巴斯提德的牆壁，而不是從露台上往下俯視。

坐在其中一輛車的引擎蓋上，她攪動著記憶，硬是撈出古老的祈禱詞，輕聲地對著塵土說或唱出來。烹煮食物跟柴煙的氣味往下飄向她。有一回，在很晚的時候，她聽到二樓的一扇窗口有爭執的聲音。毫無疑問，他們在討論下次維克多想要這個世界的消息、還有少餵一張嘴的時候，會把誰派出去。

在早晨，她舉起雙臂來接受檢查。她脫掉她的上衣，讓他們看她赤裸的背部。

「我很抱歉，蜜莉安，」維克多往下對她喊道。他的臉充滿了憐憫。「我想我看到妳肩膀上出了疹子。可能沒什麼，但妳必須理解——至少就現在來說，我們不能讓妳進來。不過我真的想要看妳的照片。妳還沒有用光妳的相機電池吧，對嗎？我們會放下一個籃子來裝。」

「我還沒拍完照片。」她說。她把鏡頭往上瞄準了他。他很快地往後站到視線範圍外。透過觀景窗，她只看到露台的女兒牆跟空蕩蕩的天空。

她把相機扔進山溝裡，她在憤怒與恐懼中喘著氣，注視著相機一路旋轉下墜，輕便、小巧又無用。

然後她坐下來思索。

就算她找出一條路回到裡面去，如果他們認為她被感染了，他們會再一次把她趕出去，也許會乾脆射殺她。她想像著史奇普．雷克扔來一張地毯蓋住她的屍身，把她捲在裡面，然後把她當成垃圾一樣舉起來丟到牆外。他們其他人不會贊同，但憤怒與恐懼會讓他們有能力照最惡劣的衝動行事。（「看看妳害我們做了什麼！」）

她之前應該多想一點，多想想她是這裡多餘的小人物，被買到手，卻不是真正**被需要**，並不具備這些人承認的那種**才藝**；對整個部落來說不重要。

「我不再是個生存者了嗎？」她對著克莉絲塔皺縮的背問道。

在屋裡，華特在唱歌。「〈那醉人的夜晚〉！」鼓掌。然後，是〈金色虛榮〉。

蜜莉安背靠著外牆坐著，恐懼、混亂與滾燙的自我譴責，讓她渾身發燒。

在太陽再度升起時，她看到她的雙手手背上有一片暗色水泡形成的疹子。她感覺到有更多水泡從她髮際線上、沿著她的臉龐周圍冒出來。她的關節在痛。她大為震驚：維克多是對的。是紅汗症。但她是怎麼染上的？是透過她碰過的某樣東西嗎——一個門把，一本書，一片碎玻璃？光是呼吸被感染的空氣？

也許——是**巧克力**？這個念頭讓她啜泣著笑出來。

他們不在乎是這個或那個原因。她對他們來說已經死了。到她死掉的時候，她知道他們甚至不會冒險出來拿她的背包，裝滿了搜刮來的寶藏（在相機之後，她把背包的內容物都丟到山溝下了，以防萬一）。她先前竟蠢到信任保加利亞包伯，或者是維克多。

他們從來就不打算讓鴿子飛回方舟。

她跪在克莉絲塔的屍體旁邊，逼自己搜尋那冒著惡臭又黏呼呼的衣服縐摺處，直到她找到克莉絲塔開垃圾門的鑰匙為止，她們以前用這副鑰匙去倒掉灰燼。她坐在克莉絲塔旁邊的地面上，用她自己的褲腿把那副鑰匙摩擦到亮。

就讓他們嘗試把她擋在外面吧。讓他們去試。

克莉絲塔是我的同船夥伴。現在我沒有同船夥伴了。

在月亮升起時，她聳起痠痛的手臂，穿過空背包的背帶，然後慢慢繞到側巷的門去。克莉絲塔的鑰匙在鎖孔裡輕輕喀噠一響。門往外彈開，釋出更多堆在內側的垃圾。似乎沒有人聽見。他們在前翼高聲唱歌，還在家具上敲鼓點，以便淹沒他們預料會從她這裡聽到的哭喊與懇求。

蜜莉安踏進有井的院子裡，吞下帶血的痰。她感覺到腳下的路面晃了一下下。

一個男人走進廚房通道裡，這條通道從一個傾斜角度穿過有井的庭院，切入後廂房的一樓。她想那是艾德瓦多，一個攝影技術人員，正在假裝講手機，有時候他獨處的時候就會這樣做，跟自己作伴。艾德瓦多，身為保全人員之一，配有一把槍。

她突然間頭腦清醒了。她發現她把背後的門關上了，而且貼著內牆往下滑，因為她現在坐在清涼的鋪設路面上。或許她昏迷了一下下。在月光下，她看見那口井高起的石頭外圍，在她左邊，沿著牆壁只有一小段距離。她很渴，雖然她不覺得她現在能把水硬吞進腫脹的喉嚨裡了。

男人們在做水管工程時撬起的鋪地石材，還沒被放回原位。它們仍然堆在不擋路之處，非常靠近她坐著的地方。

石頭、**水**。她的大腦再度被熱呼呼的沉重感堵塞住，她幾乎沒辦法挺起她的頭了。

「Non, Non!（不，不！）」艾德瓦多對著他的手機大喊：

「Ce n'est pas vrai, ils sont menteurs, tous!（這不是真的，他們全都是騙子！）」

對，他們全都是：menteurs（騙子）。短時間內，她感同身受。

她的心靈一直把其中的所有思緒，東倒西歪地傾倒出來，變成一團腫脹的混亂，不過其中有些常數：**石頭**、**水**。流放的鴿子，勇敢的船上侍從。克莉絲塔與小凱文。她逼自己移動，信任著她腦海深處存在一個實際的計畫。她爬到堆起來的鋪設物上。她緩慢而困難地拿下她的背包，然後用某些比較小的石頭，一顆又一顆地填進背包裡。黑色血珠在她指甲周圍冒出。她沒有力氣把沉重的背包再拉回她背上，所以她用一條寬背帶把包包掛在肩膀上，然後開始痛苦地朝水井本身前進。

艾德瓦多深深沉浸在他想像出來的爭執裡。當她沿著水井爬行時，她聽到他的聲音憤怒地在有拱頂的通道上迴響。

厚重的木製井口蓋，被一個重量輕的金屬薄板取代了，那時候舊洗衣幫浦還沒重新接上，他們還得用手提水。她舉起金屬薄板，把它放到一旁。她拖著自己起身，靠在矮牆上往下凝視。

她無法分辨出內牆上往下沉入水裡的石階，那是從水井曾被用來隱藏違禁品的時代留下來的。現在……要做某件事。她的思緒載浮載沉。

集中精神。

就算少了她的相機，還是有辦法讓維克多徹底看清他派她出去，替他用照片捕捉的全部現實。

她幾乎無法把她的腿挪到翻過邊緣，但她腳下終於感覺到台階頂端冰冷的粗糙質地了。她朝著水往下走，用她攤開的手造成的摩擦力，轉動她的軀幹，平貼在弧形的牆面上，就像埃及墓穴畫裡的人物。水對著她眨眼，隨著反射的月光，顯得充滿光澤。後背包裡堅硬的石頭邊緣刮得讓人生痛，扯著她疼痛的肩膀。她停下來舉起一條背帶，然後讓她的頭穿過帶子；她現在絕對不能失去她的船錨。

水的冰寒輕拍著她的皮膚，吸走她的最後一點力氣。她從牆邊垮下來，滑到水面之下。她的雙手跟雙腳像做夢似地對著滑溜的牆壁與台階扒拉著，但無論如何她還是往下沉了，被捆在她身體上的那袋石頭拉住。

極度的痛苦貫穿了她的胸膛，但她的心靈帶著辛酸的喜悅，緊抓著這個事實不放：到了早上，維克多的整個部落都會用維克多這麼自豪的水，從他自己的神奇水井靠著自願的雙手打上來的水，來清洗他們自己、刷他們的牙齒、吞下他們的藥丸。

頭往後仰，她看到黎明的蒼白已經開始湧現在她上方逐漸遠去的一小圈天空裡。襯著那道光，她的身體從每個孔隙中如淚水般流出的一圈圈黑血，在秘密的寂靜中，像羽毛似地往外飄，進入那清涼甜美的水裡。

無翼野獸

露西・泰勒

對於衝著這裡來的人，我告訴他們的第一件事只有這個：去別的地方吧。我的意思是，死亡谷之所以叫這個名字是有理由的，對吧？而且摩哈維沙漠——死亡谷是其中一部分——在大多數人甚至沒懷疑到的某些方面，更是特別危險。我知道，因為我見識過某個人轉錯彎，或者欠考慮地冒了險以後的結果。而就算我住在這裡，還擁有「喬的拖吊服務」——這種服務有時候很方便——我並沒有定期巡邏主要道路以外的區域，就只有在我焦躁或靜不下來的時候，或者有理由相信有人可能需要協助的時候才會去。

然後我就會鎖上我的雙倍寬度拖車屋，朝著偏遠地區去，檢視鹽田、旱谷與湖床——那些有傲慢自大的毛病，或者就是有種老派愚蠢的人，最適合碰上災難的地方。

不過，悲劇性的死亡與神秘失蹤，並沒有嚇阻來人。他們不斷出現，衝進鼓風爐似的熱氣中，沒有帶足夠的食物飲水或汽油，有時候免不了會有幾個人碰上不幸。

切中要點的例子：今天早上在小圓麵包男孩餐館拿著手杖的瘸子。才過早上六點一點點，而我剛開進加州的貝克，這是給走十五號州際公路，巴爾斯托與拉斯維加斯路段的旅客用的一個中途休息站。這個城鎮出名的是擁有世界上最大的溫度計（就好像你需要那個才知道這裡比惡魔的屁眼還熱似的），從沿路有兩星級摩鐵、加油站與停止營業便利商店的一條主要道路上，聳立著這個一百三十四呎高的溫度計。趁著我到巴爾斯托去見我的女孩以前，我停下我的卡車，然後悠閒地走進小圓麵包男孩，吃我常吃的早餐，雞蛋、薯餅跟玉米粥。

然而櫃台前的怪胎馬上就惹得我很煩。

我一看到他——一個矮胖如蟾蜍的小男人，有一顆閃亮亮光禿禿的圓頂，看起來像是用碧麗珠噴蠟打光過——而且聽到他對女侍瑪歌喋喋不休，講著他計畫在摩哈維沙漠走越野路線，我就把他定位成太陽下山前就會大禍臨頭的那種自命萬事通。

我懂他那種人：一個小男人企圖聽起來很有氣勢，卻發出令人不快的刺耳驢叫，當瑪歌建議最好把沙漠留給年輕力壯者的時候，他像洗碗水似的濁眼諷刺地翻了一下，還有他企圖假裝拐杖其實不必要的自我膨脹模樣：他說拿著拐杖只是「以防我遇上響尾蛇」。

「呃，這裡沒有響尾蛇。」我告訴他，然後問外面停車場上的哪輛車屬於他。我猜他是速霸陸Outback或者山羊1500，甚至是我進來時看到那台模樣傻氣的Baja越野金龜車，但他大聲啜飲一口咖啡之後說道：「我的是紅色Camry。喔，我知道，儘管笑吧，不過這輛車有非常多次帶著我去我需要去的地方。」

這話讓我很樂，因為他談到的這種認真越野行程，對車輛的要求很高——最低限度，你需要一個很有彈性的懸吊系統，離地高度夠高，還要有大車胎跟很深的車胎紋。

「對於你的目的來說，這車子不對，」我說著，在他旁邊的高腳椅上落座。「你想要度假，就忘了摩哈維吧。就留在十五號公路往北走。距離現在三小時以後，你就可以在百樂宮飯店的賭桌上下注，或者在綠薄荷犀牛夜總會看膝上舞了。」

他嘀咕了幾句，但那是在回應我不請自來的建議，還是在抱怨他那個扁大餅屁股哪裡不爽快，我就分辨不出來了。他把糖碗整個倒進他的咖啡裡，然後輕蔑地說：「拉斯維加斯是撒旦嫌地獄無聊時去度假的地方。我自己嘛，我偏愛沙漠的純粹性。」

現在這話讓我吃驚了，因為他肯定看來不像個對於純粹性很有心得的人，更不用說是立志追求或尊重純粹性了。但話說回來，我想我也不是，然而是沙漠的嚴酷、遼闊的寂靜，還有對所有人類恐懼堅定的無動於衷，在幾乎十年前誘使我來到這裡，而我從沒想過重回以往在洛杉磯街頭的逞兇鬥狠生活，一次都沒有。

「喬．菲奇，」我說著伸出一隻手，他帶著一種神經兮兮的厭惡握了這隻手，那種態度暗示他認為我可能最近用這隻手擦過自己屁股。我沒把他的態度當回事，繼續說下去。「如果你不顧一切就是要自己去那裡，至少要知道你攪和到什麼狀況裡。你故障了，你困住了，或者你的GPS對你撒謊——讓我告訴你，GPS就像只要十塊錢的妓女一樣會撒謊——任何一種狀況發生了，在這種熱度之下，你就死定了。」

也許他還在擔心我們握過手，他按了一下櫃台上的一根管子，把手部消毒液噴到他手掌裡，那隻手掌又厚又紅，像是一厚片的生肝。「歐提斯．漢克斯。還有，我無意冒犯，但我希望你別說髒話。」

「我不會的，」我告訴他：「只是要說如果你急吼吼去了沙漠，沒有正確的經驗跟配備，那你就會被搞死，還會死得轟轟烈烈。」

漢克斯臉色一沉，而我猜想我就要為了說粗話被譴責了，但他說的卻是：「你的姓名聽起來很耳熟。我們互相認識嗎？」

我向他保證我們不認識。我懷疑我們可能一起坐過牢，但我不打算提起我在隆波克幹過的好事，一場酒吧鬥毆到頭來變成過失殺人罪，或者我過去在各種場合與法律起的較小衝突。我的過去就是我搬到摩哈維來想忘掉的事情。

他對我的姓名發表的言論讓我耿耿於懷，不過為了公平起見，我還是設法在漢克斯心裡種下些恐懼，指出太陽幾乎還沒升起，大溫度計的讀數就已經超過華氏一百度了，而如果他真有任何理智可言，他就會重新思考在天殺的七月中進行越野冒險的計畫了。

但我很懷疑他會這麼做，因為像他這種人永遠不聽人話。他們就像我老爸，以前在加州的神之怒循道宗教會講壇上，激烈批評罪惡與救贖；他們已經掌握所有的答案了。聽那種人的說法，是上帝本人來找他們求教。

所以我跟漢克斯講了幾個過去幾年在這裡發生過的悲劇；講起在一群去撿慈菇的小孩在一塊沙漠植被區裡找到的骸骨，就在四十號州際公路沿線的紐伯里泉西側，結果那是一個慕尼黑遊客的遺體，這人肯定以為摩哈維是某種迪士尼樂園，只是少了空調，接著只帶了半加侖的水就繼續漫遊到這火熱的熔爐裡去，身上穿著皮製涼鞋、T恤跟短褲。當他們找到他的時候，他的嘴巴、鼻孔還有任何其他孔竅都塞滿了沙子，禿鷹就像在金磚酒店開會吃自助餐的人一樣，大肆劫掠他的內臟。

我還跟他說起那個來自阿拉巴馬州亨茲維爾的女人，她有個絕妙的主意，在幾年前的夏天帶著她的八歲兒子來摩哈維露營，然後在她走到路的盡頭之後，她的GPS如何愉快地指導她右轉，繼續再開十八哩路，進入一個沒有水的地獄坑，她照著指示做了。幾天以後，一個巡警發現了車子，小孩死在附近。母親的屍體過了好幾個月才找到，除了一堆骨頭、頭髮跟禿鷹大便以外沒剩多少，或者說，我是這麼聽說的。

然後瑪歌拿著咖啡壺晃過來，替我續杯，同時說道：「你在引導他走上正路啊，喬牧師？」

因為這句話，漢克斯埋在陽光燻製過的皺皮裡的一雙斜眼，閃爍著好奇的神情。「菲奇先生，別告訴我你是個神職人員吧？」

瑪歌把冒著熱氣的黑色水流倒出來時，咧嘴笑了。「這位老喬是牧師的話，我就是鋼管舞女了，不過這裡的老鄉給他這個名號，是因為他獨自住在什麼也沒有的地方，就像那種人一樣——是叫做修道院士嗎？」

「修道士，」我說：「而且我跟那種人差得遠了。不過我父親是個牧師，對這種事很有興趣。我長大的過程裡聽著他布道，講過男人背棄文明、到埃及與西奈沙漠裡去的那種宗教傳統。像馬卡里烏斯跟聖安東尼這樣的男人，他們透過孤立與身體上的苦行，追求深化他們的性靈生活。我猜我是從中獲得啟發。」我聳聳肩。「以後見之明，我現在覺得這想法似乎很天真，不過多年前我搬到這裡來的時候，我的目標是找到神，而我猜想，起初有點像是拿我自己開玩笑……」

「……現在也還是個笑話，」瑪歌格格笑道：「但現在我們喜歡你。你是我們之中的一分子。」漢克斯揚起一邊眉毛，這眉毛淡到幾乎透明了。「那你有嗎？有找到神嗎？」

在我叉起我的蛋時，這問題就像一根尖棍子似地戳著我。「當然沒有。沒有什麼可以被找到的東西。」

接著我們靜默地坐著，把食物塞進我們嘴裡，但我一直反覆想著他對我姓名的評論。過了一會以後，我起身漫步到我的卡車上，覺得有幾分好玩地注意到，拿拐杖只為了抵擋眼鏡蛇的傢伙擁有的那台Camry，正停在殘障停車位上。我從置物箱裡拿出一份地圖，然後回到室內。

當我攤開地圖的時候，漢克斯的嘴巴惱怒地扭曲了，就好像他擔心我會把內華達州的東北角浸到他的比司吉跟肉汁裡，不過我拿出一支筆，畫給他一條路線，穿過偏遠地帶，抵達一個遙遠而美麗的地方，我稱之為大釜。「從鋪好的馬路過去這是一直線。甚至不需要下車。在鹽田的另一邊，那裡有片約書亞樹林，在那之後是一片沙丘地，會讓你以為你在火星上。」我頓了一下才補充：「不過，可能最好別嘗試爬那些沙丘。」

漢克斯用一個老古板偷看色情讀物的方式研讀著那份地圖，一臉厭惡，還有一種經過薄弱掩飾的渴望，然後把地圖摺起來。

「我很感激你的關心，菲奇先生，不過如同我趁你在外面的時候，向我們這邊這位女侍解釋過的，我算是業餘的沙漠學家」——他看到我困惑的表情——「就是研究沙漠的人。從我退休以後，我造訪過不少沙漠，戈壁、撒哈拉、阿他加馬。我曾經在世界上最荒涼的某些地區健行過，而且回來的時候毫髮無傷。」他往下瞄了一眼他的右腳靴子，鞋幫比左腳高，然後拉高了褲腿，讓人一瞥一根略帶灰白的義肢。「噢，除了跟這條腿有關的事件，不過那是因為一個慾望之罪，而不是因為健行出了事故。」

就在那時瑪歌注意到房間另一頭有些人需要更多水，就匆匆帶著水瓶過去，同時我則設法驅逐某些令人不快的影像，內容關乎哪種性變態惡戲——或許是某種戀截肢癖？——可能導致失去一肢的傷害。

漢克斯注意到我們的反應，竟然有禮貌地微微紅了臉。在一段尷尬的靜默之後，他承認了既然他有他所謂「靈活的旅行計畫」，無論如何，他可能還是會留著那份旅行地圖。「不介意看看那片約書亞樹林。」他說道，而他的聲音裡有種我之前沒偵測到的嚮往情緒，就好像他很渴望——也許不是那麼想看約書亞樹——去某個地方，任何地方都好，就是不想在這裡。

當漢克斯戴上他的狩獵帽，起身買單的時候，我丟下幾張紙鈔，跟他一起走到外面去。就算拿著那支拐杖，一支很出色的手工藝品——桃花心木加上雕工複雜的象牙手柄——他一路上費力地勉強前進，就像個身上的負擔不只有肢體障礙的人那樣吁吁喘氣。

我的拖吊卡車停在距離他的Camry幾個車位遠的地方，抓住了他的視線。「喬的拖車服務。現在我想起來我怎麼會知道你了。」

我疑惑地看著他。

「我最近在一趟旅程中遇到的兩個好人說，他們的車在沙漠裡拋錨時，是你把車拖出來。來自莫德斯托的梅西與克勞德。要我如果見到你，就代他們致意。」

我轉過身去，抬頭凝視著那根傷眼的溫度計，現在讀數是華氏一百零四度了，同時冰晶在我胸膛裡鏗然作響。「我想不起這些名字。」

漢克斯嘆了口氣，就好像我記不得這對夫婦讓他肯定了某種關於人性的基本信念。我們再度握了手，而我注視著他驅車離去，然後急忙回到小圓麵包男孩，剛好及時衝到垃圾桶邊，吐出濃濃一灘油膩的咖啡、馬鈴薯跟雞蛋。

漢克斯說的事情就是不可能。他媽的不可能。

我最後一次見到親愛的老梅西跟克勞德時，他們都他媽的死透了，而我拖吊著他們的馬自達208z，他們的屍體就在後座。

有一部分的我——身為衝動魯莽的暴徒，我的惡行啟發了我老爸某些最生動的布道詞——想要當場就追上漢克斯，不過我硬是嚥下那股衝動。那是往日的我。現在我知道怎麼樣退一步保持耐性，等待時機。這是沙漠教給我的技巧。

所以我爬進我的卡車，呼嘯著朝巴爾斯托前進，心裡知道我會在恰當時機趕上漢克斯。就現在來說，我需要花時間跟我的女孩相處。

當然了，蛋白石不是她的真名。我這樣叫她，是因為她藍灰色的眼睛讓我想起蛋白石，上面散布著鈷藍色與水仙金色的微小斑點。她是被一個牧羊人發現的，在靠近紅山的地方漫遊，半裸著身體又瀕臨死亡，她的肩膀跟脖子上有感染的深深割傷，就像在某一刻她曾經倒地不起，禿鷹則在她把牠們趕走、再度動身以前，還試了一下味道。就任何人所知，她從那時開始就沒跟任何人說過半句話了。熱氣還有她的苦難帶來的創傷，包括起先帶著她進入那種處境的任何事，把她的大腦煮得半熟了。現在她在巴爾斯托的羅爾康復中心裡占用一個房間，是個等待有人出面給她名字的無名女士。

今天當我溜進她房間的時候，她撐著背坐在床上，她的臉比我上次見到她的時候圓了一點點，不過還是僵硬得像個稻草人，她嘴唇上那個小小的木乃伊微笑從不曾抽動或下垂，似乎暗示著她在囤積的某種庫存秘密。她身上唯一會動的部分，就是她半閉的、野性的眼睛，來回掃視著，答、滴、答，就好像她靠著遵循某種內在節拍器的路徑來催眠自己。

在跟其中一位順路進來打招呼的護士閒聊之後，我從床邊的床頭櫃拿起扁梳跟圓梳，著手替她編髮辮；在我認識她的這幾個月裡，她的頭髮變白了。為了打發時間，我一如往常地跟她說話，就只是隨便聊些她以前聽過的事，關於我剛搬到沙漠時狀況是什麼樣的，那片空虛的海洋如何同時讓我著迷又恐懼。那塊灼熱、充滿敵意的土地，把任何有助於維持生命的東西都肅清到這種程度，其中有某種東西，給我一種從痛苦與熟悉中誕生的奇異安慰。我領悟到我昏庸、苛刻的父母，到底還是給過我某種寶貴的東西——有能力生存在一個貧瘠到甚至罕有人至、來了通常也待不了太久的地方。

而雖然我並沒有找到大多數人認識中的那個神，我卻發現我自己理解中的神祇——牠們有好幾百隻，君臨這片野蠻地形的有翼食腐者。我從我父親的布道詞裡認出牠們，這些禿鷹神，而我以大天使的名字為牠們命名：摩洛克與卡戎、梅塔特隆、烏列爾與加百列。我立刻認出牠們是什麼，跟岩石與鹽田一樣古老的造物，就像六千五百萬年前，摩哈維還是一片廣闊的內陸海洋時，一度住在這裡的有翼生物遺骨一樣歷史悠久。

我知道牠們眼中的我們，肯定是我們真實的模樣——吃力地跨越一片毀滅土地的無翼野獸，在此同時牠們乘著上升氣流翱翔，有耐性而狡獪，心裡很清楚，在牠們的永恆之中，我們不過是眨眼一瞬。

這些巨鳥起初讓我膽寒——因為牠們被拔禿了的猩紅腦袋與沸騰的黑色眼睛——而牠們的習慣讓我覺得恐怖。有一天我嚇著一隻停在我拖車外面的，我注視著牠笨拙地大步跑跳，拚命拍翅膀要升空，然後在減輕重量的努力中，把一腸子滿滿的腥臭腐肉反嘔出來，撒滿了我的卡車引擎蓋。那一隻獻供物者是第一隻，而很快其他的鳥也來了。在我家的視野範圍內，牠們乘著上升熱氣流翱翔好幾小時，靜默又警惕，直到我來到外面，讓牠們帶領我去牠們發現瀕死或受傷者的任何地方為止：一隻穴鴞、一隻陸龜、一隻飛鼬蜥……一個來自慕尼黑的流浪漢，或者一個急著為兒子求援的母親。

蛋白石這時顫抖了，還發出一個聲音，跟出於恐懼打了一聲單薄的嗝差不多。我很納悶她是否聽見我說的了。這不怎麼重要，她知道我是誰。

在我完成的時候，她的頭髮看起來很好，長長的髮辮編成滑順、幽魂似的繩索，從她肩上滑落，在她暗色的紅潤皮膚上顯得很突出。不過當我把鏡子拿近，好讓她可以瞻仰一下自己的時候，她的眼睛像隻被圍困的山貓那樣燃亮了，一聲嗥叫從她袒露出的牙齒之間鑽出來。

我俯身靠近，把一綹髮絲從她臉上往後輕輕撥開，然後悄聲說出我總是會說的同一件事：「下次我來這裡，我就要殺了妳。」

現在輪到漢克斯了。

在朝著貝克往回走的路上，我走了一條少有人用的出口，然後沿著一條沒有標記的泥土路開，直到我來到大釜的邊緣。在此剩下的路逐漸消失在一個乾裂的河床邊緣，而我猛飆過去，揚起一片公雞尾巴似的噴射白沙，夾著閃閃發光的長石與石英微粒。這一帶的好幾哩路都沒有鋪，也沒有路標，如果你需要幫助，也無從取得。這裡也沒有任何跡象指出漢克斯曾經走過這條路，所以我往南走，這裡的沙漠岩床分裂成一片旱谷構成的蛇巢，土地極其乾燥，以至於有些區塊歪斜著隆起，互相重疊，就像一架子的瓷磚。當我的輪胎吱嘎輾過被烘烤過的泥土時，引起的噪音是微小爆炸的逐步升級，空氣變成了煤渣與白堊的顏色。

我正遵循著我替漢克斯安排的大概路線走，但當我看到遠方約書亞樹的輪廓時，一股突如其來的不自在感席捲了我。我總是覺得那些樹很鬼祟——那些樹枝伸出爪子、弓起枝枒，變成怪異扭曲的形狀，就像人被釘上十字架的殘破肢體。但現在，在我離開我的卡車，透過雙筒望遠鏡環視這片地形的時候，我瞥見一隻禿鷹的輪廓出現在樹木畸形的枝幹上。一看到我，那隻鳥就輕輕嘶叫。牠的脖子到處旋轉，還有張紅到可能曾經浸潤在一個傷口裡的鳥喙，舉起來朝向黃白色的刺眼強光裡。

牠起飛了，往外飛向朝東突出的橘色沙岩結構體。我透過雙筒望遠鏡追蹤牠的飛行路線，然後瞄準放大一個上面結了一層塵土的紅色擋泥板——漢克斯的Camry，留置在岩床上一灘正在縮小的陰影裡。

拖吊一輛車好讓你不至於毀掉傳動裝置，需要小心翼翼與正確的工具，不過不要毀掉漢克斯的代步工具，在我的關心目標清單上排名並不高。我把車勾到我的卡車後面，把它拖到半哩之外，然後把它卸下來，放在一塊地勢不高、遍布著矮松與石炭酸灌木的突起土地上。在乘客座位上，我找到適量的備用水與能量補給棒；一根鑰匙藏在地墊下面。我把一瓶瓶的水還有穀物棒塞進我的背包裡，鎖好車子，然後把鑰匙扔進灌木叢。

我發現的是，車子在前不巴村後不著店之地消失的車主，通常會做以下三件事之一：

他們假定他們搞砸了，回到錯的地方，然後開始徒勞無功又逐漸陷入狂亂的搜尋。或者他們會保持冷靜，維持清醒警覺，然後設法健行走出去。要不是脫水跟中暑打倒了他們，就是我用放在卡車裡，擺在假地圖旁邊的鐵橇做到同一件事，不過無論是哪樣，鳥都有得吃。第三種，這個族群比較小，這些人對於人性本善有種天真的信念，縮在他們能找到的任何一個陰影處，想來是在祈求援手來臨，然後在他們見到我靠近時感謝上帝——至少直到他們領悟到我不是去那裡救苦救難為止。

漢克斯提到的莫德斯托夫婦，是落入最後這個範疇裡。

然而漢克斯沒做上述的任何一件事。當我健行回到沙岩結構體的時候，沒有任何東西指出他曾回到他的車子應該在的地方，沒有一個恐慌之人通常會留下的那種雜亂足跡，沒有跡象顯示他曾嘗試追蹤我的車轍痕跡。我攀爬到沙岩山脊的最高處，用雙筒望遠鏡掃視了一圈。我起初沒看見他——他的卡其衣物跟褐色狩獵帽，與暗褐色的沙混為一體了——不過禿鷹懶洋洋的俯衝，就像一個巨大的紅色叉叉一樣，標出他在沙漠岩床上的位置。他大約在一哩外，朝著沙丘地走去，一路閒晃，像個正在細細瀏覽花園的怪老頭。一切都讓他覺得迷人有趣：一片多刺的仙人掌葉，一片橘色的菊科雜草，一團沙漠燭草末端尖細的綠色草葉。

在我的注視之下，他突然間抬頭了。雖然我知道在這個距離下，他不可能看到我，我們的視線似乎鎖住了，而他咂著軟弱無力的嘴唇，一個想像力過度豐富的心靈可能會把那詮釋成津津有味。不管是不是真的，那凝視讓人心神不寧，而我轉開了。幾秒鐘後，當我再度讓雙筒望遠鏡聚焦的時候，他就不在那裡了。我看得到的就只有一團泰迪熊仙人掌刺的輪廓，還有那些黑曜石翅膀在炙熱灼人的天空襯托下，緩慢地輪轉。

他跌進一道旱谷，或者癱倒在某片石炭酸灌木叢的單薄陰影裡嗎？我繼續張望，期待很快捕捉到他，但這沙漠似乎把他的生命當成灑出來的水舔掉了。直到下午過半，我才再度瞥見他，這時候大釜區的這個部分溫度一定逼近一百二十度了，而禿鷹乘著的熱浪看起來像是閃爍飄動的薄紗幕。

讓我震驚的是，我們之間的距離完全沒有縮減。要是有任何變化，就只是漢克斯把距離拉得更遠了。

然而熱氣連續重擊他，暴露出他的老朽。他垂著頭，肩膀垮著，抓著拐杖的手一會兒僵硬，一會兒又經歷一陣劇烈顫抖，如此交替著。他不再停下來研究這朵花，或者那片閃閃發亮的礦物了。他似乎也不再注意在他上方呈螺旋狀盤旋的陰森隨從，牠們有如從悶燒著的土地上噴出的煙圈。瞄一眼我的羅盤，我就知道我已經懷疑的事情：他蜿蜒曲折的路線已經開始轉向北方了。他無疑認為自己正在走的直線，已經開始急轉彎，不是帶著他去到他停車的地方，而是朝著約書亞樹林去。

接下來這一小時，我能夠讓他保持在視線範圍內，同時期待著他會隨時倒地，但他繼續堅忍挺進，我們之間的距離幾乎沒有縮短。終於，很挫折的我奮力奔跑起來，短暫地享受著所有殺手在逼自己的獵物時，一定會感受到的滿足感。然而就在我幾乎追上他的時候，有某種東西轉換了，就好像有把鑰匙插進一扇宇宙之門裡，而他的輪廓閃爍了一下，然後消逝了。才片刻之前看似如此明顯的血肉之軀，朦朧地融入了陰影與沙塵。禿鷹散開了，接踵而至的是一陣死寂。突然間我就是地上剩下的唯一活物，唯一的聲音就是我刺耳的呼吸聲。

我檢查了我背包裡剩下的整瓶飲水，很震驚地發現只剩下一瓶，而且不到半滿。我這一整天都在喝水，不過我的喉嚨感覺像是用鋸木屑跟濃鹽水漱了口，而我的肺灼燒得像是吸進了沙漠。但我還是沒有準備要回頭，在我發現一棵仙人掌有彈性的葉子上有一塊明亮的血跡時，決心又更強烈了。從漢克斯留下的軌跡看來，他似乎踉蹌得厲害，這樣沉重地靠在拐杖上，以致拐杖戳進沙裡一兩吋深。

甚至在漢克斯消失時，白晝也消失了。影子拉長了，太陽用一道道硃砂色跟深芥末藍，像噴燈一樣燒向天空。

而且起風了，風颳擦著我暴露在外的皮膚，還把糾結成團的巨大風滾草到處亂扔，像是怪異的海灘球。風的呼嘯對我的聽力耍把戲。一個女人的聲音——哀怨又抽噎著——跟風的慟哭形成了旋律上的對位。第二個聲音加入了，發起了一陣狂熱的二重唱——我父親怒斥著惡魔的誘惑還有遭天譴者的深淵，墮落天使在那裡以他們的獵物為食。這番嚷嚷就跟那女人的聲音一樣瘋狂又無腦，不過因為底下埋藏的威脅與輕蔑語調，還更加令人困擾。

天空突然間看起來大到不可能是真的，是個畫出來打算騙我的背景。夾著沙子的風，充滿了虐待狂式的詭詐，決心要抹消漢克斯的形跡。

在西邊，如雲的蝙蝠群從一處石碳酸灌木叢中的巢穴升起，飛向天空，就像一個精神失常抄寫員筆下的信號。出於直覺，牠們這個黑暗群體成群經過時，我往低處閃，蓋住我的頭。牠們突如其來的經過讓我分心了；交戰中的人聲平息下來。我腦袋清楚了，而在遠處，我看到約書亞樹僵硬的輪廓。

在逐漸消退的日光下，那怪誕的樹看起來詭譎而枯槁。負載在枝枒上的黑色卵形花朵，讓某些樹木看起來像是準備好在築巢禿鷹的重量之下，從土地裡連根拔起。腐肉的臭味朝我這裡飄來，還有一陣低低的嘟囔，讓我頸背上的寒毛都豎起來了。那是一個女人乞求幫助的聲音。懇求要水。

然後那聲音變了，漢克斯喊著要水。

這聲音，這一回毫無疑問是真的，是從樹叢後方遠處迴盪出來的。我瞥見一眼，漢克斯的卡其帽從他頭上、從一具顫抖倒地的身體上飛下來，撞到一陣陣飛沙與瀑布般落石之間的地面上。有一秒鐘，風跟漢克斯齊聲哀鳴。然後就是沉默。

我跑向他，但落日把滾燙的光線直射進我眼睛裡，我邁出的大步搖晃不穩又跌跌撞撞。一道陰影纏繞在一棵負荷沉重的低垂樹木底下，讓人想起一個蜷曲如胚胎的身體。我伸手去抓，而一隻手消失在腐敗到從骨頭上滑脫、變成一堆堆粉末狀皮毛的肉裡，另一隻手則抓住了一根失去大部分牙齒的下頷骨——一隻土狼或狐狸散亂的遺體——這時我又縮回手。另一些更大的骨頭，上面散布著零星破爛的布片，暗示著比較古老的死亡與比較野蠻的進食過程。

「菲奇先生？」從我背後冒出來的這些話語，與其說是說出來還不如說是呸一聲吐出來的，而我猛一轉身，舉起雙臂卻不夠快，太晚也太慢，來不及阻擋拐杖頭猛敲進我眉心的皮肉。

「唔，終於。你在這裡了。」

我不知道過去多少時間，是十秒鐘或是一整天，但漢克斯粗啞的聲音因為不耐煩與意圖受挫而口氣尖銳。他揮舞著的那根拐杖沾了血，滑溜溜的，而有一撮毛毛蟲似的東西，我認出是我的一邊眉毛，黏在象牙上的一個刻痕裡。

我想要抓住他柳條似的脖子，把他那條命絞出來，但當他蹲下來，把他惱怒的凝視轉向我的時候，我可以嘗到他的厭惡，也感覺到他埋進每句話裡的尖釘，我閉上了眼睛。

「你沒聽我在說什麼，對吧？你在……別的地方。沒關係。我正在講挪威、新英格蘭跟巴西的沙漠。不能告訴你它們的名字，因為它們還不存在。不過它們會出現的。你會看到的。喔，只要給它一點時間。」

我試著吞嚥，發現我的喉嚨卡住了。「我想要……水。」

他冷笑道：「喔，我們不都想要嗎！」

在瘀青色的薄暮中，他來回跛行著，駝著背、沉著臉，像個旅行者在一個地鐵月台上等待脫班很久的車，而他心知肚明車子永遠不會來。

突然之間他轉過身來，在距離我的臉幾吋遠處搖晃著那根拐杖；我眼前突如其來的暴力動作，讓我的一小片大腦運作失常，模糊了我的視線，讓我舌頭打結。我再度企圖說話的時候，我被烤乾的喉嚨只製造出一種微弱的沙啞聲音，引出他嫌惡的表情。

「你認為你實在很特別，不是嗎？」

他捲起右邊褲腿，伸手下去卸下義肢，揭露出一個被嚼過的殘樁，某種還在冒汁又紅腫發炎的東西，就像你在某些第三世界國家屠宰店裡會看到的。那個化膿殘樁發出的納骨堂氣味讓我作嘔，但更糟的是漢克斯看起來並不是太過不舒服。就好像他已經這樣活了非常久的時間。

他把一隻很有父愛的手放在我肩膀上。「我們沒那麼不同，你跟我。被你叫做蛋白石的女人，你在『大禮帽』附近找到、然後選擇留給自己的那個，我了解那種事是怎麼發生的。沒有任何地方比沙漠更寂寞了，而一個男人有些需要，是在男性俱樂部裡看場磨蹭大腿的豔舞滿足不了的。我也一度占有一個女人，作為我個人私用——她是個來自泰內雷沙漠的巴巴里女孩，她的家人因為她不貞把她趕出門了。不過我不像你，我一直緊緊綁著她，所以她不可能逃進可能有某個牧羊人找到她的沙漠裡。」他用鼻子哼了一聲。「牧羊人，老天爺啊！

這年頭還有那種職業存在！」

他往後跳，像鸛鳥一樣只靠一條腿，微微搖晃了一下，然後重新接上義肢。「我必須失去一條腿並沒讓我覺得驚訝。畢竟我拿了不屬於我的東西。最可惡的是，鳥吃掉那條腿的時候，腿還是連在身上的。」

透過我睫毛噴出的眼淚讓我羞恥又震驚。它們也是珍貴的點滴溼氣，我試著用我的舌頭去捕捉，這徒勞無功的努力讓漢克斯的眼睛在輕蔑中皺了起來。

不過眼淚造成更多眼淚，而在這之後，是古老又耳熟得可怕的話語。「我很抱歉，太抱歉了。我不會再做了。我答應我會停止。我不會再殺別人了！」

漢克斯歪著頭，迷惑又一臉惱怒。然後他站了起來，長著皺紋的臉哀傷而慈祥，踢了我的頭。

在我的視線變得清晰時，漢克斯彎腰俯視我，仔細看著我的臉，同時一隻有迴紋針那麼大的黑色螞蟻，在他前額的溝壑中航行。

「你誤解我了，」他說道，就好像這只是我們對話中間一個微不足道的小小干擾。「我的目的不是制止你殺人。你幹的就是這種事，而且你很擅長。甚至是有天分。」他用他的拐杖朝著樹木比劃，而在那裡棲息的禿鷹們顫動著，輕聲嘶嘶作響，牠們光禿禿的脖子伸長了，彎成問號形狀。「雖然在這裡不行。再也不行了。從現在起，你的地盤是內陸的沙漠，你創造出的地獄景觀。這些沙漠如此寬廣，你可能要漫遊萬古之後，才找得到可以殺的人。或者可以上的人。可是別擔心。你不會是孤身一人。你今天早上離開她以後，有人幫蛋白石拿一張床單到浴室裡，做給她看要怎麼用浴簾吊死自己。她現在可以自由了，但她會相當憤怒。她想報復你對她做的事。而她也還非常非常口渴。」

他凝視周遭，看著骷髏樹和它們黑暗、不安的果實，然後舉起拐杖。禿鷹們的嘶叫聲立刻變得更響了，不自然而帶有急迫性。牠們之中有一些升空了，俯衝得那麼低，以至於我能感覺到牠們經過時帶著臭氣的微風撥亂了我的頭髮。我知道剩下的時間極少了。

「你在沙漠裡遇到的人，」我脫口說道：「梅西跟克勞德，他們有沒有——？」

「講到你？他們當然有。不過別太擔心你媽媽跟爹地。無論如何，他們本來就往他們自己的沙漠去了。你只是更快把他們送過去而已。」

漢克斯的獰笑幅度寬得不像人。他的嘴吱吱嘎嘎地打開，像個鉸鏈生鏽的地窖，嗝出一團輕柔、掙扎著的玩意，像柏油似的，還發出像貓的叫聲，逃進變暗的天空裡，然後被禿鷹們從空氣中拔除了。它們是迷失者與遭天譴者的靈魂，而我知道其中一個是我自己的。

「一路平安。」他說，然後他的臉在黑曜石翅膀與戳刺鳥喙的密集攻擊下變得模糊。

在我停止尖叫，冒險睜開我的眼睛時，太陽仍在往下落，而凡人天文學家不認識的星座，在紅如火燒的天空穹頂之下群聚。我獨自在一座約書亞樹林裡，在幾碼以外，一群匯聚的禿鷹正在爭搶我的腳剩下的部分。

漢克斯不見了，但他的拐杖躺在伸手可及之處。

鳥群俯衝向牠們的大餐，然後一隻接著一隻升空，這時一個女人的聲音，熟悉又可憐，叫喊著要水。她聽起來跟我的心跳一樣近，也跟月亮的另一面一樣遠。

一會以後，我拾起拐杖，開始一拐一拐地前進，心裡知道我有整個永恆的時間去找到她。

敏捷男子

——葛倫・赫許伯格

「但那裡的空氣，如此狂野，如此潔白……」

——湯瑪斯．聖約翰．巴特萊
一九〇一年冬天於奧克尼群島寫給羅伯特．路易斯．史蒂文生的一封信

有注意過嗎，在黑暗中用剛剛好的音量播放薩提的音樂，可以讓整個世界傾斜？那天晚上，我用音色過尖的駕駛艙音響聽〈我想要你〉（Je te Veux），雪甚至還沒落下，滑行道正後方大片北方樹林邊緣的松樹看起來就下沉傾斜了，而在我們朝著除霜站去的時候，消失在我們這台小通勤機輪子底下的白線似乎到處穿行，還彼此交會，就像婚禮舞會上的小孩。然後雪開始下了，潔白而閃爍，就像星光化成的細雨，就連空中交通管制塔看起來都準備好舉起雙臂，踏出它的地基款擺起來。

然後亞利克斯，我這四個月的資淺副駕駛，打開了他的保溫午餐盒。一股惡臭淹沒了駕駛艙，讓儀表板上的燈光在我的淚眼裡搖曳著。我對天發誓，連iPod都作嘔了。亞利克斯就坐在那蒸汽之中，半閉著眼睛咧嘴笑了，就像在享受蒸汽浴似的。

「老天爺啊，你這死觀光客，告訴我這不是肉汁起司薯條。」

「想要一些嗎，老哥？」亞利克斯說道，然後把容器從冷藏箱裡舉起。

在飛機前方外頭，世界繼續起舞，而雪花在其中穿梭旋轉。不過我忍不住瞪著亞利克斯那個食盒裡的一片混亂。幾根軟趴趴的浮腫薯條，從工業產品色澤的爛泥形成的岩漿流中突出來，就像變成化石的蛞蝓。凝結的灰色團塊依附在它們的側邊，漏出白色的膿汁。

「那是肉？」我問道。「起司？」

亞利克斯的嘴咧得更開了。「這是你的國家，你告訴我啊。」

「你到底在哪找到這玩意的？我們有多長的時間來著，三個小時嗎？在安大略省柳樹王子鎮才暫停三小時，怎麼還有人找得到肉汁起司薯條呢？」

「如果你把音響的控制權交出來，我就會把它暫時收起來。」

我們抵達除霜站，而我推了煞車，讓慣性滑行中的飛機慢慢滾動到停止。無論我做這件事多少次了，我總是對於外頭的黑暗感到驚訝。在這個小小機場方圓兩哩內的所有其他地方，人為製造的燈光都滿溢著，繪製出世界。但這裡卻沒有。

我透過擋風玻璃與閃爍的線狀雨雪往外看。我花了點時間，但最後我的眼睛調整到可以剛好分辨出除霜卡車停在滑行道幾公尺外的扁平枯死草地上。很怪異的是，除霜車的吊桿已經舉起來了，就好像打算要我們一路開進田野裡接受噴灑一樣。我看不到卡車司機，也看不到吊桿頂端那個封閉平台上的傢伙，因為兩個人都被包裹在陰影中。可是在我看來平台是傾斜的，跟支撐平台的旋轉金屬架之間，幾乎是呈現一個下巴靠胸口的角度。這讓我想起《世界之戰》（War of the Worlds）裡面其中一個死掉的火星人。

我們坐著，我們在等。卡車沒有動。

「怪了，」我嘟囔道，而亞利克斯把他的肉汁起司薯條容器就直接遞到我鼻孔底下。我的眼睛冒出水來，而我轉向他。「這是幹嘛？」

「你在低聲嘟囔啊，老哥。我只是要確定你還有意識。現在來談談音響的控制權。你準備好做交易了嗎？」

作為回答，我打開了內部通話系統。「各位女士先生，我是機長。我們希望你們六位全都舒舒服服地就座了，你們的行李也已經穩妥地塞進你們的膝蓋與前方座椅之間——」亞利克斯對此嗤之以鼻——「而我們預期，在我們飛往多倫多前的短暫停留中，實際上不會有任何時間能夠服務各位。我們很快就會起飛。在此同時，往後靠、放輕鬆，請為這次航班不是要前往溫尼伯而感到高興，也請別注意那個就要飛撲到我們上面的巨大外星生物。它是為了和平任務而來，要替機翼除霜。還有，我們要為了從駕駛艙門底下鑽進機艙的臭味致歉。這味道是跟著我的副駕駛一起來的，而恐怕我們對此能做的不多。如果您需要任何一種協助，請別猶豫，隨時找我們充滿個人魅力、經驗豐富又足智多謀的隨機技師詹蜜幫忙。我們應該很快就會升空。」

亞利克斯笑出聲來。「今晚跟我出去吧，」他說：「咱們到豬城[1]大幹一場。」

「大幹一場？」

「享受五光十色。大鬧一場。喝乾它。來嘛，老哥。你一直說你會讓我帶你去瞧瞧我的多倫多。我說時候到了。你告訴我已經三年了，對吧？這是——**哇噢**。那是什麼？」

他把他的帽子反戴在頭上，容器在他腿上，一根吸飽了肉汁的薯條正在通往他嘴唇邊的半路上。這是過去四個月以來的第一千次——不過是今晚的第一次——我想起來我到底有多喜歡他。

「我想我們只是在享受柳樹王子鎮的五光十色而已，白人小鬼。擠出精華，舔個乾淨，徹徹底底。」

「你又嘰哩咕嚕說些蠢話了，老哥。」

「北極光，亞利克斯。也許你聽說過這種東西。」

他搖搖頭。「時間不對，是吧？而且也太低了。」

一如往常，他在這兩方面都說對了。我轉回去面對擋風玻璃，往下凝視著朝樹木頂端延伸的飛機跑道，我們兩個都在那裡看見一條螺旋狀的閃光，是綠色的，然後又變成海藍寶石色。

不過現在除了雪花以外什麼都沒有，數百萬片的雪花落在松樹樹枝上，就好像在完成某種大規模卻無人注意的冬季遷徙。我們盯著這幕景象看了一會，然後我再度瞥向除霜卡車。它靜靜杵在那兒，雪如壽衣般覆蓋著高台上的窗玻璃。

「敏捷男子。」亞利克斯說道，他細細品味著每個字。

「什麼？」

「這是你聽過的極光別名中最酷的一個，或者還有別的？」

「敏捷男子？」

「不是很朗朗上口嗎？」

「亞利克斯，你還知道多少別名啊？」

「喔，還有**卡斯瑪塔**，這是古羅馬說法。他們認為那種光是洞窟開口。天空中的洞窟。來嘛，老哥，打敗我吧。你知道哪些？」

要不是因為那輛除霜車蹲在枯草上，像是一輛停在草坪上的報廢車，我本來會露出微笑的。

「呃，有個故事是這樣的……」我說道。

「這才是我認識的老哥。告訴我吧。」

「有好幾種版本。通常是這麼說的，在經濟大蕭條期間的某個時刻，有個貧窮的森林居

1. Hogtown 是多倫多的別名。

民到外頭的那片樹林裡——」

「就在那邊的樹林？」

「剛好最靠近你的任何一片安大略省樹林。沒有任何人跟你講過鬼故事嗎？」

亞利克斯點點頭。「繼續說。」

「所以森林居民到外面去了。」這次我確實露出微笑。「到森林裡大鬧一場。」

這番話為我贏得來自一根爛糊薯條的揮舞致敬。

「而在他到外面去的時候，他看到極光。」

「敏捷男子。」亞利克斯說。

我舉起一根手指。「不過不在天空中。是在樹木之間。這位森林居民有某種預感。他衝回家裡去。他到家的時候，他的太太說他們生病的老狗先前跑出去了，他們的女兒急瘋了，衝出去找牠。狗回來了。但女兒卻沒有。再也沒有人見到她。那位森林居民在他的餘生裡，每天晚上都帶著他的燈籠出去找人，但他連一絲蹤跡都沒找到過。根據某些人的說法，他還在找，而那光線就是他的燈光。嘿，亞利克斯，我不喜歡這樣。」

他一直在點頭跟咀嚼食物，但現在他把那個裝著薯條的紙板船放進他的午餐盒裡，而且用他的制服褲來擦手。「你是對的，老哥。為什麼我們光是坐在這裡？」

我啪一聲打開無線電，呼叫塔台。「這裡是北方森林航空二一八一四。」

回應立即出現，那聲音極其清晰，簡直可能是直接來自機艙裡。

「北方森林二一八一四，請講。」

「比爾，是你嗎？」

「怎麼回事，韋恩？」

「我們在除霜車這裡。除霜車沒在動。」

我不知道我期待聽到什麼。**我們會叫醒他**，也許吧。或者是，**那又怎樣？**或者，既然比爾有那麼一點亞利克斯的淘氣性格，**給他看屁股啊**。

但反而出現一陣冗長的沉默。我正要重複一次我的話時，比爾的聲音就回來了。

「坐好，」他說：「別動。」

「什麼——」我開始要講話，通話卻關上了。就這樣斷掉。我設法再度對通話系統講話，但就跟對著一顆拳頭大喊大叫一樣。

「嘿，又一個。」亞利克斯說道，不過等到我轉頭的時候，只有最微弱的一道藍色，雪幕上的一抹痕跡。

在正常的晚上，除霜車會在一架飛機停止滑行的瞬間醒過來。卡車會巧妙地靠近，司機會透過通話系統連線主動聯絡。駕駛員關掉所有系統，也關閉排氣口，這樣液體就不會流進機艙內。然後平台操作員就會讓他的吊艙俯衝過來，展開懸臂噴嘴，然後用一陣亮紫色的抗凍劑淹沒機翼。整個過程不到五分鐘。有時候還不到兩分鐘。

不過我們已經在這裡好一會了。我現在可以分辨出平台操作員的樣子了，或者至少是他的影子。他彎著腰，或者是縮著身體待在他的吊艙裡，距離地面十五公尺。我看不到他的臉，因為他沒有任何照明。我無法聽見他的聲音，因為卡車沒有接上線跟我們聯絡。就我所見，卡車的引擎還沒有發動。這一次，樹林間的微光閃爍著紅色，而那種紅色在森林的最邊緣懸浮了一會，才閃動著消逝。

「你看，我搞不懂這個，」亞利克斯說：「這不合理。」

「這就是我說的——」

「我指的是你的故事。我是說，老哥，問題出在哪裡？極光是來警告他的嗎？或者那是他女兒死時出現的靈魂？或者是一種不祥的預感，預告他未來會變成拿著燈籠在樹林遊蕩的傢伙？在這個地方，你得說得更具體一點。」

滑行道上沒有動靜，真的開始讓我不安了。我幾乎打開內部通話系統，叫詹蜜去看看了。可是那樣只會激起亞利克斯對詹蜜發動新的一波勾搭攻勢。這倒不是說詹蜜看起來很介意這點。

「這不是我的故事。而那極光可能代表上述所有一切，就看故事怎麼講，」我說。「你知道這些故事是怎麼產生效果的。」

「我知道這個故事的效果可以更好。」

「他是什麼意思，**坐好、別動？**」

「咱們去看看。」亞利克斯說著，就解開他的安全帶站起來。

這樣至少讓我把凝視的目光從滑行道轉移到他臉上。「去哪？」

「外面。就跟我說你從沒有想要過到外面去啊。你曾幹過這種事嗎？我們有完美的藉口。」

「我們不能到外面去。」

「為何不行？」

我想了一下。「不是有規定嗎？一定有相關規定。」

「然而你在這裡，已經解開你的安全帶了。」他露出八歲小孩的得意咧嘴笑容，這笑容點亮了他，一路亮到他那頭亂蓬蓬的鬈髮上。而我在這裡，是解開我的安全帶了。「老哥，」他語帶贊同地說道。然後他猛然打開駕駛艙門，大步走進我們這台定期通勤航班的小小機艙裡，唱歌似地說道：「喔，詹蜜啊……」

等到我現身的時候，他好像上了台似地站在那裡，手臂環抱著我們那位太過纖瘦的金髮空中服務員——毫無疑問，她的年齡比較接近我而不是他——同時面對著我們的六位乘客。他們看起來都是獨自旅行，因為他們每個人都占據自己的一排座位——我們稱之為「排」，雖然那些座位其實只是一道狹窄走廊兩側的幾組單一座位而已——只留下前方是空的。

「發生了什麼事？」一個坐在後面幾排，穿著綠色麥吉爾長袖運動衫，看似筋疲力竭研究生的人喊道。

「誰想玩捉迷藏？來吧，我會數到十。」亞利克斯說，而詹蜜把頭一低，搖著頭笑起來。

「各位女士先生，請原諒他，」我說：「他是美國人，他剛吃到他的第一份肉醬起司薯條，這種食物搞得他頭暈眼花。」

「Avez-vous poutine?（你們有肉醬起司薯條？）」三排後的一位白髮女士這麼說，她快活得像是認為我們會給她一盤，讓她搭著贈送的冰水吃。

「Je l'ai fini.（我吃完了。）」亞利克斯說著，拍拍他並不存在的肚腹。我看不到他的臉，不過我確定他有眨眨眼。

我移動到門口，打開門鎖，而詹蜜驚訝地轉向我。「韋恩？」

我做了個揮手手勢，儘可能顯得很隨興。「我們只是……」

「去查看某個東西，」亞利克斯說：「各位，我們馬上回來。」

「就是查看一下，」我迅速對詹蜜說：「不是飛機有問題。別擔心。」

在她能夠發問、在我有時間重新考慮以前，亞利克斯就把艙門往外推了。寒冷、有樹脂味道的空氣湧進機艙，在折疊梯自己往下降至地面時，把幾絡雪掃到我們腳踝周圍。

詹蜜立刻退了一步。因為這股寒意，我領悟到就只是因為這股寒意。可是亞利克斯也暫時猶豫了一下下。當了駕駛員三十一年，除了透過登機門，我從沒有一次離開我的飛機。肯定沒有在滑行道或跑道上離開過。我瞪著一片黑暗，雪讓這個世界結成了繭。一個高亢、工業性的哀鳴乘著氣流而來，似乎令人不適地鑽進我的耳道裡了。

我往背後一瞥。唯一沒在看的乘客，是最靠近敞開門口那個座位上的圓胖中年男人。他的頭靠著窗戶，他的領帶仍然緊緊打在那個脖子上，他的眼睛閉得太緊了，不是在睡覺。至少在我看來是這樣。他的皮膚看起來蒼白潮溼，就跟窗玻璃一樣。

「他還好吧？」我對詹蜜低聲說道。

她聳聳肩。「從我們上機以後他就一直是那樣子。我不覺得他是心臟病發什麼的——如果你要問的是這個。你還好嗎，韋恩？這似乎不是……」

「妳是對的，」我說。「嘿，亞利克斯，為什麼我們不乾脆回頭再跟比爾確認一下。」

「因為啊，老哥，」他說：「我們是敏捷男子。」而隨著他把雙手巧妙地塞進他那件荒謬的二手商店飛行員夾克口袋裡，他漫步著走出飛機，沿著階梯往下走到柏油跑道上。

為什麼我會去？從那以後我一直在納悶。當然，因為那了無生氣的除霜車讓我心煩。因為亞利克斯對一切事物的熱情，撥動了我自身熱情的餘燼，當時那股熱情還沒死掉太久。不過還有別的事情。一股**需要**。突如其來。無可抗拒。這是我自發的嗎？我還是不知道。

我走下階梯。在我後面，我聽到那個沒有在睡覺的傢伙，發出單單一聲像有鋸齒狀邊緣的粗啞喘息或哀嘆。我也聽到了另一個聲音，或者自以為聽到了。那高亢、電器似的哀鳴，雖然我們是那裡唯一的一台飛機。

在我到亞利克斯身邊的時候，他露出微笑。「敏捷男子的一小步……」

讓我訝異的是，我回以微笑。「看吧，現在你正在這麼做。」

「做什麼？」

「敏捷男子是極光？還是我們？」

「你知道你是我這輩子共事過最酷的駕駛員，對吧，老哥？你知道嗎，你毀掉我對駕駛艙閒聊的正常看法了。」

「哎呀客氣了，謝謝你，亞利克斯。有時候我也有同感。」

「在我們回到機艙裡面去的時候，我們可以至少放一首《太陽神祭典》[2]嗎？或者《玄秘曲》[3]的其中一首？」

現在我瞪著他看了。「你也知道薩提啊？」

「我知道〈我想要你〉讓你心情鬱悶。」

「亞利克斯，就一個龐克小孩來說，你知道的事情還真是天殺的多。」

「事物存在就是為了被知道啊。對吧？」

「有些事情是。」我這麼說了，然後立刻希望我沒這麼說。

「嘿，老兄。」亞利克斯說。

我忽略他，也設法忽略自己，望著柏油路對面的除霜車。卡車裡看起來真的不像有任何人在。平台上面是有某個人在沒錯，但就我能分辨的程度來看，他甚至還沒注意到我們。

2. Gymnopedie，薩提從一八八八年陸續發表的鋼琴組曲，總共有三首。
3. Gnossiennes，薩提在一八八九年到一八九七年之間發表的六首鋼琴曲。

除非司機把他的鑰匙留在點火裝置上，或者我們能找到一塊好扔的石頭，否則我們想引起平台操作員的注意就難了。外面這裡的哀鳴聲也更大了。或者說，不是更大。而是更近。更尖利。如果那時不是一月，我就會以為我耳朵裡有蚊蚋了。

詹蜜的低跟鞋在折疊梯級上喀噠作響，而她出現在我們中間。亞利克斯伸出手臂環住她。極光在最近的樹頂上開花了，一片散布的綠松石藍、愛爾蘭綠與深粉紅色，就好像有人在那上面撒下把彈珠。樹枝隨著色彩泛起漣漪，然後吞沒了那顏色。

「耶穌啊，」詹蜜說。

亞利克斯用手臂環抱住她的腰際。「怪異的北方樹林之美。我最喜歡這種美。」

「你覺得那是冰嗎？機場燈光反射到樹枝上的？」

當然，這樣說是對的。為什麼我先前沒想到？我揮手指向後面飛機的方向。「說真的，那個人還好嗎？」我問道：「二B的那個乘客？」

「我想他頂多是在哭，」詹蜜說。「我有在注意他。」

「我知道妳有。」

「我們不應該待在外面，韋恩。」她碰碰我的手。

「進去吧。我們很快就會回來。」

更多光。這次是一陣皇家藍，集中在最靠近滑行道的松樹上，也許距離有三十公尺遠。透過雪，我可以稍微清楚一點點地看到操作員的影子，就在上面的平台吊艙裡。他被轉向森林的方向。我還是不認為他有看到我們。

我體內再度閃過一股不自在。這種感覺幾乎是好的。它填滿了空虛，或者至少為空虛上了顏色。

就好像感覺到了那個念頭，詹蜜捏捏我的手。我跟她一起工作很長時間了。我也捏回去。「進裡面去吧。我們馬上就來了。」

「妳可以把我剩下的肉醬起司薯條拿給那個白髮女，」亞利克斯說：「我實際上沒全部吃完。雖然現在有點涼掉了。」

「噁。」詹蜜這麼說，然後轉身往飛機走。我看到她在往上爬的同時，往後張望樹林。也許她是希望看到另一道光出現。不過我有個想法是，她希望的是相反狀況。也許只是我這麼想。

那哀鳴又更高漲了。現在，在尖利刺耳之下，我還可以聽到另一種聲響。一種低沉的碾磨聲。然後那聲音消逝了。我把雙手高舉過頭，對著除霜車平台揮舞著。接下來，我試著上下跳躍。

「看吧？」亞利克斯說：「你還很敏捷。你知道她喜歡你，對吧？」

我不跳了。「什麼？」

「詹蜜啊。她只是在等你先開口。她等很久了。」

「你在說什麼啊？她跟你這樣講的？」

「她不必告訴我。我知道的。這是亞利克斯知道的事情之一。」

「讓我們引起那傢伙的注意，然後離開這裡。」我說。

「我只是跟你說說。她在等你說你準備好了。我說已經三年了，老哥。而且我無意不敬。可是我說三年很久了。我說你準備好了。可惡。」

它平空冒出來，什麼東西都不是，而就像出現時那樣迅速地消失。一陣綠中帶黃的閃光就從我們頭上過去，就像閃電戳進地面。或者像是眼睛一眨。

「你有聽到那個嗎？」

「聽到？你眼睛裡有耳朵啊，老哥？」

「嘿，」我這麼說。我們的氣息在我們前方冒煙。「他動了。」

我們兩個都把脖子往後伸，想看清楚。上面那傢伙**動過了**。我確定。但他現在停了。而且他還是直盯著樹林看。那哀鳴聲再度深深探入我的耳朵。而還有另一個聲音，這一個比較熟悉。不過在空白了好幾秒以後，我才領悟到那是什麼。

「卡車現在發動了。」我說。

「唔，」亞利克斯說話了，而這是第一次，我在他的聲音裡也聽到懷疑。就那麼一閃而逝。不過那比外面的任何其他東西都更讓我驚慌。「如果它不朝我們這裡來……我猜想我們就要迎向它。」

他開始往那邊走，我跟上去，而車廂裡的司機終於坐起身。他看到我們的時候一臉震驚。然後他開始在他的臉前方瘋狂揮舞他的雙手，就好像他那裡有蜜蜂似的。

「這啥鬼？」亞利克斯嘟囔著，他還在移動，而我抓住了他的手腕。

司機揮手揮得更瘋狂了。不過不是對著客艙裡的任何東西。他也在大喊大叫，不過他把窗戶都緊緊關上了，我能聽到的就只有他在喊叫。聽不到他說什麼。

而在上空，那聲音回來了，沒那麼大聲，卻更高亢些，幾乎是尖叫。碾磨聲也回來了。亞利克斯跟我在除霜卡車跟我們敞開的飛機中間的半途上，就在柏油路的邊緣上。

我領悟到這聽起來其實不像碾磨。這聲音似乎在我自己腦袋裡嵌得太深，不像碾磨。它聽起來像是咬牙切齒。

那光線並不盡然是從樹上爆發的。它們就只是從樹後面滑出來，就好像它們一直都躲在那裡。它們盤旋在森林邊緣，像是融雪在窗櫺上凝結。成形。

我不必警告亞利克斯。他已經在跑了。

當然他年輕了好幾十歲，動作快得多。也許他甚至沒看到那光變成了什麼，那有翅膀的東西。或者數百萬個比較小的東西，它們全部都在閃閃發亮。

它們像是冰雪暴出現在一條冰河上，全在一瞬間，從四面八方而來。我竭盡全力衝刺，卻知道我趕不上的。它們在我的頭髮、耳朵、眼睛裡，而且它們讓人**很痛**。掃開或者對抗它們是沒有用的，但無論如何我還是在跑，直到來自除霜車的第一波轟擊把我直接掀翻為止。除霜車沒停止。它繼續用液體連續攻擊我，而我開始尖叫，然後閉緊我的嘴巴，就怕我會吞下液體或光線，同時設法七手八腳地恢復直立姿勢。然後我放棄了，就用爬的。

光線在尖叫。或者是我在尖叫。或者是亞利克斯跟詹蜜在飛機的門口，兩個人都浸溼了，在滴水，在揮手，在吼叫。我抵達台階，那咬牙切齒聲變得更響亮，似乎箝住我的脊椎，而且直接咬穿了它，而我渾若無骨地癱向一邊，覺得很輕盈，好輕盈。然後亞利克斯把我拖進裡面去，把門摔上關緊。

有很長的一段時間，只有黑暗與沉默。我領悟到，這是因為我沒睜開我的眼睛；因為我太害怕要張開嘴巴。我感覺到我臉上有條毛巾，詹蜜溫柔的手貼著我的頸背。我睜開眼睛，發現亞利克斯把紫色的水滴滴得到處都是，就像隻剛洗過澡的貴賓狗。

「好了？」他說。

我顫抖著點點頭。「我想是。你呢？」

他開始笑。「什麼鬼啊，」他說：「天殺的加拿大鬼玩意。」

這並不有趣。不過有亞利克斯在這裡，反正你就是忍不住會微笑。

詹蜜也在微笑，同時漫無重點地在我臉上不斷地輕拍。我握住她的手好制止她。然後我就這樣握著了。

我們回到我們的座位上，我們的頭包著刺人的航班用毛巾，耳朵還在嗡嗡作響，雙手還在發抖，卻堅定地安放在操縱裝置上，這裝置要不是引導我們安全回到航站，就是升空，用這輛飛機可悲的油槽，把我們載到離柳樹王子鎮盡可能遠的地方，這時機艙門打開了。亞利克斯是轉頭的那個。然後他說道：「韋恩。」

我也轉頭了。詹蜜站在門口，臉色蠟白，眼神茫然。「他不見了。」她說。

「什麼？」我問道。

「二B座位的那個人。那個在哭的男人。他不在飛機上。他也沒有經過我外出。他不在任何地方。」

我站起來，搖著我的頭。「那很荒謬。他一定有——」

「韋恩，」詹蜜說，而她眼中含著眼淚。「他不在了。」

這種事只會偶爾發生，多年以後比爾有一次這樣跟我說，在喝最後一輪默森啤酒的時候，那是在我們兩個都永遠離開飛行遊戲之前。只發生在深冬，在最寒冷的夜晚。甚至在那種時候，大半也不會有。沒有人真正知道，是在何時有人領悟到除霜液體有用，又是怎麼領悟的。不過那似乎有幫助。有時候。可以把它們擋回去。有時候。

「總是這麼哀傷，」比爾說過。「總是，總是，總是這樣。」

至少，我以為他是這麼說的。直到那天晚上，回到我的旅館去，倒了杯酒來喝，我的手開始發抖，而我領悟到我聽錯他的話了。不是**這麼**哀傷。是**這種**哀傷。總是這種哀傷。

是哀慟吸引了它們嗎？或者哀慟與那空氣、那樹林裡的某種東西起了反應，而製造出它們？我的哀慟吸引或者創造了它們嗎？如果是，救了我的就不是防凍劑。而是那個啜泣的男人。他的哀慟比較新鮮。

它們吞噬了他嗎？現在我反而想要認為他是它們的一員。也許，是跟他所失去的重新團聚。或者至少有了伴，跟敏捷男子在一起。有時候，這種念頭讓我感到安慰。

你無法搭機飛到柳樹王子鎮，再也不能了。在那一夜之後不久，他們關閉了那個設施，重新把所有交通航線引導到薩德伯利比較大、服務也比較好的機場去，那裡的燈塔數量很多，也比較明亮，而且樹木會保持距離。

小美國

丹・項恩

首先，這裡是美國的公路。這裡有塗成天藍色、粉紅色、淡綠色的各州，還有黑線從中間經過。彼得有地圖的兒童版，他們開車時他在地圖上跟著查看。他在他們經過的城鎮名稱上打叉，雖然他那份舊地圖上的大多數城鎮，都不再存在了。他坐著，盯著代表每一州農產品與公共設施的小漫畫圖案。玉米、油井、牲口、滑雪者。

其次，這裡有微風先生他本人。這裡的他坐在這輛長長的老凱迪拉克方向盤後面。他細緻的雙手很瘦，泛紅得像是龜裂了。他穿著一件白色襯衫，手腕跟脖子的鈕扣都扣上了。他日漸稀疏的頭髮整潔地在他頭皮上梳開，他瘦削如骷髏的頭在微笑。他很開朗、溫和又活潑，像是彼得以前在電視上看過的兒童節目主持人。他說話時會睜大他的眼睛，而且口齒清晰地說出每個字。

第三是微風先生的手槍。這是一把葛洛克十九、九釐米小型半自動手槍，微風先生說。它就躺在彼得正前方關著的置物箱裡，而他想像著它在睡覺。他腦中浮現槍口的畫面，子彈冒出來的那個洞口：一隻閉著的眼睛，隨時可能會睜開。

外面是廢棄的加油站，微風先生站著，他骷髏般的頭翹了起來，聆聽著一個香菸廣告老招牌的鉸鏈微弱的吱嘎聲。他臉上沒有表情，加油站店頭櫥窗的臉也是。窗戶破損了，用一塊塊紙板補起來，還有些垃圾，某些紙杯、樹葉等等，在沾染油漬的柏油地上飛舞著轉圈圈。加油幫浦就只是沉默地站在那裡。

「哈囉？」過了一會以後，微風先生非常響亮地喊出聲來。「有人在家嗎？」他把一只加油噴嘴柄從幫浦一側的支架上舉起，試試能不能用。他按了會讓汽油從水龍帶裡噴出的扳機，但什麼事都沒發生。

彼得走在微風先生旁邊，握著微風先生的手，凝視著前方的路。他用他空出來的手來遮擋眼睛，避開低角度的傍晚陽光。往下一小段路有幾棟房子跟幾棵枯死的樹。一排貨車車廂乾坐在鐵軌上。有一棟穀倉塔，塔樓從沒有葉子的榆樹樹枝上方升起。

在一台報紙販售機裡，有一份二〇一二年八月六日的《今日美國》，彼得心想，那大約是兩年前了，可能是吧？他記不太清楚了。

「這裡看起來不像還有任何人在了。」最後彼得這麼說，而微風先生沉默地注視著他良久。

在汽車旅館裡，彼得躺在床上，臉部朝下，微風先生用一根塑膠束線帶把他的手綁在後面。

「這樣會太緊嗎？」微風先生說，每次他都是這樣，非常關心又有禮貌。

而彼得搖搖頭。「不會。」他說道，然後他感覺到微風先生調整了他的腳踝，好讓腳踝平行。在微風先生把他的網球鞋鞋帶綁在一起時，他保持不動。

「你知道我並不希望事情是這樣子，」一如往常，微風先生這麼說。「這是為你好。」

彼得只是看著他，微風先生稱之為他「高深莫測的凝視」。

「你希望我唸書給你聽嗎？」微風先生問道。「你喜歡聽故事嗎？」

「不用，謝謝你。」彼得說。

到了早上，外面有種噪音。彼得躺在被子上面，仍然穿著他的牛仔褲、T恤跟網球鞋，鞋帶也仍然綁著，微風先生穿著他的睡衣躺在被子下面，而他們兩個都被驚醒了。在窗戶外面，有一陣恐怖的吵嚷聲。這聽起來像是他們在打架，或者可能在殺掉某物。有些叫喊、咆哮與痛苦的聲音，在微風先生下了床，用他靈活的雙腳大步跳到房間另一頭去拿槍的時候，彼得閉上他的眼睛。

「噓，」微風先生說，靜靜地用口型表示：「你。不。要。動。」他對彼得搖搖手指：**不不不！**然後露出微笑，在他拿著隨時準備擊發的槍走出汽車旅館門口時，微微一鞠躬。

獨自在汽車旅館房間裡，彼得躺在廉價床鋪上呼吸著，他的臉朝下，壓著老舊的聚酯床罩，上面聞起來有黴菌跟陳年香菸味。

他彎曲了他的手指。他的指甲，一度又長又黑又利，被微風先生銼磨到接近肉根了——**這是為他好**，微風先生說過。

但如果微風先生不回來了呢？接下來怎麼辦？他會被困在這個房間裡。他會繃緊了對抗他手腕上的塑膠束線帶，他會不斷地踢騰他被綁住的腳，他會扭動著下床，拉著自己到門口，然後用頭去撞門，但不會有出路的。死於飢渴是非常痛苦的，他心想。

幾分鐘之後，彼得聽到一聲槍響，一種陰森的爆竹式迴音，嚇到了他，讓他為之一縮。然後微風先生打開了門。「沒什麼好擔心的，」微風先生說。「一切都很好！」

有一陣子，彼得戴著項圈跟牽繩。項圈靠皮膚的那一側有圓形的金屬凸起物，會碰到彼得的脖子，如果微風先生摸一下他帶著的小電波傳送器，彼得就會被電擊。

「我並不希望事情是這樣子，」微風先生告訴他：「我希望我們是朋友。我希望你把我想成一位老師，或者一個叔叔！」

「對我表現出你是個好男孩，」微風先生說：「我就不會再讓你戴那個東西了。」剛開始的時候，彼得常常在哭，他想要離開，可是微風先生不讓他走。微風先生把彼得密密實實地裹在一個睡袋裡，只有頭在外面——扭動得像繭裡的一隻蟲，就像一個困在自己媽媽肚子裡的寶寶。

就算彼得幾乎十二歲了，微風先生還是把他抱在懷裡，搖晃著他，低聲唱著老歌，悄聲說著**噓噓噓**。「沒關係，沒關係，」微風先生說：「別害怕，彼得，我會照顧你。」

他們現在在車裡了，而且正在下雨。彼得靠著乘客座那邊的窗戶，而他可以看到水滴沿著玻璃一寸寸下滑，像一群群小魚那樣移動，而他可以看到雲朵帶著霧濛濛的灰色小魚們，幾乎碰到了地面，而樹木彎下腰來滴著水。

「彼得，」在一小時或者更長久的靜默之後，微風先生說：「你有在看你的地圖嗎？你知道我們在哪裡嗎？」

彼得低頭凝視著微風先生給他的書。這裡是公路，各州以較淡的原色標示。內布拉斯加。懷俄明。

「我想我們幾乎已經在到那裡的半路上了。」微風先生說。他看著彼得，他那雙愉悅的兒童節目式眼睛很謹慎小心，你可以看得出來，他在想些他所說的話以外的事情。一個大人有某種辦法，可以望進你眼中，看看你是不是有在注意，看出你有沒有在學習，而微風先生的眼睛在掃視著他，又戳又推地試探。

「那是個好地方，」微風先生說。「一個非常好的地方。你會有你自己的房間。有溫暖的床可以睡。有好的食物可以吃。而且你會去上學！我想你會喜歡的。」

「嗯。」彼得說著，顫抖起來。

他們現在經過一連串的房屋，其中一些房子被燒過，仍然在雨中悶燒。那些房子裡沒有剩下任何人，彼得知道這點。他們全都死了。他能從骨子裡感覺到這一點；他可以在他嘴裡嘗到這種味道。

在城鎮之外，在長著向日葵與紫花苜蓿的田野上，也有幾個像他一樣的。是小孩子。他們鬼鬼祟祟地沿著一排排農作物放輕腳步前進，他們的手掌跟腳踵輕輕壓著肥沃的土地，幾乎沒有留下痕跡。他們抬起他們的頭，他們金色的眼睛閃閃發光。

「我以前有個男孩。」微風先生說。

他們到現在已經馬不停蹄地開了好幾小時車，聆聽一個男人跟某些小孩唱歌的錄音帶。ㄅㄧㄣ ㄍㄨㄛˇ，他們在唱。**賓果是他的名字喔！**

「一個兒子，」微風先生說：「他不比你大多少。他的名字叫吉姆。」

微風先生微微地挪動一下他靠在方向盤上的雙手。

「他是個石頭獵人，」微風先生說。「他喜歡所有種類的石頭跟礦物。晶洞石，他很愛。還有化石！他收藏了一大堆化石！」

「嗯，」彼得說。

以微風先生枯瘦的腦袋、火柴棒身體跟木偶嘴巴，腦中很難勾勒出他是一位父親的畫面。很難想像微風太太以前看起來肯定是什麼樣。她會是像他那種骷髏模樣嗎，穿著長長的黑洋裝，留長長的黑髮，走路姿態像蜘蛛？

也許她是他的相反：一個豐滿年輕的農場女孩，金髮又有紅潤的臉頰，面帶微笑，而且會在廚房裡煮鬆餅之類的東西。

也許微風先生就是瞎掰的。他可能根本沒有老婆或兒子。

「你太太的名字叫什麼？」到最後，彼得說話了，微風先生則安靜了很長一段時間。雨勢減緩，然後在遠處的山丘變得更清晰時停了下來。

「康妮，」微風先生說：「她的名字叫康妮。」

入夜時，他們已經經過了夏安——**一個糟糕的地方**，微風先生說，**並不安全**——而他們幾乎到拉勒米了，微風先生說，這裡有一隻很好很有組織的民兵，城市範圍周邊還有高牆。

彼得可以從很遠的地方看到拉勒米。光柱的軀幹部位就像紅杉木一樣又粗又高，而在光柱頂端，有一簇鹵素燈，有一種尖叫似的明亮度，而彼得知道他不想去那裡。他的手臂跟腿開始發癢，而他用被剪過的疼痛指甲去抓，雖然光是碰到皮膚，指甲都會覺得痛。

「別這樣做，拜託你，彼得，」微風先生輕聲說道，而彼得沒有停，他就伸手過來，用他的手指來彈彼得鼻子。「**停下來**。」微風先生說：「**現**、**在**、**就**、**停**。」

頭上有一閃一閃的黃色燈光，那裡設下一個路障，而有兩個男人從一個用木頭、有刺鐵絲網跟削出尖角的汽車零件架起的結構物後面冒出來，這時候微風先生慢下他的凱迪拉克。這些男人是某種士兵，拿著步槍，而他們拿著一把手電筒，對著擋風玻璃裡的彼得跟微風先生照過去。在他們後面，高高的鐵鍊圍牆在風中晃動時，在路上製造出陰影紋路。

微風先生把車開進停車場裡，然後伸手過去拿安放在置物櫃裡休息的手槍。男人們緩緩靠近，其中一個人非常大聲地說：「**先生請走出車外**。」而微風先生用他的槍碰到彼得的腿。

「當個好孩子，彼得，」微風先生耳語道。「你可別想逃跑，要不然他們會射殺你。」然後微風先生擺出了他大而明亮的木偶微笑。他拿出他的皮夾打開來，好讓男人看得到他的身分證件，這樣他們就可以看到美利堅合眾國的金色圖章，閃亮的金星。他打開他的車門，踏出車外。槍塞在他的褲腰帶裡，而他鬆垮垮地舉起手，展示著皮夾。

他發出「咚」的一聲關門，留下彼得被封鎖在車裡。

乘客座這一邊沒有把手，所以彼得沒辦法開他自己的門。如果他想這麼做，他可以滑到駕駛座那邊，然後打開微風先生的車門，往外滾到馬路上，然後設法盡他所能迅速地爬進黑暗中，而也許他可以跑得夠快，走Z字形路線，這樣他們射出的子彈就只會咬進他背後的地面裡，而他可以找到路進入某種灌木叢或森林，然後一直跑跑跑，直到人聲與燈光都離得老遠為止。

不過這些男人非常仔細地注視著他。一個男人握著他的手電筒，所以那光束直接穿過擋風玻璃，照到彼得臉上，另一個男人瞪著彼得看，微風先生這時一邊說一邊比劃、一邊說一邊比劃，就像電視上想賣某樣東西給小朋友的表演者。不過那個男人在搖頭說不。**不！**

「先生，我不在乎你有哪種文件，」男人說：「你不可能帶著那東西穿過這道門。」

彼得以前是個真正的小男孩。

他能記起這件事——其中有很多部分在他的心中仍舊是非常清晰。「我向國旗宣誓效忠」跟「滴、答、噼、啪，給狗狗一根骨頭，這老頭就回家囉」還有「ＡＢＣＤＥＦＧＨＩＪＫＬＭＮＯＰＱＲＳＴＵＶＷＸＹＺ，現在我學會我的ＡＢＣ，下次不跟我一起唱嗎？」還有「昨天……我所有的困擾似乎都好遙遠」還有……

他記得前面有些大樹的房子，沿著人行道溜滑板車，他的腳不時蹬一下地面，製造動能。罐子裡的蟲——蟬——從蛻殼中冒出來，有綠色的翅膀。他媽媽跟她的兩條辮子。碗裡的穀片，把牛奶倒進去。他爸趴在地毯上，他爬到他爸背上：「疊羅漢！」

他還能閱讀。在他心裡字母會聚攏了發出聲音。微風先生問他的時候，發現他還能說出他的電話號碼跟地址，還有他父母的名字。

「馬克跟麗貝卡．克蘿利克，」他說。「展望大道二一三四號，南灣，印第安納州，郵遞區號四六六〇一。」

「非常好！」微風先生說：「好極了！」

然後微風先生說：「他們現在在哪裡，彼得？你知道你父母在哪裡嗎？」

微風先生從拉勒米的路障前撤退，碎石礫從他們的車胎下噴濺出來；在照後鏡裡，彼得可以在車尾燈的紅光與塵土中看到那些男人跟他們的槍。

「該死，」微風先生說道，然後手拍向儀表板。「該死！我就知道我應該把你放到後車廂裡的！」彼得什麼都沒說。他從沒有看過微風先生用這種方式發怒，這嚇著了他——微風先生皮膚上的紅斑，成人狂怒的氣味——雖然他也覺得如釋重負，能遠離那些大大的鹵素燈。他保持眼睛直視前方，他的雙手交疊在他膝蓋上，而他聆聽著微風先生的沉默散開來，他聆聽著他們下面的高速公路移動，並且注視著路中央的黃色虛線在車子之下無窮無盡地拉長。有一會兒，彼得假裝他們在吃那些黃線。

過了一段時間，微風先生似乎冷靜下來。「彼得，」他說：「二加二。」

「四。」彼得輕聲說道。

「四加四。」

「八。」

「八加八。」

「十六。」彼得說道，而他可以在里程計上發出的泛藍燈光下，看到微風先生的臉。這是一個半身像的冰冷側面，就像錢幣上的人物圖片。有車胎的聲音，還有速度的聲音。

「你知道的，」微風先生最後說道：「我不相信你不是人類。」

「嗯。」彼得說。

他想過這件事。這是個複雜的句子，比數學還複雜，而他不確定他知道那是什麼意思。他的手安放在他腿上，而他可以感覺到他剪得不好的指甲一陣陣刺痛，就好像指甲還在似的。微風先生說，再過一陣子他幾乎就不會記得那些指甲了，但彼得不認為這是真話。

「我們生下小孩的時候，」微風先生說：「孩子到頭來不像我們。他們變得像你，彼得，而且其中某一些甚至比你還不像我們。這種狀況到現在已經好幾年了。不過我必須相信，這些小孩——至少其中**某些**小孩——其實沒這麼不一樣，因為他們是我們的一部分，不是嗎？他們感覺得到一些事。他們體驗到情緒。他們能夠學習與推理。」

「我猜是。」彼得說，因為他不確定該說什麼。一個成人想要你贊同他們的時候，他們會對你露出某種表情，而這就像是他們用眼睛在你身上放了個項圈，而你可以感覺到小小的突起物貼著你的脖子，電擊會從那裡冒出來。當然，他並不像微風先生，也不像拉勒米大門前拿著槍的那些男人；假裝如此是很傻的，不過微風先生似乎就想要這樣。「也許是。」彼得說道，而他注視著他們經過一個散發綠色冷光的路標，上面有個白色箭頭，寫著「出口」。

他能記起他掉了第一顆牙的時候，而他把牙齒放在一個他媽媽替他準備好，上面寫著「牙仙」的小袋子裡，然後放在他枕頭底下，但在那之後牙齒開始非常迅速地掉落，尖牙開始長出來。不像媽媽或爸爸的牙齒。而指甲開始變厚，他前臂、下巴跟背部長了毛，他的眼睛也變了顏色。

「告訴我，」微風先生說：「你沒有傷害你父母吧，有嗎？你愛他們，對吧？你媽跟你爸？」

在那之後，他們再度安靜下來。他們一直在開車，開了又開，山間道路的黑暗籠罩著他們周遭。松樹的陰影，撥弄著他們的衣服。緊盯著他們的堅實巨石猙獰的陰影。雲朵纏繞重疊在月亮上的陰影。

你愛他們，對吧？

彼得把頭靠在乘客座的窗戶上，然後閉上眼睛一會，在微風先生轉動旋鈕，緩緩掃過刻度盤時聆聽著收音機：靜電。靜電——靜電——男人哭喊——靜電——靜電——非常遙遠的墨西哥音樂淡入又淡出——靜電——男人狂熱地布道——靜電——靜電。在微風先生關掉收音機以後，就是寂靜，而彼得繼續閉著他的眼睛，設法緩慢而沉重地呼吸著，就像睡著的人那樣。

你愛他們，對吧？

然後微風先生低聲耳語了某句話。一長串含糊的氣音，分辨不出任何話語。

在彼得醒來的時候，天幾乎亮了。他們停在一個休息站——彼得可以看到有個寫著「貨車獵犬休息區」的路標，坐落在一堆白色石頭上，他可以看到小型建築物的輪廓，一棟是「男用」，一棟是「女用」，而磚頭上漆了一些塗鴉，「神愛世人，甚至將他的獨生子賜給他們」，而垃圾桶翻倒了，遍地狼藉，許多速食包裝袋被扯開、撕裂還舔了個乾淨，隨後又有人滿懷希望，把殘餘碎片再舔過一次，也滿懷希望地嘗過壓碎的汽水罐開口，接著是檢視其他的殘渣，嗅聞過後到處散落。

附近有個聲音。不只一個聲音。他們之中有幾個悄悄挨近了。

有個舊塑膠容器沿著柏油路被鼻子頂著嗅聞過，為了探求黏附在容器內側的任何一點乾燥糖分。彼得聽到它了。它滾動著——**咚咚咚**——然後停了下來。有一隻撿起了它，另外一隻在看它，底部有一點點硬化了的可樂。他聽到牙齒咬著塑膠瓶的嘎吱響聲，然後是響亮的舔舐與咀嚼聲。

然後有一隻來靠近車子了，他跟微風先生理應還在睡夢中。

一隻跳到凱迪拉克前方車頭上面，全身赤裸，四肢著地，然後在車前蓋上面尿出長長一道尿液。在那男孩跳上車蓋的時候，車子彈跳著，還有個沉重的噴濺聲響，接著那個肇事者就跳開了。

這樣把微風先生搖醒了！他猛然坐起，伸手亂抓著，而彼得可以短暫地看見微風先生真正的臉，眼神銳利、齜牙咧嘴——不仁慈和藹，不像電視裡的東西，不像個友善的布偶——而微風先生抓緊他的槍，揮舞著槍在車裡轉了一圈。

「媽的怎麼回事！」微風先生說。

有一會兒他的呼吸就像隻動物，緊繃短促地喘息著。他把槍指向車窗：前面。後面。兩側。彼得在乘客座把自己縮得小小的。

在那之後，微風先生很緊張不安。他們立刻又開始開車，但微風先生沒把他的槍放回置物櫃裡。他把槍繼續放在腿上，不時拍拍它，就好像把它當成一個小寶寶，他想讓小寶寶繼續沉睡。

他花了一點時間讓自己冷靜下來。

「好吧！」最後他說話了，而他對彼得展現出他抿著薄脣的微笑。「那是個糟糕的主意，不是嗎？」

「我想是。」彼得說道。他注視著微風先生給那把槍帶著安慰性質的緩慢撫摸。**噓——乖乖**。現在微風先生友善的臉回來了，不過彼得可以看出指尖怎麼樣在顫抖。

「彼得，你應該跟我說一下的。」微風先生說，聲音很和藹卻有指責之意。

微風先生揚起一邊眉毛。

他略帶失望地皺眉。

「你在睡覺，」彼得說著，清了一下喉嚨。「我不想吵醒你。」

「你非常體貼。」微風先生說，彼得則低頭瞄他的地圖。他看著那些小點：沃姆薩特。苦溪。岩石泉。小美國。伊凡斯頓。

「彼得，你想他們有多少個在外面？」微風先生說：「一打？」

彼得聳聳肩。

「一打的意思是十二個。」微風先生說。

「我知道。」

「所以——你認為他們有十二個嗎?或者超過十二個?」

「我不知道，」彼得說：「超過十二個?」

「我會說有這麼多，」微風先生說：「我會大膽猜測他們大約有十五個左右，彼得。」而他安靜了一下下，就好像在思考那個數量，而彼得也在想。當他想著一打的時候，他可以勾勒出一盒雞蛋的畫面。在他想著十五的時候，他可以想像一個一跟一個五站在一起，像兄妹那樣肩並肩、手拉手。

「你不像他們，彼得，」微風先生悄悄說道：「我知道你明白這點。你不是他們之中的一員。你是嗎？」

有什麼可說的？

彼得低頭盯著他的雙手，盯著他痠痛、被剝過的指甲；他用舌頭掃過他的齒尖；他感覺到他肩膀上堅硬、寬闊的肌肉收縮著，他背上的刺毛不舒服地摩擦著他的T恤。

「聽我說，」微風先生說話了，他的聲音輕柔、嚴峻而慎重。「聽我說，彼得。你是個特別的男孩。像我這樣的人在全國各地旅行，尋找就像你這樣的孩子。你不一樣，你知道的。之前在休息站的那些東西呢？你不像他們，你知道的，不是嗎？」

過了一會以後，彼得點點頭。

你愛他們，對吧？彼得想著，而他可以感覺到他的喉嚨緊縮起來。

他本來無意殺死他們。其實他不想。

大多數時候，他忘記這事情發生過，甚至在他**確實**記得他想不起來**為何**會發生這種事的時候。

這就好像他的心靈沉睡了一會，然後在他醒來的時候，眼前是混亂的屋子，就好像有個竊賊翻過每一件物品，在尋找寶藏。他父親的屍體在廚房，他母親則在臥室。她身上有很多血，很多抓痕跟咬痕，而他把鼻子湊到她頭髮上去嗅聞。他舉起她癱軟的手，把手掌壓在他臉頰上，讓那隻手撫摸他。然後他讓那隻手擊打他的鼻子跟嘴巴。

「壞，」他悄聲說道：「壞！壞！」

「等我們到鹽湖城的時候狀況就會比較好，」微風先生說：「那是一間給你這種孩子的特殊學校，我知道你會非常喜歡那裡。你會交到很多新朋友！而且對於這個世界，你也會學到許許多多！你會讀書，還會用計算機跟電腦做事，而你會做些跟藝術還有音樂有關的功課！而且還會有顧問，他們會幫助你應付你的……感覺。因為感覺就只是感覺。它們就像天氣一樣，來來去去。它們不是**你**，彼得。你了解我在說什麼嗎？」

「懂。」彼得說。他往外凝望著高聳的泛黃白色孤山崖壁被切開來、騰出空間讓道路通過的地方，崖壁旁邊展開的金屬護欄，還有天空，那是一片耀眼、空曠的藍。他緩緩眨眼。

如果他去這個學校，他們會要他講他媽跟他爸的事情嗎？

也許不會有事，也許他**會**喜歡那裡。

也許其他小孩會對他很壞，而老師們也不會喜歡他。

也許他是特別的。

他的指甲總是會像這麼痛嗎？它們總是必須這樣被修剪銼磨嗎？

「聽著，」微風先生說：「我們來到一條隧道了。這裡叫做綠河隧道。你或許能在你的地圖上看到。不過我想告訴你，這些隧道有過一些問題。車子一旦進入以後，很容易從另一頭堵住這些隧道，所以我要加速，而且我們到那裡以後，我會開得非常、非常快。好嗎？我只是想讓你作好準備。我不希望你緊張。好嗎？」

「好。」彼得說道，然後微風先生露出大大的微笑又點點頭，接著沒再說話，他們就開始加速了。護欄開始用越來越快的速度掠過，直到它變得什麼都不是，只是一條模糊的銀色河流，然後隧道的嘴就出現在他們面前——一個在路的左半邊，另一個在右半邊，也許不是嘴，反而是一雙眼睛，一個隆起山丘底下的兩個黑色眼窩，而彼得忍不住握緊了他貼著雙腿的手指，雖然這樣會痛。

當他們從水泥拱下面通過的時候，有個輕柔的**呼呼**聲響，就好像他們試穿過了某樣東西的黏膜，然後突然間就是一片黑暗。他可以感覺到他們頭上的隧道弧形屋頂，上方閃過一道道暗色如胸腔肋骨狀的紋路，還有車子加速、變得越來越快時的迴音，一種隨著遠處的開口變得越來越寬而拉長的漸強音，還有他們背後的開口變得越來越小。

不過就算在車子變快的時候，彼得還是可以感覺到時間慢了下來，所以輪胎每轉一圈，就像是時鐘秒針喀噠一下。隧道裡有孩子們在。二十個？不，也許有三十個，在他們退開來、朝著隧道四壁到處爬的時候，在他們轉身開始追逐車子車尾燈的時候，在他們從隧道水泥椽柱上的某個棲息處，往下丟石頭跟金屬碎片時，他都可以感覺到他們。「呀！」他們喊叫著。「呀！」而他們的聲音讓彼得的手指痛了起來。

在他們前方，有日光的洞口更明亮地展開來，一圈白色的光暈，彼得只看得到孩子們跳到車子前面時模糊的陰影骨架。

他們撞上那男孩的時候，時速一定有一百哩或更快。那男孩可能是八或九歲，彼得分辨不出。只有一張扭曲臉孔的印痕，還有他發出的叫喊，一個跳起的纖瘦有力身體。然後，在保險槓黏上他時沉重的碰撞聲，爆出來的血液遮蔽住擋風玻璃，而他們聽到身體咚咚作響從車頂翻過去，落在他們後方的馬路上。

微風先生打開了擋風玻璃上的雨刷，清潔液在雨刷吱吱作響刷過玻璃時噴了出來。世界出現在雨刷製造出的髒汙弧線之間。有一大片廣袤的山谷與丘陵，還有寬廣無邊的天空。

「我們剩下的油量很少了。」在他們沉默地開了一陣車以後，微風先生說。

然而彼得沒說任何話。

「前面有個地方。那裡以前很安全，不過我不確定現在還安不安全。」

「喔。」彼得說。

「如果那裡是安全的，你會告訴我，不是嗎？」

「對。」彼得說。

「那裡叫小美國。你知道為什麼嗎？」

微風先生注視著他。他的眼睛帶著柔和的哀傷，而他只露出一點點微笑，很黯淡，這是悲劇性的，但也不太要緊，因為那男孩並不特別，不像彼得是特別的。微風先生的表情這麼說，這是某種我們要拋諸腦後的事。

彼得聳聳肩。

「這非常有趣，」微風先生說。「因為一度有個名叫理查．博德的探險家。他去了南極洲，那裡是一片南方極遠處的冰凍土地，他在鯨灣南部的羅斯冰架成立了一個基地。而他替他的基地命名為『小美國』。所以後來——很後來了——他們在懷俄明州開了一家汽車旅館，因為那裡太孤立了，他們就決定用同樣的名字來稱呼那間旅館。而且他們用企鵝當他們的吉祥物，因為企鵝是來自南極洲，而當我還是小孩的時候，有一大堆路標跟廣告牌讓那個地方很出名。」

「喔。」彼得說，而他忍不住想到那個小孩。那個小孩說：「呀！」

他們沿路開得非常慢，因為現在還是很難透過擋風玻璃往外看，而擋風玻璃雨刷已經不動了。它發出機械化的聲響，卻再也沒有任何液體出現了。

這個地方，算是某種綠洲。這個小美國。一個巨大無比的停車場，還有許多加油幫浦，還有一家店，而在後面是一間汽車旅館，有綠色水泥恐龍站在草地上，一隻雷龍寶寶，比一個男人稍微高一點。

這裡是他們喜歡的那種景觀。長而寬的帶狀商場建築，還有裡面一排排貨架形成的走廊；龐大州際汽車旅館洞穴似的水泥走廊，裡面潮溼的地毯與腐朽崩壞的床，小小的壁龕裡，冰淇淋機與高大汽水販賣機可能難以解釋地還在運作；有停車場，裡面的廢棄車輛提供遮蔽與躲藏之地，比樹木組成的森林更好。

「我想他們有很多在這附近。」當他們停在一台幫浦旁邊的時候，微風先生說。在他們上方，有某種塑膠加金屬做的天棚，而他們在天棚的涼蔭下坐了一會。彼得可以感覺到微風先生不太確定。

「你覺得他們有多少在外面？」微風先生態度很隨興地說道，彼得閉上了他的眼睛。

「超過一百個？」微風先生說。

「對。」彼得說道，然後他看著微風先生的臉，偷偷地看，而這是一個必須跳過一大段距離，卻不想這麼做的男人會有的臉。

「對，」他說：「超過一百個。」

他可以感覺到他們。他們從旅遊中心大樓、釘上木板的汽車旅館窗戶，還有停車場裡的廢棄舊車中往外凝望。

「如果我到車外去想辦法加油，他們會來嗎？」微風先生說。

「會，」彼得說：「他們會來得非常快。」

「好吧。」微風先生說。然後他們兩人安靜了很長一段時間。微風先生的臉不是電視人物，或者一具骷髏，或者一只布偶的臉了。那是在成人自認為這樣做是為了你好而對你撒謊，在有個大秘密讓他們覺得很遺憾的時候，給你看的那種難以捉摸的臉。

永遠要記得，彼得的母親說過。**我愛你，就算……**

「我要你握住我的槍，」微風先生說：「你認為你可以做到這件事嗎？如果他們開始跑過來……？」

而彼得設法注視著他真正的臉。那張臉說的可能是微風先生愛他嗎，就算是……

「除非我們拿到汽油，否則我們到不了鹽湖城。」微風先生說，而彼得注視著他打開車門。

等等，彼得心想。

彼得本來打算問問微風先生他兒子，吉姆，石頭獵犬的事情。「你殺了他，不是嗎？」彼得想要這麼問，而他期待微風先生會說**對**。

微風先生會猶豫一下，但到最後他會說實話，因為微風先生就是那種人。

那我呢？彼得想要問。**你也會殺了我嗎？**

而微風先生會說對。**對，當然了。如果我有需要的話。但你永遠不會讓我陷入那種處境吧，對嗎，彼得？你不像其他孩子，對嗎？**

彼得想著這一切，這時微風先生踏出了車外。他可以感覺到其他孩子變得警醒，帶著他們長長的黑色指甲與利牙，帶著他們輕快、跳躍著的肌肉與豎立的毛髮。他可以看到微風先生的腿輕柔、緩慢的動作。這麼想多麼容易啊：**獵物**。

他的肌腱裡多麼溫暖，充滿了抽吸著的汁液，他的皮膚多麼柔軟，他的臉頰多麼像顆桃子。

他知道他們會多麼輕快敏捷地聯合起來撲向他，以至於他不會有時間喊出聲來。他知道他們克制不住自己，就像彼得自己也忍不住。他媽媽，他爸爸。**等等**，他想這麼說，但事情發生得比他期待中快得多了。

等等，他想著。他想告訴微風先生。**我想要……**

我想要？

但其實沒有時間說這個了。**喔**，**媽**，**我是個好男孩**，他心想。**我想當個好男孩**。

黑白天空

坦妮絲·李

I

幾乎是早晨了，現在是初夏，所以還不到五點。天空有種缺乏色彩的亮度，在東邊跨越田野的部分隱約帶著金色。在樹林裡，鳥兒稀稀落落地唱出蒼白清澈的歌聲。

從一個矮灌木叢裡，一隻喜鵲升起。牠直直往上飛去。

不論距離遠近，視覺上來說都有種輕微的柔和感，或許是霧或靄。空氣很清新，但並不是不帶暖意。

第二隻喜鵲升起，這回不是從灌木叢裡。

天空金黃色的邊緣色彩變濃了，開始讓人目眩。太陽幾乎從地平線上掙脫了。

第三隻喜鵲升起。

第四隻喜鵲升起。

鳥類的合唱再度加強了，熱切地鼓舞著破曉。從農場上方朝著主要道路的方向，某種重型車輛或機械運作的聲音隆隆響起。

第五隻喜鵲升起。

太陽升起了。

第六隻喜鵲升起。

貝殼似的粉紅色與金漆色淹沒了天空。

第七隻喜鵲升起……

今天是愛麗絲來打掃香菸小築的日子。當然，這間農舍真正的名字不是這個。在這棟房子在一九三〇年代蓋好的時候，某個嚮往田園的人替此地命名為「忍冬小築」。而在後續的各種翻新改建，還有門上的名牌移除以後，「忍冬」之名仍屹立不搖。

但是在二〇〇三年搬進來的喬治．安德頓，創造了他個人版本的小築名稱，以此紀念他記憶中他祖母吞吐過的那些香菸，當時吞雲吐霧是個快活的習慣，而非滔天大罪。

喬治自己抽過菸，但已經不再這麼做了。他從來不是認真的菸槍。不過，雖然早在二十多年前就成功戒了菸，他還是偶爾會想念香菸。或許是想念那個動作，勝過任何一口菸。

「光是從『雁子』那邊沿著巷子走過來，我已經數到二十四隻喜鵲了，」愛麗絲放下她的袋子，在接過一杯咖啡的同時說道。「你對此有何想法？」

「三重地獄。」喬治懶洋洋地說道。

愛麗絲笑出聲來。她才大約四十歲，而且非常有吸引力。她發現喬治，一個比她老了不只十歲的男人也很有吸引力，她並沒有把這個事實當成秘密。不過她是快樂的已婚婦女，所以如果天從人願，永遠不會侵犯喬治獨居的鄉間生活。他放棄了倫敦，還滿像是放棄吸菸那樣，想念那種舉動，或者那種想法，卻不是一直念念不忘。他還沒有放棄女人。但他過去的生活裡曾經有過不少——他想是太多了。終於真正獨處，這帶來許多悠閒平靜。

愛麗絲每兩週來一次，來撢灰、吸塵、清洗浴室與炊具。沒有要求她，她也偶爾會清潔窗戶。她收的是一般行情價，什麼都不會弄壞，不會讓他心煩，而且總是不超過三小時就離開房子。

「三重地獄——為什麼是這個？」

「來自那首老童謠，」喬治說：「一隻為了哀傷，兩隻為了喜悅，就那首。有好幾種版本。我知道的版本全都以九隻喜鵲作結尾。而其中一個版本結束在『七隻為了上天堂，八隻為了下地獄』。所以：八的三倍等於二十四——三重地獄。」
「那九是什麼？」
「惡魔。」
「喔，你啊。」她說著，對他眉開眼笑，然後解開了雞毛撢子。
他是個作家；寫小說，甚至是某些在抒情詩劇院跟皇家宮廷劇院上演的舞台劇本。現在他生產的似乎全都是短篇小說了，不過他的名氣，如果不算舉足輕重，也不盡然是不存在的。他心想，對愛麗絲來說，他是個珍品，也許在清掃市場上算是某種吸引人的利多。她其他的客戶都比較尋常，來度週末假期的人或有夠多錢用的本地人，當然還有巷子那頭的雁子酒吧。
在他上樓到他的工作間時（愛麗絲稱之為他的書房），他從窗口往外一瞥。到現在，樓下前方小花園裡的樹，還有後面的樹林，全都長出濃密的樹葉，遮蔽了大半的天空。然而從小築的上層，他可以越過較矮小的樹看到外面的田野，最遠可以看到農場那裡。所以他立刻注意到有一隻喜鵲往上飛。然後，大約半分鐘後，又是一隻。接著，大約在相同的間隔裡，又有好幾隻。牠們一次上升一隻，每隻都從不同的區域冒出來，出現在田野邊緣的一圈樹後面、出現田野本身、出現在農場那裡，也出現在通往史坦森的幹道，醜陋地切開這片風景的弧狀曲線。
樓下的愛麗絲正輕輕地讓某種東西叮噹作響。喬治站在窗前，注視著喜鵲上升，他起初認為每一隻都是來自不同的地點，然而不時會有另一隻隨後從同一個地點往上飛。時間間隔似乎總是相同的，雖然他沒有費事去精確測量。這很古怪。他短暫地猜想是什麼導致的，牠們有這麼多隻，升起的時機又這麼規律。但接著他就叫自己別再閃躲了，回到電腦旁邊去。

大多數作家幾乎會使盡渾身解數，讓自己不去工作，他太明白這一點了。

現在是正午。一哩之外，村子裡的教堂時鐘敲響了十二下。現在光線非常明亮了，有種金屬質感而且很清澈。光線照耀著遠處邊緣的山丘，而且點亮了小築的窗戶。大約一小時前，有個女人騎著腳踏車經過。男人勤奮地在樓上的房間裡工作，到現在已經在喝他的第四杯咖啡了。他現在在寫的故事寫得正順，還不希望停下來吃午餐。

一輛慢吞吞的車子沿著巷子蹣跚前進，朝著酒吧去。蜜蜂嗡嗡響著，還有幾隻蚱蜢在樹籬裡吱吱叫著。一隻灰松鼠在花園的樹木上表演空中特技，然後跳躍著跨過地面，到樹林裡去了。

一隻喜鵲升起。

現在這是數百起例子中最近的一個。如果小築裡的男人有在看，可能就看到了。牠直直朝上飛起，直接飛進太陽升至最高點的眩目強光之中。光消化了牠。牠消失了。較小的鳥兒拍著翅膀忙活牠們自己的事，幾隻林鴿、幾隻鳴雀、一隻知更鳥，還有一隻烏鶇。某些鳥已經在教導牠們的幼鳥學飛。牠們占據了四分之一的低空，輕快地飛過橡樹，還有現已野生化、僅僅一星期前才開過最後一批花朵的蘋果樹。這些鳥兒裡沒有一隻是直直朝上飛的。甚至連突然間飛過去、粗聲嘎嘎大叫，黑得像印表機墨水的烏鴉也沒有。

一隻喜鵲升起。半分鐘左右的時間流逝。

一隻喜鵲升起。

在六點過後不久，喬治．安德頓備份了今天的工作，察看電子郵件——一封都沒有——

然後關掉電腦。

在樓下慢吞吞喝著一杯酒的時候，他迅速突襲了冰箱，然後立刻決定要去「雁子」吃晚餐。

在七點鐘，他打開香菸小築的門，然後站在那裡，透過樹木凝望著發光的上層天空。天空是藍的，只有幾綹似有若無的漩渦狀雲朵，似乎在預告明天會有好天氣。太陽往西朝著山丘間移動，可以在峽谷間隙中看到，像是融化了，然而顯得輕薄朦朧。至少還有一小時太陽才下山。這個地方。他從未後悔來到這裡。除了來自農場，斷斷續續而理所當然的農務聲響、鳥類鳴唱、各種野生動物發出的音符，還有寂靜以外，沒有不必要的人類噪音。他全神貫注，讓耳中充滿了鳥鶇製造的音樂，讓眼中充滿了光。他已經把喜鵲拋諸腦後了。

然後一隻升起了，從巷子對面的矮樹叢裡直直往上去。直接升起，進入那西行光芒的核心，消失無蹤，彷彿溶解。

喬治吃了一驚。他回過神來，讓眼睛重新聚焦，然後等著。

另一隻喜鵲升起。這一隻在更遠處朝著山丘去的地方，被框在一個峽谷間隙裡，是一點黑暗的小小針尖。或許那不是一隻喜鵲。

他注視著他的手錶指針，數著秒數——然後舉目……**我要向山舉目**[4]——什麼都沒有。沒有喜鵲升起。真是瘋了，為什麼會有呢？

是在他背後。喬治轉過身去，對他來說這動作幾乎是太快了。他看到了，這下一隻喜鵲已經高高在上，就處於被光線吞噬的前一刻。

牠們會繼續高升，**持續**上升一整天嗎？為什麼呢？牠們要去哪裡？到天空頂端嗎？

在「雁子」，平常的夜間客群坐著喝這裡的酒。到現在，喬治．安德頓已經在此住得夠久了，所以有兩三個常客向他打招呼。在前台酒吧後面的用餐室裡，有幾個夏季遊客坐在那裡，稍微曬黑了，而且興致勃勃。喬治謹慎地掃視著他們。

（他有一次被一個看似瘋瘋癲癲，也看似年紀輕輕的女人困在這裡，她是他的作品崇拜者，而看來先前曾在倫敦的一次簽書會上遇見他。在她記憶中，倫敦見面的意圖並不盡然是文學性的，但他那時候在別處有牽絆。除此之外，她幾乎不是他喜歡的類型，不管這說法真正的意義為何。年齡並沒有讓她本人、她的意圖，或她的意向加分。很難在不顯得粗魯無禮的狀況下甩掉她。他到最後只能勉強成功，辦法是告訴她說他不想無禮，這句話奏效了。）

今晚沒有看似認得他，或者在任何方面在意他的訪客。

喬治去了酒吧，叫了他的餐點跟一瓶貝克斯葡萄酒。

「所以你認為那是怎麼回事？」柯利這麼問他，同時從冰箱裡喀啦一聲拿出一瓶酒。

「你指的是什麼？」喬治感覺到一種古怪的壓抑。他已經知道那會是什麼。他是對的。

「牠們那些蠢鳥。」

「哪些鳥？」我的天啊。喬治領悟到他在假裝他沒注意到。到底為何要假裝？

但柯利一邊交給他一杯酒，一邊解釋道：「天殺的喜鵲。時時刻刻都像火箭似地往上衝。」

「是嗎？」

「我猜想你還沒看到吧，老哥。」柯利說，他像喬治一樣來自倫敦，而且雖然在這裡原

4. 這句話出自舊約聖經〈詩篇〉第一百二十一首。

地待了超過十八年，還保留著他以前的口音。

「唔，我有看到幾隻飛過。但又怎樣？」

「這邊，」柯利對艾美西斯特說道，她正拿著兩盤菜從廚房過來，「老喬治天殺的沒看見牠們那些喜鵲整天都朝上飛。亞諾確認過，每隔三十七秒一隻。」

「這是真的。」艾美西斯特說，她瞪大了眼睛，透過一盤肉食跟一盤素食千層麵的美味蒸汽看著喬治。

從吧台另一頭，另外兩個男人加入談話。他們告訴喬治，還有整個房間的人，亞諾．威勒怎麼樣替這蠢事計時。介於三十二秒與三十八秒之間。他計數計了整整半小時。超過四十三隻喜鵲，雖然老亞諾認為他數亂了一點點——不太多——是四十隻或四十三隻，甚至是四十八隻。夠接近了。而且還在繼續往上飛，一隻接一隻。前仆後繼。而牠們全部從不同的地方升起，或者是從那時沒有其他鳥兒往上升的地方出發。

在那幅油畫〈雁行〉下方的角落裡，有個屬於老人的聲音開口了。「上了一點鐘的新聞。我聽到了。他們拿這件事開玩笑。然後有別人加入了——某個政治家。他說那天早上他也看到了，在蘇賽克斯或者什麼別的地方，然後來到倫敦的一路上都是。」

「全國各地都有目擊報告。」別人說道。

喬治轉向艾美西斯特。「不了，多謝。不要薯條。只要牛排跟沙拉。」

「你好像很聰明，」艾美西斯特說。她二十出頭，開朗又有禮貌，是個不看書的人，卻似乎不尋常而錯誤地相信，寫小說或劇本是有智慧、受過良好教育的人做的事。「你認為是什麼導致這種事？」

「我不知道。」

「但這個——好像**很怪吧**，不是嗎？」

「是嗎？也許並不。」

「也許是全球暖化，」用餐室裡的客人之一，走進來問男廁所在哪。一有人告訴他，他就一臉愉快地轉頭補充：「茱德說我們開車南下的時候，她就從車裡看到了。我沒注意。不過茱德的錐子眼[5]能夠清楚分辨牠們就是了。」

「什麼是錐子眼啊？」艾美西斯特在兩份變冷的晚餐前面問喬治。

「天知道，」他說。「我以前知道的。現在想不起來。年紀大了。」他面帶微笑，補上這句話。

「你好像沒很老吧。」艾美西斯特這麼熱烈堅持，還用她睜得很大、肯定不像錐子的眼睛盯著他的眼睛，他感覺到一絲胡亂冒出的慾望。但那股慾望過去了。在他走進酒吧的花園時，他認定他渴望的是食物。

現在黃昏來了，逐漸來到而且不可避免。一隻蛾朝著他飛，就像要打招呼似的，然後飛進了點著燈的酒吧。

夜幕低垂。

來自農場的燈光燃亮了，而沿著主要道路偶爾經過的卡車，或者一批批迅速通過的汽車車頭燈，照亮了像碎玻璃似的地面反光燈。一隻獾越過馬路，停下來聞了聞髒汙的柏油。一隻幸運的獾，懶洋洋地漫步卻毫髮無傷，趁著車流空檔到了另一頭。

5. gimlet-eyed 通常表示目光銳利如錐子。

一隻青蛙在一個隱蔽的池塘裡呱呱叫著。晚風輕柔地攪動著，然後掃過樹葉與青草。

一隻喜鵲升起，在過程中抹去了星星，這些星星接著再度重現。

幾乎全圓的月亮，晚些時候將會升起。比起那些星星，在方圓可視範圍內每半小時升起的三十、四十或五十隻喜鵲之間，月亮能見度高得多。

「雁子」在黑暗中，像一盞金色燈籠似地燃燒著。現在幾乎晚間十一點了。兩輛車子沿著巷子滑出，從位於主要道路北邊與西邊的小徑離去。

再晚些，更專注於飲酒的酒客們現身了，走上各式各樣的回家路線。有兩個人穿越田野，一個年輕男人跟一個女孩，在剛開始長的莊稼之間暫時停下來親吻，就像哈代小說裡的戀人。在他們後面，偶爾在他們前面，在沒人看見沒人注意的地方，喜鵲們一隻隻升起，直入星辰之間。

身為作家的那個男人，先前在酒吧花園裡一直坐到燈光之外的徹底黑暗把天空封起來為止，後來在吧台喝了一杯伏特加，跟酒館老闆還有另外幾個人一起聆聽十點新聞中，一位名人、一位狂熱賞鳥迷與一位知名鳥類學家發表的評論與觀點，然後離開雁子，他自己沿著巷子往回走。在小築的門口，他又站了一會，研究著天空的景象。在室內，樓下，他也注視著工作間窗戶好一會。不過他再也無法確定牠們在上升了。如果牠們是在上升，那麼就是沒有近到能讓他屋裡的燈光捕捉到鳥翼留下的白色形態。

喜鵲，他心想，牠們就像古埃及的鳥類。牠們的斑紋似乎就像某些蛇眼周圍的眼鏡設計，那樣原始而古老。

在夜晚的深坑之中，沒有做夢的他醒來了。他聽到翅膀從他頭上的屋頂躍向天堂的爆發聲響。然後他起了床，再度穿過走廊進入他的工作間。後方襯著四分之三熱夜月亮的黃色表面，他看到另一隻喜鵲升起。另一隻喜鵲，在更偏南的地方，側邊照到了光，在前一隻升起的半分鐘或三十六秒以後。在月光所能找到的其他區域裡，現在有另一隻。又一隻。再一隻。

回到床上，他打開收音機找到國際頻道。不過整個ＢＢＣ現在會給他的只有戰爭、饑荒與疾病；苦難不幸，還有短短一小段叫做〈莉莉波麗路〉[6]的曲段。

他把收音機關掉，然後再度睡著，還夢見酒吧裡的年輕女孩在跟蹤他，像那個瘋癲女人嘗試過的那樣。儘管如此，他讓那個酒吧女孩進來了。然後就在門口內側，她就變成了他的清潔婦。在這個夢可以變得真正有情色內容之前，很不幸——或者其實是很幸運——夢境從他腦中消失了。他直到早上七點鬧鐘響起以前才醒來。

II

喬治．安德頓不再費事定期看報紙了。報紙對他曾有的任何誘惑力，在他四十來歲的時候就冰消瓦解了。在他從自家窗口看到第一隻喜鵲往上飛的兩天之後，聽聞另一隻喜鵲嘩啦啦飛起，彷彿突然間從小築屋頂的石板上演化出來的兩夜之後，他走路到村裡去。歐瑟斯特有自己的尖頂薩克森式教堂與古老的紫杉木、零星散布的店鋪與現已廢棄的郵局、去史坦森十字路的巴士停靠站，還有另一間酒吧，「推車與犁」，還有兩百間左右的小屋，好幾間都有悠久的歷史。這裡也有一棟未完成的新建築物，實際上是被建商放棄掉的，在這裡沒人

6. 正確拼法為 Lillibullero，是一首歷史悠久的愛爾蘭進行曲，ＢＢＣ電台開播時會播放的旋律。

要，被叫做廁所。

在羅西小舖——現在的老闆跟經營者是潘——他買了一些奶油、萵苣、梨子跟培根，《獨立報》與《衛報》，還有本地的《史坦森觀察報》。

「這讓我起雞皮疙瘩，」潘說道。她是個很和善、暖心，三十歲卻像六十五歲的老傢伙。「我祖母以前會告訴我說，牠們很不吉利。代表壞兆頭的鳥兒。如果你看到一隻，就必須說『日安，喜鵲大人』。甚至要說『日安，喜鵲爵爺』。然後可能就會沒事。但我小時候，會設法不要看到牠們。一回有一隻直接飛向坐在腳踏車上的我，那時候我才七歲，五分鐘後我就掉進一條水溝裡了。還折斷我的小指。你看。這根指頭再也沒有恢復筆直。彎的時候也不是照著該有的方式彎。」

「真可憐。」他說。他忍住沒說老祖母的恐嚇策略已經把潘嚇得夠嗆，讓她注定在跟一隻喜鵲近距離接觸以後，就會從腳踏車上掉下來。

「現在免不了要看到那該死玩意了，對吧？沒有人躲得過。而且電視新聞一直都在講牠們。到處都是牠們。往上飛。你有聽說昨天晚上希斯羅機場的那台飛機嗎？有，你當然有了。」

不過他並沒聽說，昨天晚上睡得扎扎實實，睡過了鬧鐘響，錯過了今天早上的新聞，直到現在才看到關於希斯羅的報導，《衛報》頭版的第二條新聞。

似乎是這樣，那台波音飛機沒有吸進一群鳥兒——通常發生的是這種事——而是被喜鵲反覆撞擊，牠們像是又瞎又瘋地升起，直接就在飛機的路徑上，所以在飛機下降的時候，撞上機身、機翼、接著是起落架，或者被這些東西撞上。機長驚慌了，許多乘客也是。副機長讓飛機進場了，但降落狀況很糟，是重落地，波音客機側滑過整條跑道。三個人死了，七十人受傷，其中五人重傷。

喬治不喜歡自己的實用主義，但他認為這件事本來可能還更糟得多。

「在《電視早餐》裡，他們說在蘇格蘭那邊，」潘繼續講下去，同時顯得不快樂又亢奮：「有一架飛機迫降在一座湖泊裡。」她把湖泊讀作「湖破」，但他還是點點頭。她補上更多細節：「不過在曼徹斯特，他們叫它們全部停飛。除非能把牠們從天空上射下來，否則他們就要全面停飛。」

現在他則忍住不問她講的「他們」到底是鳥還是飛機。

「所以沒有人能回家，除非走海路。而他們也關閉了『睡』道。這寫在《郵報》的第二版——一輛火車在接近那裡的時候，被太多鳥撞擊，以至於必須停下來——輪子跟窗戶全都……」她猶豫了一下，臉皺成一團。「弄得黑黑紅紅的。」

到那時，他已經看到《郵報》刺眼的頭條：**死亡從軌道上振翅升起**。一張拋錨火車旁邊環繞著消防員與鐵路公司員工的照片，下面附上一句這麼開頭的圖說：**司機肯·倫斯說，牠們似乎是從鐵路線底下的洞穴裡冒出來的。**

讓他微微震驚的是，潘突然間開始哭了。他有股衝動要伸出手臂環抱住她，告訴她說一切都會好好的，而且會理出頭緒。不過從持續的普遍日常混亂來看，他不確定他自己相信這點。而且無論如何，他已經從不那麼遙遠的過去裡，發現到這種表現可能會害他落入何種境地。

「別擔心，潘。」他暫且這麼應付。

她說：「不，不是那樣。我不知道這是怎麼回事。跟我的年齡有關，我猜。」可憐的潘，他再度這麼想，卻沒說出口。有俠義精神也可能招致誤會。他離開店鋪時也買下了《郵報》，多花一份報紙錢來安撫她。沒多大安慰作用。

往回走的一路上——現在是朝著田野與樹林去的下坡路——他可以看到喜鵲從四面八方升起，要是他轉頭看，在他後面也有，而在朝著山丘方向起飛的那些小斑點，他現在很確定也是喜鵲。在他往村子裡去，走上坡路的時候，有單單一隻喜鵲直接從路邊的灌木叢裡跳出來。後來又有另一隻從他前方三公尺處出現。這兩隻，牠們可能真的是從地上的洞裡孳生的。實實在在從洞裡冒出來。

這一分鐘還不存在，然後——**就存在了**。

今天是陰天。短暫的好天氣瓦解了。嗯，畢竟這裡是英格蘭。在高空中，雲停駐著，就像淡灰色的羽絨被。還有那種寂靜。似乎這麼地寂靜。甚至連喜鵲都沒發出聲響，除了距離夠近時，會有牠們突如其來的拍翅聲。牠們那種註冊商標似的嘈雜啁啾，很古怪地一直沒出現。偶爾有帶著暖意的風。風從農場帶來一種味道，他心想，並不強烈也不真正令人不快；是動物氣味。不知怎麼地令人沮喪。

跟我的年齡有關，我猜，喬治乾巴巴地模仿，告訴自己這句話。他也黏上這個該死的故事了。

「目擊者看錯了！大家**聲稱**看到這樣巨量的鳥，要在**整個**英倫三島上**出現**，完全是不可能的！」

攝影棚裡的四位來賓立刻爆發一場爭論。主持人徒勞無功地試著要讓他們安靜下來。

喬治轉到另一個頻道。一齣肥皂劇，用除了成群喜鵲構成的劇場以外，顯得荒唐可笑又多餘的過度誇大戲劇性，填滿眼睛與空氣。

太陽低懸在山丘上。

太陽從羽絨被似的雲裡冒出，變成一個腫脹、色彩鮮明的物體，是晦暗的橘色，更像是一個冬季的黎明。

昨晚的滿月是看不到的。

在微波爐吐出應該已經被煮熟的冷凍麵糰以後，他開始吃。

下一則新聞告訴他，也讓他看到男男女女沒完沒了地射殺那些升起的喜鵲。某些鳥立刻掉下來。某些鳥撲動著翅膀盤旋飛開，傷殘瀕死。某些鳥完全避開了，上升到被電視錄下的午後陰霾之中。

在第一個頻道裡，他們還在吼叫，在他們化妝化出來的日曬膚色下脹紅了臉。無法控制口頭吵鬧的主持人，漠然而諷刺地聳聳肩。

客廳的電話響了。喬治擦了擦他的手，去接電話。

「嗨，喬治，親愛的。你看了新聞嗎？」

「看了。」是莉迪雅，曾出現在他某一齣戲裡的一個女演員。他們當時睡過。莉迪雅跟他同樣年紀，卻有一種不常見的美。他一直都非常喜歡她的聲音。他發現在跟她講電話時，他會因此聆聽她的聲音，而不是注意她說的話。

「呃——怎麼了，莉迪雅？」

「對，線路狀況很差，不是嗎。我聽說了，有一半的線路都壞了。」

「妳是指什麼？」他多想了一下就知道了。他確實多想了一下。

「牠們飛去撞線路。可憐的老鳥，全都纏住了。然後線路從那些柱子之類的東西上掉下來。這就好像牠們看不見似的。或者是只看得見一樣東西——上面的天空。你們那裡有嗎，喬治？」

「每個地方的每個人都有碰到這種事，」他說：「似乎是這樣。至少在英國。」

「尚恩告訴我說只有在海邊才**停止**。」

「確切來說是什麼在海邊停止？」

「那個——他說他們是怎麼講的？——喔，我想不起來了。不過狀況很急迫，不是嗎？」

「我想是。」

「**RSPB**（英國皇家鳥類保護協會），」有人在大聲說話。不過那是另一個房間裡的電視。出於某種原因，聲音一路轉大，然後又消失了。「……而我就坐在窗邊盯著牠們看。這相當有催眠效果。牠們就這樣往上，直直往上，然後消失在雲裡。我很納悶這是為什麼？」

「對，我想每個人都很納悶。」

「我不認為我以前在中倫敦看過喜鵲。在這裡沒有過。」

「是沒有。」

「所有其他鳥類。麻雀、海鷗、鴿子——還有公園裡的鵜鶘跟天鵝。不過喜鵲……沒有其他的鳥在做這種事，對吧？」

他想是沒有。然而話說回來，他已經注意到，或者是想像到其他鳥類變得安靜許多。鳥比較少唱歌，也比較少鞏固地盤性質的啁啾與大叫。拂曉時的合唱——這種事還在發生嗎？在這個季節，所有鳥兒都漸漸停止鳴唱還太早。至於喜鵲自身，如同他已經察覺到一陣子的狀況，牠們不出聲。除了牠們起飛時翅膀搧起的陣風以外。

透過窗戶，在小小的前花園裡，一隻喜鵲從野生蘋果樹上**演化**出來。牠直接抬升到中間色的上層天空裡。他可以發誓，一秒鐘前牠還不在那裡。

「莉迪雅，妳還在——」

「哈囉？」她說：「哈囉，親愛的？喔討厭。我聽不到你的聲音。就只有某種嘶嘶聲。不管它。如果你聽得到我的聲音，你很快就會來倫敦，不是嗎？我們可以在『皇家』餐廳吃晚餐。」

另一個房間裡的燈光在閃動。

喬治再度聽到電視的聲音，新的人聲，是一個女人，正在告訴某人下平流層，或者上平流層——他沒有聽進去——充滿了鳥兒，飄浮著，就只是那樣，就像一支下了錨的艦隊。上升氣流或上升暖氣流承載支持著它，或者牠們；數百隻，數千隻。不過當他回到房間裡的時候，根據產品標示上的指令，任何人無論如何都不得重新加熱的冷凍麵食，已經凝結成一團冰冷黏糊的軟糖，螢幕則是一片空白。只有那女人欠缺人情味而相當惱人的聲音在講武裝直升機，或者地對空飛彈。然後是另一個節目，關於阿富汗，或者巴基斯坦。

喬治關掉了電視。不是砰的一聲，他心想，就好像有個外來的權威聲音也在他腦袋裡說話。**不是砰的一聲，而是藉著一根羽毛**[7]。

在晚上，他先前放著不關、靠電池運作的收音機，用一聲介於不同新聞條目之間的爆響噪音驚醒了他，某種現在代表國際頻道的軍事化刺耳聲響，顯然是設計出來猛烈地驚醒任

7. 這句話是艾略特（T. S. Eliot）的詩〈空心人〉（The Hollowed Men）最後一節的變化。原句是：「世界就是如此終結／世界就是如此終結／世界就是如此終結／不是砰的一聲，而是輕輕哀鳴。」（This is the way the world ends/This is the way the world ends/This is the way the world ends/Not with a bang but a whimper.）

何設法入睡的失眠者。所以他聽到有一架接近伯恩茅斯機場的義大利飛機，發現它因為鳥造成的大漩渦而無法降落。它盤旋了一段時間，同時還有些鳥撞到機身上，然後退回海上。接著的新聞快報宣布飛機掉到水裡去了，離岸還不到一哩之外。所有乘客與機員恐怕都死了。隨後出現的報導，是歐洲與美國航線拒絕讓他們的飛機嘗試在英國領土內的任何地方著陸，這樣要一直維持到空中危機解決為止。無數英國人受困。或許他們很高興？看來這層「鳥毯」，這是一位評論員提出的稱呼，僅限於英倫孤島（這也是最近創造出來的名詞），只牽涉到英格蘭、威爾斯跟蘇格蘭。接著，儘管才裝了新電池，這收音機卻開始失靈了。他把收音機關掉。他知道得很清楚，失靈跟電池毫無關係。

早晨，中午，下午，晚上。時間已經流逝，也正在流逝中。在流逝著。在天空之上，牠們被看見，一支支艦隊，緊密集中，而且隨著有越來越多組成分子升空，以便填入牠們之間，讓牠們緊緊擠在一起，變得越來越緊密集中。一片黑與白擴張著，而且像積雲似地持續擴大。

偵察機已經拍到照片。到這時候，這個現象已經可以從太空中看見了。衛星轉播了一堆奇特的照片。

戰鬥機也起飛了。它們在那活生生、半懸浮、拍著翅膀的雲頂上炸出一些裂口來。對於到底是什麼讓鳥雲維持在定位，有過揣測。或許是某種間接而異常的暖氣流，某種出乎預料之外的上升氣流，也許甚至是鳥群自身向上飛行所創造出來的。要不然就是汙染、全球暖化、某種科學實驗失敗——當然了——出了差錯，所呈現出的全新面向……總而言之，就是因為人類的一無是處與邪惡。

至於空中戰鬥機，他們的飛機經常吸收掉他們那些黑白複合目標的半毀屍體。然後飛機也跟著失靈了，就像那些已死或半死的灼燒鳥兒一樣。空中活動被取消了。然而無論如何，無止境的喜鵲之流繼續上升，經過估計大約是每半分鐘或四分之三分鐘就一隻。在一小時中，一般認為每平方哩的土地上就有一百隻、有時候是一百六十隻鳥往上升空。如果這是可以想見的、有實際可能的、有邏輯可能性的。目擊證詞，甚至是受過訓練的觀察者的證詞，都非常不牢靠。

有一陣子驅鳥人突然穿越田野、樹林與花園，沿著山坡、跨越沼澤、在河堤上走，而槍響就像是永無止盡的戰爭配樂。在鄉鎮與城市裡，居民們受到勸導要求離開街道，同時獵鳥犬跟他們的主人尋找著他們的獵物，而且總是會找到。但儘管所有鳥兒都被宰殺了，在錯誤判斷下殺得乾淨俐落又結果恐怖，儘管一切的大舉屠戮、殘肢碎骨與惡臭，一切如此可憐可憫——可憐的東西，可憐的東西啊——新的鳥兒又升起了，而且還繼續在往上升。在一平方哩內，有五十隻、一百隻、兩百隻。牠們似乎是從街道的水泥皮膚上，從石頭地上，從樹幹與建築物牆壁上，從不為所動的世界本身迸出的，永續不止，根深柢固，無窮無盡。

羽毛輕盈而無所不在，為地面鋪上一層地毯。羽毛卡在樹上，躺在窗台上，飄進辦公室、住家、店鋪、車站、地鐵站、小巷與大道、洞窟與教堂、圖書館與蓄水池。沿著岔路、大街與高速公路，羽毛飄蕩著，有黑有白（還有剛染上血的紅色），有幾根燒焦了，還有許多根破損斷裂。汽車與其他交通工具，也沿著這些幹道亂糟糟地躺著。其中一些也破破爛爛，因為跟升起的鳥兒多次撞擊，這些鳥兒——現在全都死了，而且在腐爛中——如灰泥般抹在車子的側面，黏在它們的機械內臟上，也夾在它們牙齒般的輪子上。羽毛也從空中掉下來，一陣陣稀疏的羽毛細雨，一種落羽凋零的秋天，總是在落下。黑如墨，白如雪，常常透著一層神秘的、謎樣的藍色光澤。那是從現在變得陰暗，隨著每個不可見的白晝終點，變得有如墳墓，見不著太陽、見不著月亮、見不著一顆星的天空上落下的。那喜鵲之雲，那條毯子，一個不透明的圓頂，把一切擋在外面。白晝即薄暮，夜晚是個上下顛倒的深淵。再也沒有金黃色的早晨，再也沒有紅寶石般的夕陽西下。

有時候也會下一陣稀薄的雨。雨非常溫暖，而且有一種骯髒的味道，聞起來像雞隻，而且散發出一種奇特的、煤煙般的潛在化學氣息。

很自然地，在陸地上有大量旺盛的活動來回進行。一陣陣混亂的憤怒與抗議、犯罪活動與囤積，還有毫無用處的抗鳥戰爭。然後是逃亡潮——前往最近處的海岸，去毯子、圓頂止步，那片令人畏懼的詭異天花板未能完成之處。不過和路一樣長的汽車與露營車、巴士與腳踏車組成的遺棄物廢墟，提供了證據說明抵達那裡的人有多稀少。或者說，就算他們真抵達了，也要靠著別的手段才辦到。

對於留在英倫陷阱裡，無法到達任何海岸的大多數人，出口站的想法到現在幾乎是個神話了。這有可能是真的嗎，有海岸，任何一片海岸——是淨空的？

這是真的。所有海岸都是淨空的，跟玻璃一樣澄澈。只要越過海灘、卵石、小石頭、岩石或崖壁，河口、出海口、海灣與沙洲、沙丘、沙岬、海灣——在那裡，碎浪或巨浪開始的地方；在伊斯特邦、大雅茅斯、惠特比、特威德河畔的貝維克，在赫姆斯戴爾跟梅威格、艾伯里斯特威斯、濱海韋斯頓與普里茅斯——**在那裡**——**在那裡**，「它」終止了。在那裡，站在水域邊緣抬頭看，就會突然間看到真實天空、雲、實際天候與光線的平靜與擾動；因為在那裡，甚至連夜晚都因為其中的星辰月亮、夏季的閃電還有**距離**，而再度明亮起來。開闊的天際。開闊，空曠。還有海鷗，以優雅、尋常的方式飛過。

而在那之外，在外頭越過被閃爍光芒的天空照亮的海上，有著海島。所有海島都完全未受封閉——奧克尼群島、赫布里底群島、懷特島跟曼島就這麼矗立著，像是超自然的鬼魂，像是在一片純粹光芒構成的地平線上的白金卵石，愛爾蘭的邊緣也是，還有法國較長的海濱：這些地方是陽光或月光光暈下的深藍色煙狀堤岸。

那些設法逃走了，搭著競速渡輪、漁船、快艇跟遊艇，迅速離開英倫邊緣的人後來怎麼樣了？他們抵達閃亮的彼岸時，有回頭一瞥嗎？他們肯定有，他們肯定還在這麼做，因為現在沒有電視畫面會傳出英國之外，沒有電話、沒有電子郵件，也沒有簡訊。英國，她的通訊天線被奪走，訊號能流通的天空也被奪走，她已經變得沉默而原始，秘密而超自然，就像黑暗時代一樣。她也無法被滲透，她的航空路線被封閉，她的道路與鐵路線只能靠步行通過，這麼做還有莫大的困難。

而透過衛星攝影機、望遠鏡及其他瞄準她的鏡頭，靠著單調疲乏的堅持，能看到的她就只有這樣的封閉，這樣的秘密。甚至連從大西洋來此巡邏她的海岸，像無聲狼群的核子動力潛艇使盡全力的潛望鏡，也無法確定多少事情，除了她空蕩蕩的海岸線、她動彈不得的內陸，被陰影的蛛網罩上一層面紗。她是一片黑暗中的平原。

除了那些地方，有些時候，某樣東西會從昏暗中浮現，像是汙水中的一點燧石，毒檸檬水裡的微小黑色泡泡：一隻喜鵲升起，直直往上飛。然後又是一隻。然後又是。然後又是。

III

現在酒吧看起來不一樣了。而用不著說，酒吧是不一樣了。在頭幾個星期，士兵們——起初乘坐各式各樣的交通工具，然後是徒步——帶來汽油、火柴、燈與蠟燭，此外還有瓦斯罐，用以壯大雁子的庫存。在這裡，在「鄉村的中心」，先前只有電力可用，而雁子的一連串主廚看來總是偏愛用瓦斯煮菜。真幸運。現在，電力跟電話、電視、收音機、電腦還有網際網路，全都變成過去的事物——一個距今不遠，卻好似在幾世紀以前就存在的過去。自來水也沒有了。蓄水池都被數量多得不可思議的羽毛汙染，甚至是被掉落到水裡稀釋過的散落鳥糞汙染。因為喜鵲從過去到現在升起的時候，牠們無數的廢棄物會落下，有時候也包括牠們被屠殺的屍體。

在林地裡的某些地區，你會進入一塊樹木枝枒被裹上厚厚一層羽毛而非樹葉的區域。但反正樹葉都在凋零。林木、矮灌木，甚至是田野，被一副便秘模樣，卻又古怪地像排泄中的天空蒙蔽，相信冬天突然間回來了。一半的樹都光禿禿的，其餘樹木則落下乾枯、呈鐵鏽色的葉子。草也變成棕色。穀粒或穀類加工物沒多大希望，水果也無可期待；似乎沒有什麼東西真正能夠生長。

但就現在來說，還有某些新鮮食物。雖然冰箱與冷凍櫃早就已經投降了，他們在雁子吃得還不差。新鮮肉類——兔肉、雞肉、牛肉與羊肉。（他們在那裡也是很幸運的，離大城市較近的那些人，在大家理解到所有運輸都不實際之前，他們的家禽家畜很早就被軍隊扣押了。）然而魚類或普通的低空飛行鳥類，可能受到汙染，都從菜單上拿下來了。番茄、沙拉，甚至是馬鈴薯，所有來自靠發電機運作的溫室作物，都有得吃。而某些罐裝食物、乾貨或其他比較不易腐壞的食物，是購自史坦森，現在要走兩天路程，而任何用來討價還價、擊退或以其他方式避開史坦森當地人的額外時間，顯然不算在內。

他們煮沸了水，然後再放進過濾器。現在人人都喝瓶裝水。感謝上帝，喬治．安德頓心想，酒精有本身自帶的防腐劑與抗菌劑。他甚至重新學會喜歡溫啤酒。

今天晚上，他跟另外三個現在住在歐瑟斯特那間未完成莊園「廁所」的難民家庭，共用一張長桌。在他們前往海岸的途中，他們被鳥弄髒的車子放棄了掙扎。某些大宅的狀況並不差，有地板、有屋頂也有做隔離層，有關得上的前門跟裝了玻璃的窗戶。當然，他們缺乏水電也幾乎不重要。沒有人有水電。

難民們都還不錯，不怎麼惹麻煩，只是感激沒有被逐出境外。他們已經失去他們的家。而在倫敦與別處有嚴酷的配給制度，還計畫進行某種針對年輕人的古怪徵兵，這樣似乎沒有任何意義。他們逃到歐瑟斯特，就像遇溺者逃向陸地。而每個社區之夜，「推車與犁」就像「雁子」一樣，生意好得驚人——如果有人收錢或給錢的話。

在酒吧那裡，艾美西斯特正在跟兩個留守後方的士兵之一一起大笑，其他的士兵都強行軍回到史坦森軍營去了。那年輕男子往前靠，親吻了她。一個完全正常的場景，馬上出現一種完全異常的外觀。

「讓我擔憂的，」來自倫敦，住在「廁所」的傑瑞米說：「是核能電廠。他們要怎麼應付這個？電廠關閉了嗎，或者就只是……」

「……輻射外洩。」來自查森，住在「廁所」的麗茲作了結論。

「我會告訴你一件事，」麗茲的伴侶戴夫說：「他們會拚老命好好照顧蘇格蘭外海的油井。海上應該是乾淨的，不是嗎。你可以打賭，他們好好保護著那些油井。」

「你指的是誰？」傑瑞米說。「所謂的政府嗎？他們會直接溜到他們的爛地窖裡去。而且無論如何，他們現在什麼都運作不起來。連他媽簡單的事都搞不成。」

三個小孩子瞪大了眼睛盯著看。最大的才七歲，而來自賴蓋特、住在「廁所」的夏倫，很快轉移了他們的注意力，回去看柯利拿出來的特製兒童餐巾上的貓熊。

「我想念的，」夏倫的男友——喬治心想，他是叫做羅伯——「是運動。一切都得停止，不是嗎？賽車、英式橄欖球——甚至高爾夫！」

傑瑞米用一種輕盈、哀痛的聲音說：「還有那場比賽——兵工廠對布萊頓——本來會很精采的。」

吉姆腳步沉重地經過，走向吧台。「有任何人想再來一杯嗎？」

他們想。

喬治心想，這些人談這件事的方式很方便，定期地帶過他們的恐懼，然而也用政治上的抱怨、食物、酒與陪伴這些「貓熊」，來轉移彼此的注意力。

他也很高興，汽油、煤油與蠟燭——其中一些有香味——的味道，甚至還有現在比較少洗澡而用過量體香劑補償的人類體味，幫助掩蓋了跟所有其他物體一起從天空中落下的那股金屬雞騷臭味陰險的存在感。不過他們可能也全都變得習慣於那種氣味。很快他們甚至不會注意到了。

外面終於是烏黑如深淵的夜晚，唯一的一種。不過酒吧沐浴在前電力時期靠火焰點亮的光輝之中。臉孔、形體、突然間移動的手與玻璃杯，在文藝復興時代的繪畫中看起來可能就是這樣子。至少很相似，他糾正自己，因為構成的燈光注定在某方面已經有所改變了。你知道的，甚至在維多利亞時期，沒有一種油燈會投射出一樣的這種照明或陰影。一切都改變了。

而酒吧的噪音，叨唸與喧譁，有時候還有唱誦的聲音——也像是那樣。它們準備好取代手機、錄製好的音樂、收音機的聲音——還是沒有製造出一種較古老的噪音，而是造就出一種現代噪音，焦急地填補真空。在那之後，真空逼近了喜鵲創造出的凝結靜默。喜鵲自己不再啁啾或叫喚，牠們不出一聲。這樣說來，牠們緊抓著或懸掛著的上層天空，想必是無比靜默。又聾又啞，所有問題都是徒勞，所有答案都很過時。

在吉姆把新的酒瓶擺上桌的時候，喬治看到愛麗絲從黑暗中進來。

她暫時停步一下去跟艾美西斯特說話，艾美西斯特點點頭，同時她的士兵轉向一旁，點亮一支捲菸；現在似乎沒有人可能會抗議這件事了。

喬治也能看出愛麗絲改變了。她掉了體重，變得古怪地脆弱而單薄，她的頭髮看起來被吹亂了。她的左顴骨上有個瘀傷。她心不在焉地把手放在那裡。艾美西斯特替愛麗絲倒了一杯葡萄酒。毫無疑問，其中一隻鳥撞上了她。過去幾星期開始發生這種事。在此之前，鳥從地面，或者牠們蹦出來的任何地方往上衝時，似乎只會撞上沒有生命的物體。但最近好幾個人說了某種故事，講到一隻喜鵲突然從近在咫尺的距離掠過他們，翅膀一拍、爪子抓出長長的一道、渾圓身體與中空骨頭造成輕微腦震盪。老提姆宣稱曾經看到一隻鳥直往上衝，穿過一隻本來在農場後面斜坡上吃草的母牛身體。牠看起來似乎沒受傷，只是受到驚嚇。但後來沿著牠的肋骨出現了一塊瘀傷發紅的區域。他們決定最好迅速宰殺牠，然後在準備吃掉牠的時候切掉那塊可能被汙染的肉。不過提姆總是美化事實，講成傳奇故事。就算像是現在持續發生的這檔事，對老提姆來說似乎也值得加油添醋。

愛麗絲舉起杯子喝酒。她的眼睛對上了喬治的眼睛。他心想，她看起來大約二十歲。一種準確洩漏真相的幻覺。她露出一個緊張的小小微笑，就好像她以前從沒見過他似的。不過喬治回以大大的微笑，然後招招手，同時站起身來，傑瑞米則很配合地讓自己、家人還有他們的椅子，沿著桌子往旁邊擠一擠，騰出一塊空間來。

「喔，」愛麗絲說，聲音很低：「我無意打——」

「妳沒有。愛麗絲，看到妳真好。」

「我真抱歉我一直沒去小築——」

「喔。老實說，打掃房子似乎沒那麼重要，妳覺得呢？」

「我想是吧。我不知道。托德——」托德是她丈夫，「總是想要一切都乾乾淨淨的。或者說，一直到……」愛麗絲停了下來。她喝乾她那一杯。她從低垂的眼睫毛底下瞟了喬治一眼。他們的不期而遇變成了兩個間諜的接頭聯絡，但愛麗絲心裡想的諜報活動是什麼呢？

「沒事的，愛麗絲。」

傑瑞米靠過來，重新替她斟滿酒。是同樣的紅酒，或者說夠接近了，而一切都是免費的。她感謝傑瑞米，但他已經很機智地轉過身去，留下間諜們用密碼進行他們的機密對話。

「妳好嗎？」喬治問道。

這是個致命的領頭問題，他知道這一點。

她沒有回答。然後她輕聲說道：「這很糟，不是嗎？」

「是的，愛麗絲，很糟。」

「我——覺得害怕。」她說。

他看出最大的孩子聽見了，恐懼的表情爬上他的臉。喬治再度露出大大的微笑。他對她說：「我們為何不回小築去？在那裡聊。我可晚一點陪妳走路回家。我甚至有些多餘的食物。」

她也注意到那孩子了。她表情開朗起來，這是假的，卻是相當有演員架式的表演。

「這樣會——對，咱們就這麼做吧。為何不？」

他們走出門的時候，柯利出現了，交給喬治另一瓶葡萄酒。「最上等梅洛酒的最後一瓶。去吧。享受一下。你知道，我以前認識一個伐木工，他總是想要一間酒吧。然後他有了些錢，買下酒吧，把那裡裝潢好，大幹一番，雇了王牌大廚，滿滿的酒窖，還有頂級的客房。你想他接下來做了什麼？」喬治跟愛麗絲在光明與夜晚之間等待著。有人唱起歌來了，艾維斯．卡斯特羅的〈奧立佛的軍隊〉。在吧台後面，艾美西斯特跟那士兵在擁吻。「他把每個人關在外面，然後把那個地方留給他自己，就只為了他，我的意思是這樣。從來沒有別人被放進去過。那裡叫做軍號。在往坎頓的路上。你對**這個**有什麼想法？」

「我臉上的這個印記——跟鳥沒任何關係。他打我。托德。他打我。」

「老天爺！這是在什麼時候？」

「今天早上。他就是——這麼做了。」

「以前發生過嗎？」

「沒有。不……不真的有。」

「他現在在哪裡？」

「跟潘家男孩在一起。你知道，店舖裡的那些人。」

他們靜靜站在巷子裡，在黑暗之中，在得了禿頭症，靠著凋落的羽毛維持平衡的樹木之間。沒有車子會嘗試開車穿過，再也沒有了，而腳步聲會清晰可聞。他把手電筒關上，因為電池存量越來越低了。他也有個太陽能手電筒，但用不著說，它無法再充電了。

他有股衝動要觸碰她、擁抱她，提供安慰。但喬治非常清楚地理解到，這不是出於俠義精神或激憤——儘管事實上她那混蛋丈夫打她的畫面是激怒了他。不。那是慾望，肉慾。但話說回來。還剩下什麼別的？這也讓喬治很困惑：比起其他東西，偏偏是肉慾存活下來了，就像是生物性的飢渴，還有對於酒精味道與效果的外來愛好也撐過來了。喔天啊！他媽的龐貝城末日記。在火山爆發之前，或者馬戲團獅子來扯掉你四肢以前的吃、喝與享樂。就像在舊B級片裡一樣。但公平地說，至少在這裡，某些安靜還維持著，禮貌與同志情誼也還持續，一種家庭式的溫柔。那麼就溫柔以待吧。

「我真的很遺憾，愛麗絲。」

她投入他的懷抱裡，在那裡，在巷子近乎目不視物的黑暗中。她很美麗，光滑又柔軟，而她的頭髮奇特地粗糙而野蠻。她的嘴就像他先前相信的那樣，讓人胃口大開。在他們分開的時候，她聳聳肩。「我們能進屋裡面嗎——我不想在這裡，在黑暗中。」

他重新打開手電筒。

直到他們抵達香菸小築大門的時候，他才想到他沒聽見任何一隻喜鵲，甚至沒有在手電筒的光芒裡看到。因為某種運氣，他們不知怎麼地錯過了一定還在到處持續上升的那些喜鵲，就像他在今晚六點時還看到牠們往上升。性，性（不是愛）有多麼大的力量，可以把恐懼趕走。

晚間他去樓下拿了一瓶水，然後站在窗邊眺望著前花園。三隻狐狸聚集在那裡，被燭光描繪出來。全都是公的，他心想，年輕又夠健康，但擠在野生草坪上，往裡凝視著他，正像是他也朝外凝望著牠們。這就好像牠們對他有所求。他真希望他可以給牠們某些東西。但也許牠們要求的就是每個人都想要的：一個答案。牠們的眼睛燃燒著，顯露出一切，以一種缺乏生氣的方式發著光，讓他想到一九七〇年代的狂犬病海報——或者惡魔的海報。

動物舉止怪異好幾天了。你本來沒有注意，然後一個格外不自然的事件讓你看出這點，接著回憶起其他的插曲。他起初察覺到這一點，是因為一群知更鳥，九隻或十隻、後來幾乎有二十隻，一整大群，幾乎像是椋鳥，繞著雜樹林一圈又一圈地飛，然後讓人目眩眼花地穿過骯髒陰鬱的黎明，朝著農場飛去。知更鳥通常是獨來獨往的，就像狐狸在交配季節以外本來也是這樣。但也有過那些貓。每隻都尖叫哭嚎然後朝你奔來，或者從你身邊跑走，同時還在叫。他在巷子裡遇到過一隻。那隻貓嘴裡有根喜鵲羽毛。那隻貓匆忙地來回奔跑，沒有弄掉那根羽毛，沒有咀嚼它，在喉嚨裡低吼著。某些動物就只是消失無蹤。一般共識是牠們在冬眠，就像樹木一樣被誤導了。是這樣——或者牠們察覺到自己也可能被射殺當食物吃。見不著任何灰松鼠的活動，這種松鼠就算在真正的深冬也常常到處跑，這點就夠明顯了。他沒有看見或聽見任何青蛙或鴿子，也好幾星期沒聽見任何一隻狗吠叫或長嗥。沒有昆蟲。甚至連衣蛾都不見了。

喬治轉身背對狐狸，拿起了水，回到樓上去。愛麗絲在床上坐起身，不再啜泣了。她在他們第一次做愛之後哭泣過。然後突然間靠在他旁邊睡著了。後來她醒了，然後告訴他說她一直想要他，曾經幻想過他。「但你比幻想更好。」所以有了更多性愛，淹沒大腦的豐富高潮。然後她又開始啜泣，停不下來。她說：「這跟他無關。去他的！他可以滾一邊去。是其他的事情。這個——讓我想到那部希區考克電影——」

「從達芙妮．杜莫里哀的短篇小說改編的？」

「是嗎？」

喬治並沒有說那篇短篇小說比電影還更陰沉得多，也更恐怖。「但那些鳥發動攻擊了，不是嗎，」他反而這麼提醒她。「我們的喜鵲——牠們只是往上飛。」

「喔，」愛麗絲悄聲說道：「會發生什麼事呢？」她知道除了最顯而易見的事情以外，他不可能告訴她什麼，而那樣就已經夠糟了。

他說：「一切都會沒事的，愛麗絲。」

「會嗎？」

「會的。」

然後她冷靜了下來，他猜想，她（就像他一樣）知道不是會就是不會。他們無從插手。所以最好也別放在心上。

現在他們喝了水。

「我可以留下嗎？」她說道，就像個小孩。

「請務必留下。」

「我可以在天色一變得——變得更亮的時候立刻離開。我不想讓你覺得——我知道你喜歡獨處。」

「妳怎麼知道這個？」他戲謔地問道。

「這樣你才能寫作。」

「那個啊。」他說道。他想像看到未完成的故事困在電腦螢幕上，現在失落在太空中了。在該死的全體都沒有了的時候，備份幾乎不重要了。他本來該預見到這一點，然後把文章印出來。但話說回來，在羅馬焚燒的時候，為什麼還要寫故事呢？

「你記得就在四號電台斷訊以前，首相的演講嗎？」她說了這句話，讓他吃了一驚。

「我沒有聽。他變得——老實講，煩死我了。」

「不過那天晚上他表現超好，他……這件事讓他呈現出最好的一面。」他們笑了，苦澀地笑。然後躺下來睡覺，背對著背。他多久沒感覺到這種奢侈的安慰，有女性肉體貼著他的身體？而會延續多久呢？直到被蒙住的太陽從黑與白的天空後面升起為止嗎？直到食物跟瓶裝水都沒有為止？眼淚也從他眼中流下。接著他靜靜地哭泣，為了不要吵醒她。枕頭吸飽了他的眼淚，就像永恆吸飽了所有這樣脆弱的東西，啜泣、血、野獸與人類的軀殼。

在睡夢中，他感覺到而非聽到一個模糊而難以歸類的隆隆響聲。雷聲？平流層梗塞創造出的某種風暴——或者有可能是一列幽靈火車，在史坦森，再度能夠奔馳全部好幾哩路。在睡夢中，他不在乎。他夢見了莉迪雅，到頭來像愛麗絲（或者托德）一樣不忠貞，夢見十三年前在巴黎那間旅館的莉迪雅。

在日出之前，或者現在勉強這麼稱呼的時刻之前，喬治的夢境變化成一個關於喜鵲傳說研究的完美融貫回憶，他大約九天前做過這個研究。那本書很老，一九九〇年代他在倫敦撿來的某樣東西。他總是主張，一個作家永遠不知道到頭來什麼可能有用或沒用。

壞預兆與厄運的鳥兒。標題是這個。不過在這一節的結尾出現一個結論段落，有個次標題：**免除喜鵲的罪名：**

大家對喜鵲通常觀感不好，因為據說牠在基督死時拒絕披上完整的（黑色）喪服。然而這看來是對這個故事的一項誤解。在一個比較古老的版本裡，喜鵲穿上半喪服是真的，這是為了對基督的受難與死亡表示尊重。不過這種鳥的雪白羽毛本意在於指出生命在死後持續著，而基督自身確實會從祂的墳墓中實際復生。否則為何喜鵲仍然是星座處女座的象徵，處女座直接連結到聖母瑪利亞，基督的母親？至少，耶穌與瑪利亞看來很確定，喜鵲面對責怪都是無辜的，同時也是偉大真理的一個見證者。而基於這個理由，處女瑪利亞本人在她優雅的衣著之外加上一層非凡的藍色光澤（瑪利亞自己的神聖顏色），這種顏色在她的翅膀上看起來最明顯。

技術上來說，幾乎是早上了，大約再二十分鐘就五點鐘了。天空有一種無色的黑暗，不過在接近天頂的某一點，古怪地褪去了。逐漸地，上層天棚變得稀薄的這種狀態，開始填上了隱約、晦暗，卻無可否認的光。

在樹林裡鳥沒有唱歌。然後是一陣淒厲的合唱衝了上來，不是歌曲而是警告，片段破碎，然後戛然而止。

巷子對面的雜木林裡，沒有鳥從那裡升起。沒有喜鵲往上升。幾乎沒有任何動靜。現在，寂靜具體有形。如同石頭。

從地平線這頭掃視到那頭，就是察覺不到任何動靜。沒有一隻動物沿著地面溜過或奔馳過去，更別說是在天空較低處展翅飛翔。

沒有喜鵲升起。

沒有喜鵲升起。

從昨天晚間八點開始——令人訝異的是，只有少數幾個人注意到——不列顛的陸地上沒有一處地方有任何一隻喜鵲升起，直直往上飛去。也沒有飛往任何其他方向。

在上方，就在天頂以東之處，那個洞，確實是個洞，它繼續朦朧地變得更光亮些。或許也看得出它變寬了，就變寬那麼一點點。

然後在北方，另一處似乎也正在朦朧模糊地變得稀薄，另一個神秘難解的變亮過程，看來也正在進行中。

越過田野，看似在好幾哩外，在某個其他向度上，一個響亮而難以名狀的爆裂聲轟隆穿過空氣。一條碎裂的線，以銀色的放射性墨水潦草地畫過，狂奔著越過天空中罩上面具的拂曉或暮色。

一種風暴風起雲湧，遏阻了黑暗。光明的插曲現在耀眼地閃爍，就像刀子。然後，天空——在墜落。

到處都在墜落。遠方，近處，就在頭上。

天上落下的彷彿是建築用的石磚，在它們降落的時候，碎裂成一塊塊，如瀑布與潮汐浪潮般地落下，全部都笨拙地旋轉往下掉。都是屍身。死鳥的屍體。一百萬的一百萬倍，一兆的一兆倍。毫無生氣也幾乎沒有重量，然而以這種無可想像又無可避免的巨大數量，就是一種規模意想不到又無可救藥的重量。

空氣中迴盪著一種鋼鐵般的尖叫。無論是生物發出的聲響，或者只是空中暴雨的副產品，那聲音淹沒並刺穿了所有一切。

死亡開始猛然撞上地面。

作為序幕的衝擊就夠令人驚嘆了。

在視野變成只是一片馬賽克之前，就像出自一部受損古老影片裡的場景，很可能看到整根粗枝從樹上斷裂落下，建築物上瓦片、煙囪、電視天線與碟型天線滑動滾落，破裂四散——隨著死亡的黑白豪雨，一起撞向下方的地面。

村裡教堂的時鐘，在它的自動指針接近差十分五點的時候，是靜默的，然而塔樓裡的鐘，卻憂愁地鏗然響起，儘管只是勉強可聞。一部分的教堂屋頂已經被撕裂開來，而撞上鐘的死屍如瀑布般傾瀉而下。

但現在衝擊的下一個階段已然來到。相對於此，序幕根本不算什麼。在樹林裡，年輕的樹搖晃著，正在倒下。灌木樹籬與籬笆塌陷消失。從小池塘裡排掉了巨量的水——誰會料想得到它本來容納了這麼多？

現在整片屋頂變形了。大梁塌陷。窗戶崩潰。在村莊街道上，店舖櫥窗一一解體，彷彿被轟炸過。人行道與馬路被堆高了，花園裡也是。在蓋了一半的住宅區裡，所有建築物都解體了。農場上有某樣東西著了火，煙凝聚上升，但幾乎立刻就被傾盆的死屍之雨蓋掉了——主要道路被隱藏起來。就連拋錨的車子都被覆蓋住。田野、鐵路、山岳、地景——現在一切都在這片厚厚的黑白大雪之下……

在這激流的雜音，這巨大失落尖叫出來的哀鳴與刺耳吶喊之中，沒有一個個別的聲音能被解讀出來。

巷子裡的小築被堆得高高的，高達屋頂，就好像堆滿了褪色的沙袋。酒吧只是個土丘了，一種不乾淨的洗滌衣物堆，缺乏特徵而靜默著，有棵被砸爛的樹躺著靠在它旁邊。

喜鵲落下。火山的終極噴發。牠們掉落、衝擊、撞毀、破壞與被破壞。牠們覆蓋並埋葬一切。牠們像繃帶，像裹屍布般地裝填到這個世界上。而且牠們還在持續落下。遠方橡樹的樹頂——被淹沒。被根除。

而那股臭氣，那似乎永遠不可能結束的雷聲，暴風雨，海嘯，火山噴發。可憐的東西。可憐的東西。現在是早晨五點。就算真有任何人能聽見，教堂的鐘也沒有敲響。在這墜落的上方，在極高之處，從黑暗中擴大、閃亮著的裂隙中，光亮清澈地冒出，就像乾淨的水。而在東方太陽升起了，肉眼可見地升起，就像人類自己毫無憐憫的眼睛。

這不是第一次了——本文出自約翰·凱因（John Kaiine）提出的一個想法。

怪物製造者

史蒂夫·拉斯尼克·譚姆

這就是我為了愛能忍耐的一切。

羅伯特正在叫孩子們進來，實際上是在尖叫，說我們全都得走，**現在就走**。不過我太忙著注視那對夫婦，在他們跟公園巡警講話的時候，他們的耳朵融化、鼻子塌落、拉長成其他東西的樣子，同時他們的頭髮鬈曲變色，他們的脊椎彎曲擴張，胳臂跟腿扭成不可能的樣子，還有他們的眼窩在臉上游移得太過迅速，以至於有把眼球趕出去的危險。

「爺爺！拜託！」小艾薇喊了出來，但我現在看著公園巡警，他已經跪倒在地，他的臉色蒼白、四肢顫抖，嘴巴掙扎著要形成一個還不存在的字。因為這不是電影裡演的那種樣子；人類無法這麼容易地接受這種改變——在某一刻心靈必須關機，身體也失去自制，沒有人告訴它要怎麼辦。「拜託，爺爺，**現在就走**。」艾薇哀號起來，而她的苦惱強烈程度終於影響到我，所以我儘可能快點蹣跚走向那輛破爛老旅行車，速度並不是非常快。因為艾薇是那個特別的孫兒，你知道的。艾薇是我的心肝寶貝。

羅伯特踩油門踩太快，讓車子顛了一下。車子喀喀作響，然後自動恢復正軌。艾莉西雅安全地坐在後座，就在我旁邊，但我不確定她有沒有離開過。她不像以前那樣常活動了。不過她看起來多年輕，是很讓人訝異的——她的長髮仍然大半是金黃色，雖然她跟我差不多年紀了，不管那可能是幾歲。我們很久以前就同意，再也不要記錄這件事。我愛她的時間就跟認識她的時間一樣長。麻煩在於，現在我記不起來到底有多長了。

兩個孫兒分別坐在艾莉西雅的兩側。他們個子小，所以我看不到他們的全部，只看到四條瘦巴巴的腿，勉強超過座椅的前緣，還有偶爾看見同樣細瘦的手臂。他們又踢又揮手，興奮得很。儘管他們心懷恐懼——他們不理解他們所導致的事情，也不明白為什麼——他們卻對發生在他們身上的事情相當興奮。我懷疑這就是某些上癮者或運動員的感覺——某種東西接管了你，那東西就像是一種精靈或者神，攫取你的血液與骨頭，還有你的肌肉——然後讓你到處亂跑或者死掉。從這個角度來看，艾薇跟湯姆之間並沒有可供辨別的差異，不過他們並不是雙胞胎，除了精神上算是。他們像他們常做的那樣，輕聲地唱著歌，輕到我無法分辨歌詞，但我開始相信，他們的歌聲是我所有思維的背景配樂。

在我們離開公園的時候，我可以聽到我後方拉長的嚎叫聲，從那些可憐人聲音裡崩解出來的人性。我的孫兒們大聲笑著，因為這個經驗興奮到昏頭。這些改變似乎總是發生在我家族裡的某些成員身邊，雖然我們之中沒有一個人對這種關係或機制有精確的理解。為什麼那對夫婦變了，那個巡警卻沒有？我一無所知。或許這是因為某種心靈傾向，想像力方面的某種癖好，或是某種隨機的遺傳基因「子彈」。我的孫兒們具備一種驚人的天賦，不過那並不是任何人會想要親眼見證的天賦。

在前面的乘客座上，潔基拍拍羅伯特的肩膀。我不知道這是不是表示鼓勵，或者他需不需要這種東西。我兒子總是頭腦清楚到簡直成了缺點。他太太的臉看起來憂心忡忡，她臉頰跟下巴的皮膚繃得這麼緊，就好像她戴著一張乳膠面具似的。但話說回來，潔基一直都是容易緊張的那種人。她不是這個家族的人，她只是嫁進來而已。

「爸，我以為我要求過你，不要再跟他們講更多故事了。」羅伯特的聲音只是勉強控制住而已。

他們兩個都在生我的氣，怒火中燒。他們把這一切都怪到我頭上。不過他們試著不要流露出來。我不認為這是因為他們很在意我的感受。我認為這是因為他們有幾分怕我。「講故事，是當祖父的人會做的事，」我說道。「這是我能跟他們溝通的方式。關於我們的生與死的故事，甚至對我們自己來說都是秘密。我們能夠分享的就是這些不合格的概略說法。但我們還是必須嘗試，除非我們想要用孤寂來武裝自己。羅伯特，我只是告訴孩子們一些**童話故事**，就這樣。關於怪物的故事。某些他們已經知道的事情。怪物故事不會把你變成怪物，兒子。童話故事只是用某種聰明的方式，告訴你一些你已經知道的事情。」

很久很久以前，或許眾神與怪物曾在人間行走，而一名人類或許能選擇做其中任何一種。但再也不是這樣了。現在人類成長、變老、死亡，然後被遺忘。這是「偉大的循環」，或者隨便你想怎麼叫。這是個提神醒腦的訊息，卻無可避免。我沒有告訴羅伯特這件事——他沒有心理準備要聽這種話。他太愛他蹩腳、可悲的肉身了。

「為什麼你不能不這樣做？要怎麼樣才能讓你停下來！」羅伯特從方向盤後面吼過來。有那麼一瞬間，我想著他就要改變了，會延展開來，變成某種狼一樣的東西，但他就只是對我很氣惱而已。羅伯特是我們唯一的孩子，我非常愛他，但他一直都很脆弱，最平凡的危險都會嚇到他，就好像他很不開心自己生為一個必死的凡人（但恐怕世間的凡人就只有這一種了）。

羅伯特總是拒絕聽我的床邊故事，所以他其實根本沒有立場評估這些故事危不危險。多年來旁人總是迴避我們家族的成員，認為他們是女巫、惡魔，還有更糟糕的東西。沒有人想聽我們要說的話。「你的孩子們只是了解這一切的不安定性。而這就是他們表達的方式。」

「不要再講了，爸，可以嗎？今天不要了。」

無論我兒子決定怎麼做，他很可能從現在起把我們全都鎖在家裡。我們今天出門的唯一理由，是因為他知道孩子們需要偶爾出門透氣，而他不認為我們會在那座州立大公園裡碰到任何人。除此之外，這種事不是每一回都發生，甚至也不是每隔一次就發生。這種事情無從預測。我曾經一而再、再而三見證這種變形事件，但就連我都不理解其中牽涉到的作用力。

我猜我不能怪他。有時候人類的生命就是沒有道理。我們其實根本不該存在。

回到老農莊，我突然間筋疲力竭到幾乎下不了車。這就好像我吃了一頓豪華大餐，而現在我有辦法做到的事情只有睡覺。先前幾小時的腎上腺素分泌是有代價的。我懷疑我的食物必須吃了我，而不是反過來。

艾莉西雅甚至比之前更糟，羅伯特跟潔基要一人拉一隻手臂，才能讓她站起來。孫兒們推著她的屁股，同時格格發笑，這其實沒幫上忙。

一進屋，他們就帶我們到我們房間裡。「我累得不得了。」我告訴他們。

「我知道，」潔基回答。「你應該就這樣阻止這種事。如果你讓事情停止，我們都會比較快樂。」

她就像所有其他人一樣。她不明白。這種事偶爾會發生，但我從來不確定我們能夠讓它發生。或許我們只是展現出本來一直在的東西。她的孩子們正在學習死亡。這不是每個人都想學的課程。

她一定認為，因為我是年紀大的男人，我很可能做出蠢事。我想告訴她，可是我們在這個星球上的時間如此有限，為什麼我們應該避免愚行？我覺得我就像送來壞消息而被人人責怪的信差。

羅伯特在引導我們上樓的時候沒那麼殷勤，他的動作突兀而草率。他顯然對此失去所有耐性了——這樣照顧年邁父母，每次家族出遊時這樣沒完沒了的戲劇場面。他現在會讓我們全都待在家裡，種在電視機前面，呆坐著看天知道是啥鬼的愚蠢喜劇節目，被鎖起來，好讓我們不能再導致更多麻煩事。不過孩子們必須偶爾出門透氣。一個被困在室內的活潑孩子，就像等著爆炸的炸彈。

他不時失去平衡，然後讓我撞上一根欄杆、一處牆壁，還有門框。每次他都道歉了，但我懷疑這是故意的。我並不特別在意——每次疼痛的小小顛簸，就讓我多醒來一點點。我想，你必須保持清醒，才能知道你待在哪個世界裡。

等到他們把我們兩個人都放倒在床上的時候，我實際上累到都看不見了。幾乎一切都是一片髒汙的黃色抹痕。這就像是一瞥某張老照片，上面的顏色都褪成一種蠟狀的光澤。或許這是睡眠的開端，或者其他東西的開始。

在半夜裡有好幾次，艾莉西雅爬到床底下。夢魘就像這樣嗎？有時候我跟她一起爬到床下。地板有砂礫而骯髒，躺在上面並不舒服。這就像是淺嘗墳墓的滋味。這是我必須期待的事情。

在艾莉西雅哭泣時，我拍拍她的手臂。「至少妳還有妳的黃色頭髮。」我告訴她。她注視我的眼神如此凌厲，讓我退開了，在床下遠遠地退到陰影之中，在那裡我可以聽見風呼號跟昆蟲瘋狂的嘟囔。在這樣做讓我噁心以前，我只能在那裡停留短短一小段時間，但這似乎還是比躺在靠近她的地方還安全。

第二天早上我醒過來的時候，我的手完全麻木了，靜靜地「睡」在我的臉旁邊。我用那塊沒有感覺的肉刮擦著粗糙的床板，直到它看來恢復生氣為止。艾莉西雅不在這裡，她閒蕩出去了。雖然大部分時間她其實動彈不得，她卻偶爾會有這樣受到腎上腺素驅策的衝刺，這時她會活動到她倒下，或者被別人逮到為止。她的關節炎極其嚴重，這些激烈的活動大發作，對她來說必定苦不堪言。我可以聽到孫兒們在外面大笑，而他們的音調裡有種特殊調性，促使我到窗邊看個究竟。

兩個小親親把送信人困在車庫旁了。我們在這裡從沒收到信，而我在想，這個可憐人毫無疑問會因為送錯信而葬送他的性命，這是多麼可悲。他們用猴子似的說話方式閒聊，音調跟語速高亢到讓我跟不上他們說什麼，但偶爾有不連續的影像飄浮到頂端——尖叫的腦袋與燃燒的屍體。這些影像裡沒有一個出現在我告訴他們的任何故事裡，雖說羅伯特當然絕對不會相信這點。他沒有充分體會到的事情是，在外頭的真實世界裡，所有的腦袋都有尖叫的潛力，而所有的屍體實際上時時刻刻都在被焚燒。

在庭院邊緣，我窺看著艾莉西雅。她再度脫掉她所有的衣服，現在則四肢著地到處抓撓，就像某個不同種類的動物。世界上的羅伯特們不會希望承認人類是動物。我們可能幻想自己比野獸來得好，因為我們有語言技巧，因為我們有豐富的字彙。但這一切就只是讓我們有能力找藉口與遁詞罷了。

送信人開始改變了。他英勇地掙扎著，卻徒勞無功。他的下巴已經拉長了，一直拉到跟他臉部其他地方脫節，來回晃蕩，卻沒有肌肉可以支持它。他的頭髮已經慢慢脫離他，他比較有肉的部分也開始融解。我想，這些是一具屍體被留置在地面好幾個月以後的典型變化。

起初艾薇笑得好像看到一個小丑輪番表演他會的整套把戲，但現在她開始哭了。孩子就是這麼瘋狂，但我必須做我能做的事，來把損害降到最低。我迅速地走下樓，手急切地握著欄杆，我的關節在我的肉身之內極其像是碎玻璃，而當我走向門邊的時候，我看到羅伯特從地窖裡出來，雙手拿著斧頭。「這必須停止……這必須停止。」他對我尖叫。而我也非常同意。而如果他拿著那把斧頭衝向我，一切都會很好的——我不知怎麼地，總是理解事情可能會發展到這步田地——但他迅速掠過我身邊，朝著前門跟我在門外的孫兒那裡去。

我迅速跨出幾步，實際上是跌了下去，把他從門邊推開。我看到他的雙手摸弄著斧頭，但直到他撞上牆壁尖叫出來，往後跌倒，斧頭刀鋒埋進他胸口為止，我才明白那帶來的危險。「羅伯特！」

在潔基從廚房裡出來，發出刺耳尖叫之前，我就只來得及說這個。但說真的，我知道可以說的話就只有這句了，而現在讓自己失控有什麼好處？他會很痛恨死於笨手笨腳，而我離開這棟房子的時候，我帶走的就是這個。

在外面的草坪上，孩子們上上下下地蹦跳、大笑跟大叫。有一刻時間慢了下來，而我悲痛地看到他們幼小完美的五官變化著，變得粗糙，肉體失去彈性，得到一種乾枯、塑膠填料似的外表，就好像他們可能會變成傀儡，沒有生命的人形，由遙遠又迅速消失中的靈魂所控制。我看到我的小艾薇眼睛失去光澤，變成暗色的彈珠，她鬆弛的臉跟垮下的嘴巴噴濺出她笑聲的殘渣。我想到死在農舍裡的羅伯特——還有活得比自己的孩子還長，是多麼瘋狂又該被譴責的事情。

但當然，我沒告訴這些孩子他們的父親已經死了。也許以後會說，但不是現在，在他們像這個樣子的時候。如果我現在告訴他們，他們可能會兇殘地攻擊我們這可憐世界的一點點殘餘。事實上，我不能告訴他們我感覺到、知道或看到的任何事。

「幫我找到你們的祖母！」我喊道。「她從我們身邊跑掉了，不過我確定你們其中一個聰明的孩子會找到她！」而他們跟著我走出院子，進入樹林邊緣的時候，我鬆了一口氣。

在我設法穿越糾結成一團的矮樹叢與落下的樹枝時，我碰到的困難比我以為會有的還多。我疏於練習，而每次跨出太大的一步來避開一個障礙時，我都確定我會摔倒。但孩子們似乎不介意我們缺乏進展；事實上，他們已經看似忘記我們為何在此。他們來回遊蕩，在他們假裝是蜜蜂、鳥或低空飛行物體時，他們的路徑交錯。他們週期性地刻意撞上彼此，以好幾十種方式假死，往後倒下靠著喬木跟灌木。有時候他們就這麼停下來，對彼此含糊不清地嘟囔，一邊指著我，一邊格格笑著，用他們高頻的外星語言分享秘密。

偶爾我捕捉到艾莉西雅在我們前方的樹林裡移動的幾瞥畫面。她的金髮，她的長腿，還有一兩次只是她的一點點臉孔，還有可能是微笑或皺眉的表情；我從這麼遠的地方真的無法分辨。像這樣片段破碎地看見她，我幾乎可以想像她是我五十年前遇到的那個年輕、健美的女人，如此機智，迷住我又嚇壞我，在不只一個方面都比我優越。但我更明白事理。我知道那個年輕女人現在多半存在於我心裡，而不在她身上。另外那個艾莉西雅現在像是某種路邊的破碎屍體，而活著、舞動著、奔跑著、在樹木之間胡說些蠢話的人是個破碎的靈魂，一度寄居於同一副美麗的身體裡。有時候我們所愛之人的死亡，只是延續多年的哀悼過程中的最後一幕。

我想如果艾莉西雅現在要擁抱我，我甚至還來不及講完她的名字，她就會用牙齒啃了我的半張臉。

現在孩子們就像她一樣瘋狂，在我的兩側尖叫，打我兩邊的臉還有肚子，然後嚎叫著跑掉。我納悶地想他們到底還記不記得，她以前或現在是他們的什麼人。才不過幾年前，她還會做東西給他們，把他們抱在懷裡，唱輕柔的歌給他們聽。但我想，我們從來就不該事事都記得，而這是一種祝福。他們似乎已經忘了他們的父母，除了當成一則他們以前知道的故事以外。年輕人總是對科幻小說，對幻想未來日子的故事更感興趣，尤其在他們可以當英雄的時候。

大半個下午，我注視著他們，或者避開他們。就像個其實不想要這份工作的臨時保姆。在某個時間點，他們開始為了一棵樹上離地大約三呎高的巨大樹瘤爭了起來。這只是我見過的第二個這種樹木畸形，而是兩者之中大得多的那個。我理解樹瘤是怎麼來的，比較年輕的樹木受到損傷，樹又繼續在創傷周圍生長，在木紋中製造出這些引人注目的紋路。

他們的爭執是很奇怪的，雖然跟我們會有的其他爭執沒那麼不一樣。艾薇說在他們把樹瘤砍下以後，它會是給她的完美「公主寶座」。他們沒有手段可以把它砍倒的事實，在這個爭執裡並沒有被納入考慮。湯姆主張是他「先看到的」，而他雖然根本不知道拿它怎麼辦，決定權卻應該在他手上。

到最後他們開始打了，在他們持續衝撞彼此的頭跟臉的時候，他們兩個人都在哭喊。在他們開始流血的時候，我決定我必須做點什麼。這件事我處理得很糟，雖然我想像不出有任何別人會更知道怎麼處理這種危機。我瞪著他們——他們的肉身在奔流。他們的肉在奔流！他們的祖母不見了，而他們甚至不知道他們的父親死了。而他們醒著做夢，血肉在他們周圍流動。

我要告訴他們什麼？我要用天堂的故事讓他們安心嗎——他們的父親現在安全地待在天堂裡？我要告訴他們，無論他們可憐脆弱的肉身發生什麼事，在天堂都有給他們的安全地方嗎？

我想告訴他們的是，他們最後的目的地不是天堂，而是記憶。而你可以把自己變成一個記憶，深刻到會改變它所觸及的一切事物。

我的艾薇尖叫出來，她的臉是一張血面具，而湯姆看起來還更糟——我能從他那張混亂的紅色臉孔中看到的，只有一隻固定的眼睛。然後我設法跑過去，要分開他們，但我這麼笨拙又可悲，以致跌進他們下方糾結的灌木叢裡，我在那裡四仰八叉，哀傷痛苦地喊出聲來。

直到那時他們才停止，而他們來到我這裡，我的孫兒們，靜靜地低頭盯著我看，他們的臉很嚴肅。湯姆從他臉上抹掉了大部分的血，露出那裡的抓痕，長長的線條跟粗糙的形狀，就像一個小孩笨拙的素描。

這就是我的遺緒，我心想。這些就是會讓我繼續活著的東西，就算只是一個不怎麼有人懂得的記憶，或者可能是個太麻煩而無法完全理解的鬼魂。

我們試了又試，卻無法從我們在世間所做的事情之中，雕塑出一個形狀。我們的雙手觸碰得不可能足夠。我們的話語遊歷得不夠遠。我們持續不斷地揮著手，然而在人群之中，我們仍然無法一眼被看到。

我的孫兒們為了我的故事終點而靠近。透過他們短短的人生，我可以感覺到我的旅程迅速得可怕。我變成一個喀噠作響的人聲，因為它用盡了聲音。我變成一根靜靜翻動的舌頭，因為它用盡了言語。在我想不到任何別的地方可去時，我變得毫無動作。

我變成石頭、木板與空曠的田野。我其實挺了不起，是以他們的形象製造的怪物，直到我被粉碎，被遺忘為止。

第六章

史蒂芬・葛瑞恩・瓊斯

如果哩數還有意義的話，他們距離校園八十哩路。

這是歐蒙博士的點子。

歐蒙博士是克雷恩的博士論文指導教授。如果博士論文還有意義的話。

可能沒有意義了。

殭屍。殭屍是現在有意義的頭號大事。

克雷恩放低他的雙筒望遠鏡，轉向歐蒙博士。「他們仍然沿著九十五號公路走。」他說。

「最小阻力路徑。」歐蒙博士回答。

克雷恩跟歐蒙博士在穿的衣服，他們是從一個門來回晃動的家庭住宅裡搜刮來的，當時屋主本人肯定已經被「搜刮」掉了。

歐蒙博士的頭髮到處亂長。瘋狂的博士。

克雷恩披著一件當成披風的變形蟲裙子。他的點子是破壞人形，呈現出一個比較不誘人的剪影。歐蒙說那沒有用，殭屍顯然是把注意力放在地面的震動上；這是他們偏愛城市的部分理由，而他們現在為何多半堅守在柏油路上，與此可能有很大的關係：透過柏油路，他們可以聽得更清楚。

克雷恩恭敬地表示不同意。他們並沒有偏愛城市，只是殭屍人口在模仿瘟疫之前的集中現象。不管是在走路或者只是躺在那裡，你會預期死者差不多就待在他們死掉的地方，不是嗎？

歐蒙博士沒有享受爭論，反而透過他們那一副雙筒望遠鏡研究部落群來結束爭論，而且注意到在柏油路上，並沒有揚起塵土雲來宣告殭屍的出現。

成熟的狩獵技巧？初階的自我與他人意識？「**部落群**（horde）與**牲畜群**（herd）有共同字根嗎？」克雷恩問道。

從最後撤出以後，他一直在腦袋裡來回琢磨此事。

「我們用**部落群**來講入侵者，」歐蒙博士用他那種邊說話邊思考的聲音說道。「舉例來說，蒙古人。」

「而**牲畜群**是用來講有蹄動物，通常如此。」

「一窩蜂心態（herd mentality），」歐蒙博士說道，同時把雙筒望遠鏡還回去。「牲畜群暗示著缺乏智商、缺乏有意識思考，而**部落群**則帶有攻擊性。或者，至少在最低限度，對於以此命名入侵者的社會來說，是一種危險。」

所以不是的，那兩個字只是聽起來很類似而已。

克雷恩可以接受這一點。這比較不是因為他沒怎麼花力氣在共享字源學上，多半是因為古老的模式感覺很好，感覺很對：老師、學生，雙方都朝著一個共同目標努力。

這就是為什麼他們會在這裡，離校園八十哩遠。

當然，本來他們可以回去找家人的，但兩人都是通勤者，他們唯一的行動路線就是躲在人類學系大樓下面的長形地下室裡。不過，休息室的冰箱能讓兩個人維生的時間就是有限。

克雷恩設法把他們的處境想成是回歸比較原始的年代。瘟疫在做的事情，就是重設人性。打獵與採集是現在的常態，而不是書本或者牆上的學位證書。生存再度變成過一天算一天。有一兩代人不會有閒暇時間，不會有特長，也不會有社會分層。以物易物經濟很快就會出現的想法是個玩笑；你死我活的拚搏會有一陣子是主要模式，而只有特別強壯的人會熬到能繁衍後代，讓物種延續下去。

歐蒙博士把克雷恩的思索內容當成閒聊雜談一樣地聽進去，他的目光投向遠方的牆壁，但接著在兩天後，他從他們的公共廁所（主辦公室，哈）冒出來的時候，他的五官散發出一股果決熱切的氣質，他的眼睛幾乎因為有所發現而閃閃發光。

「怎麼？」克雷恩說道，突然間很確定有扇窗戶被破壞了。

「這仍然有重要性，」他說：「我們所有的——這個。我們的工作，我們的研究，研究所學位。這是一種手冊，一種指南，你沒看出來嗎？」

克雷恩研究著釘在牆上的史前美洲地圖，等著後續。這就是歐蒙博士的風格。

「你的第二章，」歐蒙博士繼續說道：「那一個註腳……在形成部分，基礎性的序言裡。我可能說過感覺像稻草人的部分。」

「拚命引用大咖名字的部分。」克雷恩補充。

現在是浩劫後的時代了，他們可以實話實說。

「關於可用的蛋白質資源。」

克雷恩瞇起眼睛，設法回溯感受一下他的博士論文。

毫無疑問，第二章一直是文獻角力賽。

他就是必須在這裡處理下面這個問題的所有互斥主張：在非洲熱帶草原競爭人類名號的各種生物為什麼站了起來，變成兩腳生物。

克雷恩的論旨是，因為森林的範圍縮小，缺乏體毛意味著做母親的現在必須抱著自己的嬰兒，而不是讓他們掛著。他們別無選擇，只能站起來。

這個論點的必要部分，是關於早期人類——這是個冠冕堂皇的字眼，用來稱呼有新型手腕與骨盆形態的一種好奇猿類——的推測：他們是有持續力的獵人，會追獵好幾哩、好幾天，把他們的獵物累垮。累死牠。

像這樣的生活形態，會需要整個群體（troop）——對一群猿類的正確稱呼是**猿群**（shrewdness），但克雷恩總認為那是對於賭徒與投資人的糟糕聯想[8]——都處於移動狀態。沒有站哨的警衛，沒有可以回去的床鋪，所以就不像豺狼、貓鼬跟幾乎所有其他哺乳類社會有的那種保姆。

這意味著這些早期的前人類，每次追擊的時候都必須隨身帶著他們的寶寶。他們奔跑的時候必須抱緊孩子。用他們能夠不再致力於奔跑的雙手來抱住小孩。

這很優雅。

至於這些突變兩足動物怎麼能夠這麼有效地持久狩獵，原因在於那些出乎意料、前所未見的汗腺，洞穴般大而深的肺臟，還有寬大的鼻孔。對克雷恩的論證來說很好的是，這全都是其他人已經做好的工作。他要做的就只有在第二章組織並引用內容，鞠躬點頭致敬。

不過這既然是人類學，而化石紀錄不只是稀疏還殘酷地散亂隨機，其他替代理論當然多不勝數。

一個是水猿假說：我們有蛋白質來滋養我們成長的大腦，也透過食用貝類來加長我們的骨頭。乾旱把我們逼到非洲海岸，而最初以障礙之姿出現的東西變成了墊腳石。

另一個理論是，我們的大腦成長為一種對抗起伏天候的自衛機制。我們沒有被容許發展特長，反而必須變成通才、機會主義者，我們的大腦必須一直隨機應變並考量種種選擇，而在這麼做的同時，意外地產生了概念性思考。

8. shrewdness 一詞最常見的意義是精明、機靈。

另一個理論是，讓大腦成長的蛋白質來源一直都在熱帶草原上。

歐蒙博士的發現時刻過了兩天以後，克雷恩最後一次用肩膀頂開通往他們那個地下室的門，然後他們就去找一個部落群了。

這樣沒花多久時間。如同克雷恩注意到的，他們這部分的新罕布夏州，在浩劫前人口已經很稠密了；推論現在仍舊如此很合理。

歐蒙博士聳聳肩不當一回事，他以這種方式表示他們的樣本範圍太有限，進一步的研究會證明他說得對。

然而讓他更即時得到學術性滿足的是——克雷恩可以感覺到他身上飄蕩出這種氣息——第二天一個部落群現身的時候（有一股味道），他們兩個都能夠躲起來，不是躲在一個密室（會傳導震動的水泥地基）或者車子下面（柏油路……），而是在一個矮灌木叢裡。

相對來說鬆軟的土壤救了他們，這很明顯。隱藏了他們的怦怦心跳。

也許是這樣。

無論如何，部落群肯定是拖著腳步經過了，沒察覺到大餐就在一臂之遙的地方等待。

部落群一離開超過半天，克雷恩跟歐蒙博士就起身，搜刮了必要的衣服，然後跟了上去。

如同克雷恩在他博士論文第二章放過的註腳，就像歐蒙博士曾經用一種不容反駁的方式預測過的，任何生態系的頂級獵食者，他們會從他們的獵物身上剝下所有的肉，然後繼續前進。留下的生態棲位（niches），由更能趁虛而入的生物來填補。

現在在非洲，補位的是鬣狗，用牠們有力的下巴來咬碎瞪羚的骨頭，為了吃鎖在裡面的骨髓。

六百萬年前，人類曾經是那隻鬣狗。

「在邊緣潛伏有它的好處。」歐蒙博士說過。在這個例子裡，那些邊緣就只是離部落群剛好夠遠，讓遺留在後頭的屍體還不至於腐爛得太過頭。

九十五號州際公路散布著死人。真死的死人，克雷恩這樣為他們命名。相對於另一種死人。上面浮著一層肉跟蒼蠅的骷髏形成的一片田野，骨頭被數以百計的牙齒刮擦過，然後被棄置。

克雷恩跟歐蒙博士曾經站著俯視一具又一具的屍體。理論是一回事。實際應用肯定是另一回事。

而且——他們談過這件事，全程放低了他們的聲音——就算有足夠的肉藏在屁股或小腿上的那些屍體，可以提供某種肉類，但那種肉還是很有可能受到感染了，不是嗎？

現在他們身為倖存者的工作，就是比那種感染更深入。

你就是這樣證明一個論旨。

一等到天色夠暗，讓他們可以假裝沒看到、不知道的時候，他們就用一塊石頭敲開一根脛骨，這根骨頭一度屬於一名從各種跡象來看都很健康的男人。他們用克雷恩的披風蓋住他的臉，然後用一件撿來的外套再蓋上一次。

「現代人的感性，」歐蒙博士加上了旁白。「我們的祖先不會有這種良心不安。」

「如果他們是我們的祖先。」克雷恩說道，某種黑暗的東西從他喉嚨裡往上冒。

他把這玩意壓下去了，勉勉強強。

骨髓有用來吹泡泡的泡泡糖那種軟硬度——在你已經嚼著它看了半場電影以後。有一種顆粒狀的質地，一種溫度，但再也沒有真正的凝聚力了。不盡然是泥漿或糨糊。比較像是剛開始腐爛的牡蠣。

他們沒有從骨頭裡劫走心甘情願流淌的每一滴濃厚液體，倒是一人喝了微薄的一小口，閉上眼睛嚥下去。

沒有人吐出來。

然後，在深夜，他們談到人像這樣靠骨髓過活的時代——如果有過的話，歐蒙願意讓步這麼說，因為一頓飯不等於一個論證得證——這個做法如何理所當然地是早在火的發現與使用之前。而當然就是火讓他們吃的肉比較容易消化。所以他們的內臟才能夠縮小。

「這就是我在講的，」克雷恩說著，附帶提起現在變成歐蒙博士研究內容的東西。「持久型獵人。」

「你仍然依戀著他們的浪漫形象，」歐蒙博士這麼說，同時研究著他指甲底下的某個東西，月光不盡然照得到。「我想，你腦中有個祖魯戰士的畫面。高大、精瘦。不，他是衣索比亞人，不是嗎？那個奧運跑者的名字叫什麼，光腳跑的那個？」

「他們很多人都是這樣，」克雷恩說，同時盯著遠方的樹木。「但你認為我們可以消化這個嗎？」他一邊說，一邊摸著他的胃示意。

「我們必須消化掉。」歐蒙博士說。

而他們是這麼做了。總是比部落群落後半天，把腿骨敲開，喝得越來越大口。從他們沿路找到的廁所水箱裡喝水。用破布做頭巾。

比較聰明的烏鴉開始跟著他們，去撿那些碎裂開來的骨頭。

「生態棲位與山谷。」歐蒙博士說著，往回走去觀察那些黑色大鳥。

「宿主與寄生蟲。」克雷恩說道，他透過雙筒望遠鏡，注視著前方。「而你認為我們是什麼？」歐蒙博士樂呵呵地喊道。克雷恩沒有回答。

在部落群——在有隱私權的腦袋之內，克雷恩還是比較喜歡稱之為**牲畜群**——後方的殭屍，他開始替他們取名字。就像一個靈長類動物學家，可能會替她觀察的群體裡的黑猩猩命名。

他們叫慢吞吞、沒臉，還有左臂。法蘭絨、瞎眼跟濃湯。

等到他們到達部落群的受害者旁邊時，幾乎什麼都不剩了，只剩下骨頭，裡面有歐蒙博士極度需要的珍貴骨髓，可以證明克雷恩的第二章就算不用徹底重新構思，也需要大修。

那天晚上，隔著他喝過以後像香檳杯一樣拿著的第二根脛骨——歐蒙博士不知怎麼地，假裝他手上的尺骨是根雪茄——克雷恩對歐蒙博士提出這個問題：「如果一個物種，就是我們，在過去讓自己適應持久型狩獵——」

「如果。」歐蒙博士強調。

「如果**我們**像那樣適應了，那為什麼獵物沒有勝我們一籌？」

如果他們需要煮他們的食物，如果他們允許自己生火，這裡本來會有的營火的另一邊是一片寂靜。

不過，現在是原始時代。

在黑暗中，歐蒙博士的眼睛閃閃發亮。「能夠透過皮膚出汗的瞪羚，你指的是這個，」他說道。「溜出我們掌握的上品。可以跑好幾哩的上品。」

「馬拉松瞪羚。」克雷恩補上這句話。

「我們知道他們沒有嗎？」歐蒙博士問道，而不知怎麼地，在那個問句、那個語調裡，克雷恩感覺到歐蒙博士永遠在反駁的對象不是他，克雷恩，或者任何他涉獵的文本、任何他出席的會議，而是他人生中直呼他名字，不管那名字是什麼的某個人。這是個不請自來的洞見。

「克雷恩先生？」歐蒙博士催促道。

現在又回到教室裡了。

克雷恩點點頭跟上。「如果說比起六百萬年前的瞪羚，今天的瞪羚就是馬拉松瞪羚會怎麼樣呢，對吧？」

「非常好。」

克雷恩搖搖頭，他希望這是個察覺不到的動作。「你認為是這樣嗎？」他問道。「我們是那麼持久的獵人嗎？」

「這是你的論旨，克雷恩先生。」

克雷恩組織著他的話語——他整天都在反覆檢視這個論證，而歐蒙博士已經一腳踏進陷阱——就好像很不情願似的，就好像只是剛好想到這個，說道：「你忘記了我們的持久是有回報的，我想。」這句話裡有一種「你肯定在開玩笑」的節奏在內，克雷恩喜歡這樣。這就像出於意外，不假思索地講出莎士比亞台詞。出於自然的天賦。

「回報？」歐蒙博士問道。

「我們持久狩獵，直到這樣給我們足夠的蛋白質去——去發展溝通所必須有的大腦能力。而一旦我們開始溝通，交易的技巧就開始傳承下來。因此文化誕生了。我們在瞪羚能適應以前，從瞪羚追逐賽畢業。」

在一段漫長而甜美的時間裡，從沒有營火的另一邊傳來的只有沉默。

學生變成師父了嗎？克雷恩對自己說。

老銀背大猩猩在面對年輕人的時候，會重新考慮嗎？

他實在好厭倦吃愚蠢的骨髓了。

正當情況看似歐蒙博士必定已經回到睡夢中，或者可以理解地假裝睡著了的時候——這是個新世界，需要嶄新而令人不適的思維——歐蒙博士，在黑暗中竊笑起來。

克雷恩的眼睛嚴厲地盯著他，他不必掩飾他的輕蔑。

「在你的評估裡，人就是這樣嗎？」歐蒙博士問道。「或者我應該這麼說，人就是這樣證明他自己，在他短暫的在位期間裡，是位於這個食物鏈頂端嗎？」

克雷恩什麼都沒有說。

歐蒙博士不需要他說任何話。「就說你是對的，或者大體上來說是對的。持久狩獵給我們很大的大腦，給我們語言，給我們文化。」

「第六章，」克雷恩說：「我的意思是，等我寫到的時候。」

「對，對，總是這樣的。但如果你願意的話，出聲配合我一下。考慮一下用這個當你的辯護之詞。我們古代的小個子祖父們，能夠流汗，肺部是為長距離而定做，以兩足運動求效率，他們的嬰兒被抱在手臂裡，不必像黑猩猩一樣抓著毛髮——」

「我從來沒有——」

「當然，當然。不過就當這一切都是真的好了。如果我們這麼成功，迅速地演化。那麼告訴我，為什麼現在還有瞪羚？這時候，農業與寓言中的大羚羊還在好幾千代以外。有什麼能阻止我們劫掠最容易獲得的食物資源，直到用盡為止？」

對克雷恩來說，時間變慢了。

「你無法，你永遠無法完全地——」

「根絕一個物種？」歐蒙補完這句話，他的語調裡帶有明顯的反對。「我不是不同意我們到最後轉向其他的食物來源。但只在必要的時候這麼做，克雷恩先生。只有在被逼迫的時候。」

「第六章。」克雷恩設法擠出這句話。

「請再說一次？」

「我會在第六章處理這個問題。」

「很好，很好。或許明天你可以為我仔細解釋怎麼處理，如果你不介意的話。」

「當然，當然，」克雷恩說。還有：「我應該就這麼繼續叫你博士嗎？」另一聲竊笑，就好像這個問題也已經被他料到了。「亞伯，」歐蒙博士說：「跟我父親同名。」

「亞伯，」克雷恩重複。「克雷恩與亞伯[9]。」

「很接近，很接近。」歐蒙博士說著，結束掉這番對話，然後清清喉嚨準備睡覺，這是他的習慣動作，而在克雷恩心目中，他可以從上方看到他們兩人，背對著彼此，一個人滿足地閉上雙眼，另一個人瞪著夜晚。

第二天克雷恩沒有列出第六章的大綱，反而一直把雙筒望遠鏡扣在臉前面。

如果他的記憶正確，九十五號公路很快就要跟另一條主要高速公路交會了。

牲畜群會分開來，各走各路漫遊下去，或者會猶豫不決地到處亂繞，直到他們之中的某個摩西作出必要的決定？

事情會變得很有趣。

他可能會寫篇論文談這個，如果論文還有意義的話。

然後他們走向最近的一群受害者。

他們本來躲在一輛休旅車裡，看來是這樣。

這個地方不比別處差，克雷恩這麼想。沒有一個躲藏地點或者完美碉堡真正奏效。

這樣看來像是這個團體終於猛然衝刺了一番。休旅車的前輪卡了一堆殭屍。真的，他們別無選擇，只能跑。到頭來總是只剩下這招。

他們逃了一般常見的距離：三十呎。

當然了，他們有好幾個地方被咬到深入骨頭。

「如果他們有想到裡面有骨髓。」歐蒙博士說著，放低身體靠向一個可能是手臂的東西，上面的肌腱第一次裸露出來面對太陽。

「他們沒有語言，」克雷恩說：「這樣只會有一個知道，不會全部都知道。」

「當然，這是假設他們像你跟我一樣會說話。」歐蒙博士說著，把那個前臂猛扭上來。

刺耳的吱嘎聲響引發了另一種聲音。

在一個橫躺在中央狹長地帶的健行背包裡，有個只可能是嬰兒的東西。

在它哭嚎的時候，它肯定是個嬰兒。

克雷恩望向歐蒙博士，歐蒙博士則看著他們前方。「它就在柏油路上。」歐蒙博士說，他的聲調讓這件事變得很緊急。

9. 克雷恩（Crain）跟聖經裡的殺死哥哥亞伯的該隱（Cain）只差一個字母。

性的。」

「他們依據味道行動，」克雷恩說。「或者是聲音。就只是正常的聲音，不是傳導

膝跪下靠在上面。

「這不是我們任何一方會想要贏得的爭論。」歐蒙博士說道，靈巧地走向背包，然後雙

哭嚎聲悶住了。

週末扮演美國內戰時的士兵。不過這個，這事情重要得多。這是個古老的劇本，你可以這麼

「我們是再現演員，」在做出這種事，在殺死這個嬰兒的同時，他說道：「我的姻親在

說。一個由環境，由生物學寫成的劇本。銘刻在我們的本能之中。」

克雷恩注視著，也聆聽著，他自己劫掠來的脛骨握在低處，貼著他的右腿。

相當快，哭聲就停了。

「你可以以後再測試你關於——關於孩童運輸方法的理論。」歐蒙博士說著，起身以便

讓他的膝蓋往下壓，施加恐怖的最後一擊。這似乎是為了強調重點。

「那可能是亞當。」克雷恩說著，低頭俯視背包裡安靜的鼓起團塊。

「如果你相信小孩子聽的故事。」歐蒙博士說著，環顧四周尋找他的尺骨。他聲稱尺骨

的風味稍微強烈一點。聲稱這跟尺骨在一輩子用來走路時受制於鐘擺運動有關。這樣導致更

多營養被卡在下臂裡。

克雷恩不在乎。

他仍然在瞪著那個背包粗糙的藍色布料，然後他也抬頭看著馬路。

左臂在注視著他們。

他回來了。這聲音沿著九十五號公路的柏油絲帶傳遞，找到了他，帶來了部落群的

尾巴。

無論如何，空氣中並沒有氣味或壓力波；風是朝克雷恩臉上吹，吹起了他背後破爛的披風。

所以歐蒙是對的。

克雷恩望向他，一隻腳踩在一個死人手腕上，他雞翅狀的手肘往後翹，試著把尺骨從它的雙螺旋靈魂伴侶——一根橈骨——旁邊挖出來。

「你是對的。」克雷恩向對面的他說道。

歐蒙博士抬起臉，等著決定性的後話。

「說對了他們是怎麼聽的。」克雷恩說著，用他的下巴指向九十五號公路。左臂距離歐蒙還有兩三輛車的距離。

歐蒙博士往後縮，骨髓正被他打劫的女人雙腿纏住了他。

「讓我來。」克雷恩說著，然後往前走，經過歐蒙博士，然後在他夠接近的時候，算好時間，在一記笨拙的左臂揮舞之後，他用靴子的腳踵踹到左臂的胸口，讓他跌了出去，然後俐落地走上前用脛骨當成錘子、當成斧頭、當成——當成工具，了結了它。

這讓他的手臂感覺鬆軟，像黑猩猩一樣，就好像不習慣這樣做，就好像他使用這根長骨頭只是出於突然而容易忘記的靈感。

「到頭來他們不是非常持久，對吧？」歐蒙博士從他的屍體那邊說道。克雷恩為此回頭看歐蒙博士，然後又低頭看左臂。

就在他旁邊的，是其中一個被劫掠過的人，死者，被當大餐享用過的人。真死的死人。

克雷恩彎腰面對這具乾淨的屍體，撈走他能撈的——先搜口袋，然後是骨頭，找裡面的骨髓——然後發現他自己握著左臂的左臂。只是要把它移走，拿掉。

但接下來他反而拉扯著這隻手臂。

因為殭屍已經腐敗了，它從肩膀處脫落。克雷恩仔細研究它，研究它——**他們不是非常持久，對吧？**——然後終於對自己點點頭，伸手到腐臭的肉裡找骨頭，把它解放出來。易碎的末端在他拇指底下猛然折斷，就像佩茲玩偶水果糖機一樣。

裡面還有骨髓。

克雷恩考慮，再考慮——**不是非常持久，對吧？**——終於對自己點點頭。

「你還是喜歡尺骨啊？」他朝著歐蒙博士喊道。

「給它們一個機會。」歐蒙回應了，卻沒有費事轉過身來。

「這裡。」克雷恩說著，拿著左臂的尺骨走過去，同時小心不要把糖漿狀的骨髓倒出來。

「抱歉，我已經把它弄碎了。」

「我真的不該這樣，」歐蒙說著，露出微笑，用手指夾著那根尺骨。「男的還是女的？」他問道。

他在做記錄。就好像這很有意義似的。

「男的。」克雷恩說道，很愛這句話的真實性，同時注視著歐蒙博士把骨頭斷裂的那一邊倒進他嘴裡。

等到歐蒙博士感受到那股味道的時候，他已經嚥下去了。

他跪在地上咳嗽，設法嘔吐。

克雷恩捏起他褲子的大腿部位以便蹲下，直接對著歐蒙博士說道：「我們不是吸骨頭的，博士。我們是**持久型**獵人。我想很快你就會在這方面同意我的看法。」

歐蒙博士設法要回應，但只能狂噴口水又作嘔，來回揮舞著他的手臂要抓克雷恩的褲腿。

所以，他已經在變化了。

「這可以當成第六章，」克雷恩說：「你看這樣好嗎，先生？」

歐蒙博士的頭隨著他反胃的努力，隨著他的變化，隨著他免不了的默認而上下晃動。不只是反應病毒，也是反應克雷恩的論證效力。

那麼就第六章吧。會很完美的。

克雷恩站起來，轉而全面考察他的選擇。

他背後八十哩處是校園，有裡面全部的自動販賣機，全部的宿舍房間廁所可以喝水。

其中所有的水泥與柏油，像鼓膜那樣繃得緊緊的。

那麼就樹林吧。回歸樹林。

那裡柔軟的泥土不會把他的位置傳送給牲畜群。傳送給任何流浪者。

在這個獨特的重演中，克雷恩會是獵物，他知道的。

在他後面，太像人類的部落群，把這片土地壓榨殆盡。

這是他現行的論旨。他的終極證明。

他對自己微笑，如果微笑還有意義，然後在他腦袋裡擲了個銅板——往東的樹林，還是往西的樹林？——這時藍色背包把他的注意力拉過去了。

那個團塊在輕輕踢騰。一個小拳頭，推擠著布料。那個寶寶，比歐蒙博士想的還耐命。更像人類。

克雷恩轉向歐蒙博士，他已經在設法搞清楚怎麼再站起來，進入這個新世界。

那麼也許還有十五秒。保險的說是十秒。

克雷恩奔向背包，把那個嬰兒抱起來。

一個女孩。

「喔，**夏娃**。」他說道，然後把她抱在他胸口，她的其中一隻手臂比應有的程度更癱軟，那一邊的肋骨危險地凹了下去。不過另一邊的肺運作良好。她發出低泣聲，正在醞釀要尖叫。

克雷恩選擇馬路最靠近樹木的那一邊。

越過壕溝，克雷恩兩隻手臂緊緊抱著嬰兒，因為他沒有夠多的體毛可以給她小小的右手抓，他甩著頭清掉他眼睛上方的汗水。

瞪羚**確實**學會排汗了，他在腦袋裡對歐蒙博士說，博士在他背後拖著腳步就位，賽跑開始了，這種競賽從來沒有真正結束過，從六百萬年前踏出脆弱的第一步之後就沒有。

在洞窟中，在峽谷裡——

雷爾德·巴隆

丈夫一號很深情地說我是好撒馬利亞人。從小孩在社區裡走丟，到郡層級的搜索任務，我無役不與。如果我們開車經過一個擦撞現場，我就得停下來幫個忙，或者拍幾張照片，也許繞現場一周。一個重大車禍？就別提了吧——我會在現場陰魂不散，直到母牛回家或者警察來趕我走為止。花了將近十年，我丈夫光禿禿的腦袋才總算靈光起來。他領悟到與其說我是撒馬利亞人，還不如說我是戀物癖。到頭來他累垮了，他決定脫身。我還是為此感到鬱鬱寡歡。

算他運氣好，沒受苦受難，經歷我在阿拉斯加公園服務處工作的那段期間。在上大學跟生第一個小孩以後，我靠著招搖撞騙得以受雇於政府，然後自願協助每個失蹤人口、迷路登山者、墜機或船難現場。我健行並且在旁邊紮營。把我的羅盤跟地圖留在家裡。我想要消失。我設法消失的最長時間是四天。聯邦調查局人員的疑心夠重，所以送我去見一個能幹的心理醫生。樓上的男孩們給我一張慷慨的遣散費支票，然後說，我出去的時候可別讓門撞到屁股了。基本上是我人生中一段漫長下滑之路的開端。

丈夫三號在我第五十四個生日時跟我離婚。我典當了一切裝不進一輛貨車的東西，然後從俄亥俄州開車回到家鄉阿拉斯加。我在靠近駝鹿山口的棉白楊角拖車公園租了一個雙倍寬度拖車，沿著充滿田園風味、蜿蜒曲折的蘇沃德公路走兩哩，就到我最小的女兒凱西家了。一片雲杉森林就堵在後門口。駝鹿小口咬著圍著院子的杜鵑花。大多數人在史蒂芬·柯伯說出他的獨白以前，就上床睡覺了。

凱西每星期會有兩三次把我的嬰兒外孫女薇拉寄放在我這裡，或者在她找不到保姆的時候也會這麼做。凱西單親又兼兩份工作（白天是五金行出納員，星期三跟星期五在蘇沃德港做大夜班警衛），藉著一開始就不結婚來避開免不了的離婚。她留著那個搞大她肚子的愚蠢精壯漁夫，當成寶寶的爸爸兼堅持臨時關係的性伴侶。真希望我以前有想到這招。一旦我領悟到我的保姆工作是定期性的事，我就訂了一張嬰兒床，然後拐了二一三號房那個英俊（而且通常醉醺醺，可惜了）的傢伙，在我臥房裡組好那張床。

在當保姆的晚上，我餵薇拉奶瓶，然後看有線頻道上的西部片。「讓妳有正確的開始。」在查理士・布朗遜用一把耀眼的槍底讓亨利・方達「透氣」[10]，或者一個牛仔隨著滾動的片尾字幕策馬奔入金紅色的遠方時，我對她這麼說。如果我有造成任何影響，她就會變成像她外婆這樣的假小子。古典巨星以前曾是我的英雄——詹姆斯・史都華、李・范・克里夫、約翰・韋恩還有李・馬文。在我年輕的時候，我對克林・伊斯威特崇拜得五體投地。我超級迷戀「無名氏」跟骯髒哈利[11]。我臥室牆上一直有一張《黃昏三鏢客》（*The Good, the Bad and the Ugly*）的海報。那時候我們倆都好年輕、好天真。只有槍戰跟謀殺，還有我滿懷肉慾的念頭不天真，可是你懂啦。

大約午夜的時候，我從沙發上的瞌睡中被薇拉哀怨的哭叫喚醒。她在臥室的搖籃裡，很清醒又氣沖沖地要她的奶瓶。《荒野浪子》（*High Plains Drifter*）的最後一幕以帶刮痕的一九七〇年代特藝彩色畫質播放出來。這一部分是「陌生客」終於得以執行合乎正義的報復。我錯過了兩次強姦、一次鞭打馬匹、拉戈鎮被噴成紅色，並重新命名為「地獄」的場面並不重要……所有那些畫面都銘刻在我後腦了。我的印象是，那些場景**總是**在我潛意識的螢

10. 這部片子是《狂沙十萬里》（*Once Upon a Time in the West*）。
11. 無名氏是克林・伊斯威特在導演賽吉歐・李昂尼（Sergio Leone）的「鏢客三部曲」——《荒野大鏢客》（*A Fistful of Dollars*）、《黃昏雙鏢客》（*For a Few Dollars More*）與下文提到的《黃昏三鏢客》——中的角色，三部電影裡從未揭露這個角色的名字。骯髒哈利則是從伊斯威特主演的《緊急追捕令》（*Dirty Harry*）系列電影的主角。

幕上面播映著。

我在這個瞬間沮喪地看出一個冰冷的事實。我跟壞男孩克林之間的戀情，好多好多年前就結束了，即使我還沒有充分接受這個現實。眼睛因為睡意都黏在一起了，我坐了幾秒鐘，鎮民被夾在惡毒歹徒團伙與從地獄歸來復仇的陌生客之間，他們苦惱的臉催眠了我。陌生客的鞭子溜過沙龍的窗戶，絞死了歹徒。我在十幾個場合看過這一幕了。我的雙手顫抖著，而我用遙控器以再快不過的速度咿一聲關掉電視。

這解決了一個問題。我從冰箱裡拿出配方奶粉，倒進凱西在一次清倉大拍賣時弄到的花稍暖奶器裡。ＬＥＤ數字倒數到零的時候我才想到，星期天我不用照顧小嬰兒。

一九七七年我父親失蹤的那一晚，他、奈德叔叔跟我沿著午夜之路往北開，搜尋東尼．奧蘭多。爸用走路的速度慢慢開著那台凱迪拉克福利伍德車型。我的弟弟妹妹，道格、肖娜跟阿提米斯，都待在家裡。道格表面上是在看護我們生病的祖母，但我猜他可能跟其他人一起黏在電視機前面。那年秋天黏在我的記憶裡，就像黏在雨鞋上的泥巴。我們的年紀是十六歲、十四歲、十一歲跟十歲。荒野中的小寶寶。

奈德叔叔跟我輪流對著窗外大叫。每次奧蘭多來這套，爸就發誓這會是他最後一次出發遠征找回那隻「該死的雜種狗」。我猜他是真心這麼說。

中學同學南西．阿布雷克特有一次問我，給一條狗取這是什麼鬼名字，我說我媽跟我爸在第二次約會時聽著〈到天堂半路上〉[12]上床，如果妳笑出來我就打得妳滿地找牙。當然了，我指關節上有幾道傷疤，該死。

在那個時候，我們住在阿拉斯加的鷹爪，位於安哥拉治西南方大約七十哩的一個孤立港口。在春天時，遊艇讓這個城鎮因為觀光客而爆滿，然後在秋季來臨時枯竭到剩下大約三百個鎮民。

在一九二〇年代，從東部來的定居者在荒野中開拓出一個小村莊；把它砰一聲放在一個被人遺忘的溪谷裡，這裡都是老鷹、熊、酒醉卡車司機跟更醉的漁夫。山岳與濃密的森林圍住三面，形成一個深水港。水道沿著老鷹山山腹蜿蜒而過，最後進入威廉王子海灣。馬路是碎石路或泥土路。我們有遊艇跟駁船。我們也有鐵路。你行動的時候不可能不踩到海鷗糞。我們大多數鎮民住在稱為佛瑞澤莊（Frazier Estate）的十四層複合公寓大樓。我們小孩子把這裡簡稱為命運（Fate）。鈉路燈變得朦朧的地方，就是陌生領域的開端。在晚間，狼在附近的山丘上嗥叫。肯定不是一個十六歲女孩夢想中的故鄉。身為一個成年女子，我以苦中帶甜的深切感情回憶著它。

在開始追獵奧蘭多的時候——我弟弟道格笨到把牠從皮帶上解開，結果只能羞愧地看著那隻狗快步奔向夕陽，捲著尾巴以示叛逆之意——爸面對一個選擇：沿路朝西走，或者仔細搜索海灘，家庭寵物們有時候會在那裡找腐壞的鮪魚屍骸。我們挑了馬路，因為馬路蜿蜒進入樹林裡，而我們的牧羊犬混哈士奇滿心渴望著秋天時的大批紅松鼠。爸如果可以不走路就不走路。「在軍隊裡已經天殺的夠常行軍了。」他這麼說。要下車去發動汽車，指向我們搜尋路線的大致方向，對他來說就要花很大力氣了。兩個壞掉的膝蓋，給這兩個膝蓋的止痛藥，還有一天半包菸的習慣就差沒殺了他。

12. Halfway to Paradise，這是美國歌手東尼・奧蘭多（Tony Orlando）在一九六一年的單曲，但同一首歌在同年也由英國歌手比利・福瑞（Billy Fury）在英國推出，而且排行榜成績較好。

對奈德叔叔還有我來說太不走運，午夜之路在山麓丘陵處逐漸消失。我們停在一台用破爛防水布蓋住前端、黑色垃圾袋蓋著窗戶的廢棄溫尼巴戈露營車旁，從這一小片空地開始，駝鹿山徑往四面八方延伸。流浪漢跟毒蟲偶爾會用那台露營車當成堡壘，一直到洛克哈特警長來趕他們為止。「天殺的鐵路。」爸會這麼說，儘管事實是如果不是有鐵路（他在那裡做兼職勞工，以便補貼他的軍隊薪水）、遊艇跟駁船，鷹爪的存在就沒有任何必要了。

奈德叔叔把自己從後座抬起來陪我，我則拿著手電筒照明，同時吼叫著找奧蘭多。爸待在旅行車裡，引擎還在跑，燈也亮著。他每隔幾分鐘就按喇叭。

「他會繼續那樣做，喔？」奈德叔叔並不盡然是在跟我講話，而比較像是一個演員在台上獨自沉思。「就是會每隔十秒壓一下那喇叭——」

喇叭再度響起。更遠也更模糊——我們已經走上一段路了。樺木與赤楊被一叢叢悶住外界聲響的毛茸茸黑雲杉切斷了。黑色、綠色與灰色的周邊地帶，基本上是北極的松蘿鐵蘭。奈德叔叔竊笑著搖頭。他比爸小兩歲，是個重度大麻癮君子，必要的時候他會設法鎮定下來。他教我怎麼打結、滑獨木舟，也給我夠用一輩子的葷笑話。他也解釋過，跟爸對於青少年約會的克羅馬農人式看法相反，跟男生鬼混沒關係，只要我躲過壞的那些，而且避免被搞大肚子。哪些是壞的？我納悶地想。根據奈德之書，他們大多數都是壞的，但只是玩玩的話，一切都會好好的。他也讓我知道了這個事實：爸發誓要用他的十二釐米獵槍轟爛任何追求者的小鳥，只是嘴巴講講而已。我老爸就算在清醒的時候也射不準。

山徑分岔了。一條路爬進灌木叢變得稀疏的丘陵裡。另一條路彎曲著更深入讓人發毛的雲杉林，有某人在樹枝上綁了藍色的反光帶——雜亂的一團糟，就像那次爸心血來潮，試圖裝飾聖誕樹的樣子。

「咱們別進去那裡。」奈德叔叔說。語帶不祥之兆，雖然不盡然不尋常，因為他常常用同樣簡潔淡然的語氣說起那種事。**那個酒吧看起來不妙，咱們試試下一間。那女人看起來像我前妻，我不要跟她跳舞，嗯哼。那個盒子一定太重了。咱們拿瓶啤酒想一想。**

「也許他在海灘上的垃圾裡打滾。」我說。奧蘭多熱愛熊糞跟爛鮭魚內臟，對此有真誠的熱情。這兩樣東西在大片水域旁邊都有很多，而我瞇著眼睛望向那令人望而生畏的陰影時，我逐漸真心希望我們當初是開到那裡去了。

奈德叔叔把他的外套拉緊了一點，然後點燃一支菸。空氣已經變潮了。我又多喊了幾次「奧蘭多」。然後我們沉默地站在那裡一會。就像透過棺材蓋聆聽一樣。爸已經不按喇叭了。樹林裡的生物不忙牠們平常的活動了。雲飄進來，黑暗如此徹底，把我們包裹在一層繭裡。「你覺得奧蘭多在海灘上嗎？」我說。

「呃，我不知道。他不在這裡。」

「奧蘭多，你這蠢蛋！」我對整個夜晚大喊。

「咱們閃人吧。」奈德叔叔說。他的香菸吹出的煙圈飄浮在半空中，給他狹窄的眼睛一種獸性的光亮。就像爸，他高度中等而且四肢修長。五官稜角尖銳，通常很愛挖苦人。他轉身朝著我們的來時路走，低垂著頭，拖著一條Pall Mall香菸拉出的飾帶。我叔叔的典型行為。他一下決定，就採取行動。

「該死的，奧蘭多。」我放棄了跟上去，擔心得快吐了。這蠢狗會煩死我，或者該說我懷疑會發生這種事。牠在前一個夏天跟一隻豪豬糾纏在一起，我花了好幾小時從牠腫脹的鼻子上拔掉尖刺，因為爸不肯帶牠去看葛林醫生。樹林裡還有比豪豬更糟糕的東西——黑熊、憤怒的駝鹿、狼——而我害怕我鍾愛的小白痴會撞上其中一隻。

回到車子的半路上，我瞥見我左邊的濃密灌木叢中間有一塊白色。我把那當成是一段樺木殘椿，上面有些洞爛到心材裡了。不，那是個側躺著的男人，糾纏成團的黑髮框著他蒼白的臉。我說蒼白，意思是白得像骨頭又不帶血色。你在狂野西部的老照片裡，在歹徒死屍上面看到的那種臉。

「救救我。」他悄聲說道。

我把我的手電筒指向那個受傷的男人；他肯定很痛，因為他身體癱軟、扭曲的角度，還有他驚人的蒼白。他似乎很眼熟。燈光在他身體周圍破開，像條溪流沿著一塊大石頭四周流淌開來。陰影緩緩地轉變，讓他碎裂、改變。他滿有可能是那個在最後叫酒時間以後，才去卡里布晃一圈的怪胎佛洛伊德，或者那個墮落的陷阱獵人，包伯什麼的，他跟一堆填充駝鹿頭還有髒兮兮的海狸皮，一起住在丘陵裡的一間小屋裡。或者可能就像我一開始想的一樣——一根樹椿，被我撒謊的眼睛看成人形。我越是盯著看，我就越不確定那到底是不是個人了。

只是我聽到他說話了，因為疼痛而刺耳又高亢，幾乎是假音了。

我跟那個陌生人中間，距離有二十五呎上下。我看不到他的手臂有動作。然而那手臂確實動了。陰影再度變動了，他的手徒勞無功地抓著撈著，像樹枝一樣單薄而有節瘤。他的慘狀傳達到我身上，導致我的眼睛充滿了感同身受的淚水。我覺得很糟，就是很糟，我想要像媽媽一樣呵護他，而朝著他踏進一步。

「霍恬絲，過來這裡。」奈德叔叔叫我名字的口氣，就像爸描述中他在越南對負傷哥們說話的口氣。被手榴彈或流彈擊中的那些人。安靜、鎮定與安慰人心是關鍵——而我敢打賭，如果我剛好內臟糊了一地、有天使唱歌送我回老家的時候，他的語調會產生神奇的作用。在這個例子裡，奈德叔叔不自然的鎮定嚇壞了我，把我從英雄般地照料一位不幸陌生人、得到表揚遊行與村莊鑰匙作為獎勵、我父親還不情不願地表示認同的夢境中喚醒。

「霍恬絲，拜託。」

「灌木叢裡有個男人，」我說：「我想他受傷了。」

奈德叔叔抓住我的手，就像我還是小女孩的時候一樣，然後用輕快的步調拉著我走。

「現在就走，孩子。那是根樹樁。我們先前經過的時候我就看到了。繼續走。」

我沒有問為什麼我們走得這麼急。他跟爸看起來這麼容易就在一瞬間進入戰士模式，讓我很擔心。他嘟囔著某些話：樹枝折斷了，黑熊在吃胖自己好過冬的時候，在這個區域到處跑，還有他後悔把自己的槍留在他房子裡了。**房子**是個有點托大的說法；奈德叔叔住在村莊邊緣的拖車屋裡。集合住宅對於他身為一匹孤狼的感受性沒有吸引力。

我們沿著狹窄的山徑走得奇快無比，以至於我在一個樹根上扭到腳踝，幾乎一頭撞上去。奈德叔叔沒錯過任何一拍。他用他的肩膀扛住我大半的重量。差不多就是把我拖回福利伍德那裡。引擎在運轉，駕駛座車門開著。我假定爸跑到一棵樹後面撒尿了。過了幾分鐘，我們喊著他的時候，我開始領悟到他離開了。那時候男人拋棄他們的家庭，會說他們需要去買包菸，然後就溜到更好的地方去了。無數次他在跟媽爭吵的時候，威脅要這麼做。她動作比他快，跟一個巡迴推銷員跳船跑了，留下我們自生自滅。也許，只是也許，現在輪到爸拋下我們這些孩子了。

在此同時，奧蘭多從開著的門跳進來，在乘客座上縮成一球。樹葉、小樹枝跟泥土都糊在他身上。一隻鑽到中國去了的豬都不會比他更髒。該死的老狗在裝睡。不過牠猛拍的尾巴洩漏了這都是演戲。

奈德叔叔叫醒牠，設法要牠聞出爸的蹤跡。什麼都叫不動牠。奧蘭多哀鳴著垂下牠的頭。不顧奈德叔叔的敦促，牠拒絕退讓。到最後，這條狗吠叫著爬回車裡，身後拖著一行尿。這是要我們離開的信號。

奈德叔叔開回佛瑞澤莊。他打電話給克勞森（Clausen）副警長（每個人都叫他爪子〔Claws〕），解釋了狀況。爪子同意召集幾個男人，然後步行搜索那片地區。他的理論是，爸喝醉後漫遊到丘陵裡，然後在某個地方倒了下來。這種事並不罕見。

在同時，我察看祖母的狀況，自從她因為動脈瘤病倒以後，她就占用了主臥室。接下來，我趕著奧蘭多進浴室，把牠泡在浴盆裡。我到那時候真的很痛了。

在我向奈德叔叔道謝的時候，他簡潔地點點頭，避免跟我四目相望。「要鎖門。」他說。「為什麼？耶和華見證人天黑以後不准離開社區的。」在我害怕的時候，我會開玩笑。

「別耍小聰明了。鎖住那天殺的門。」

「丹麥國有可疑之事。」[13]我對奧蘭多說道，在我下門閂的時候，牠靠著我的腿。威爾斯太太曾經指定《哈姆雷特》、《凱薩大帝》還有《泰特斯．安莊尼克斯》做夏季閱讀作業。「而且現在也是八月十五日。」[14]

我的弟弟妹妹們癱在客廳裡的電視機前面，在看一部吸血鬼電影。克里斯多佛．李無言地引誘一個大胸脯女人，她還真的是從她的農夫女裝上衣裡掉出來。李找了個角度要咬下去。然後他看到了，在那女人的乳溝之間，躺著她那考古學家男友送她求好運的優雅細小十字架。李的眼睛在憤怒與恐懼中變得瘋狂了。我猜，這吸血鬼處於慾求不滿狀態。我占據了爸的懶骨頭躺椅，然後帶著一瓶可樂（如同我弟弟妹妹惡毒的瞪視所指出的，這是最後一瓶了），還有一袋冰塊冰敷我腫脹的腳踝，就這麼放鬆下來。

電影結束了，而我拍拍手，送孩子們去睡覺。有三間臥房，我們的公寓算得上是豪華套房了。可憐的爸睡在沙發上。道格跟阿提米斯共用最小、最爛的房間。我跟肖娜，連珠炮公主同寢。她愛我也怕我，這樣讓共用偈促的空間更容易一點，因為她知道如果她對我講話太賤，或者拿太多蠢問題來煩我，我就會掐她手臂。常有的事情是，在我用一個巨大黃色耳機聽佛利伍．麥克跟齊柏林飛船的時候，她會一直嘮叨個不停。我確定，那種自我孤立讓我們躲過幾次暴力加眼淚的場面。

在嘟囔抱怨與搶用廁所之間，我差點對道格和盤托出當晚的詭異事件。我弟弟對於未知之事有開放的胸襟。他不一定會用嘲笑把我趕出房間、又不真正想一下這件事。但我反而拍了他的後腦勺一掌，叫他對付奧蘭多的時候不要這麼蠢。沒有人提到爸不在場。我確定他們猜想他在卡里布紮營，他有許多個晚上都是這麼做。後來，我清醒地躺著，聽我的弟妹們打鼾。奧蘭多在牠夢到追逐或被追逐的時候哼哼哀鳴。

在臥房裡，祖母用一種脆弱、唱歌似的聲調說：「在洞窟裡，在峽谷中，挖掘一個礦坑，那裡住著一個四九年的淘金礦工，還有他女兒克萊門汀。在洞窟中在峽谷中。在洞窟中，在峽谷中。在洞窟中，在峽谷中。克萊門汀，克萊門汀。克萊門汀？克萊門汀？」[15]

13. 這句常用語脫胎自莎劇《哈姆雷特》第一幕第四景。

14. 這裡主角說的是 ides of August，模仿《凱薩大帝》中有人警告凱薩注意三月十五日，然而凱薩沒有理會，結果真的在當天遇刺。

15. 這是美國民謠〈喔，我親愛的克萊門汀〉（*Oh, My Darling Clementine*）的歌詞。這首歌有好幾種版本，共通點是克萊門汀是個胖胖的姑娘，在渡河時意外淹死。

在蕭家的四個手足裡，我年紀最長、長得最高，而且脾氣最壞。

根據媽的說法，爸急切地希望他的第一個孩子是男生。他是一個遵循偽中世紀心態的家系後代。高貴的沙文主義者，有道德感的戰士，斷後行動裡的榮耀鬥士。透過歷史透鏡來看有典雅古風；在現代世界裡則煩人透頂。

我是個令人失望的存在。身為女兒，我還能是什麼？他習慣了這件事。蕭家人有很長、很長的輸家歷史。我們有這種屎運。我們的家訓會是**戰到死**，用一隻蛇咬住踩爛牠頭骨的腳踵作我們的紋章。可以當成某種安慰的是，我一直是個假小子，比我的任何一個弟弟都來得強悍——比我們這個鄉下小鎮大多數的男孩們都強悍得多，至少也比幾個成年男人更悍。強悍並不總是以你的拳頭有多硬來衡量。有時候，大多數時候，強悍只在於一個女孩的下巴有多堅定。我對他們之中最強的那些緊閉我的嘴。如果不提別的，我很盡責地攻擊我的壓迫者的腳踵。知道我這種膽量從哪來的嗎？見鬼了，肯定不是從爸那裡來的。喔，是啊，他揮得出幾道險惡的左鉤拳，而他在戰爭中絞過幾個男人的脖子。但直到媽棄巢而去以前，她以鐵腕治理我們的巢穴，赫魯雪夫[16]要得罪她以前也得三思。對，我靈魂中惡劣的一面是我媽直傳的。

爸有的是所有自家炮製的格言。

他常常說，**絕對別嘗試在一個男人擅長的事情上打敗他**。爸最擅長做的事情是喝酒。他把這當成是一種賽事。除了一直灌默森出品啤酒、野火雞跟絕對伏特加以外，爸也抽大麻，每次他到手一些就猛抽。他偏愛來自墨西哥的重口味葉片，這是拜奈德叔叔之賜。我弄到一袋，是那些老男孩塞在一個捲起襪子裡，放在一個十號咖啡罐中。那玩意送你去別的地方，沒錯。雖然說，從爸狂野的眼神，從他抽了幾口以後，那雙眼睛鼓凸出來瞪著房間牆角的樣子來判斷，他的目的地跟我的很不一樣。

即使如此，阿卡波可黃金大麻還是讓我得以用酒精辦不到的方式，一窺爸的靈魂一角。某些血腥的記憶被啟動了。這可能是我們唯一的共通點。如果他知道了，會把我打個稀爛。當然，是為了我好。

以酒鬼之女的身分長大，我主要學到的是什麼？有很多概念在爭第一——把嘔吐物跟血跡從布料上清掉的最簡易方法，最佳致歉詞，對於酒後謾罵要付出多少注意力的精準分量，什麼時候要閃避飛來的酒瓶，怎麼樣在回家功課、遛狗還有用海綿替祖母洗澡之間，平衡收支又煮飯給一家子吃。但最重要的是，我的基本重點在於我從來不溜進兔子洞裡，享受永恆快樂的時光。我偶爾沉浸在一杯啤酒裡，抽點瑪莉珍大麻獎勵自己身兼父母、主廚與臨時洗瓶工人。不過不用強效藥物。我決心把重量級的東西留給爸、奈德叔叔跟他們在卡里布酒館的夥伴們。

藍道・蕭在服役二十年後，於一九七四年從海軍陸戰隊退役。退役不適合他。也就是說：啤酒、波本威士忌跟大麻，還有臭著臉丟空瓶。這樣顯然也不適合媽。我的祖母，哈莉葉・蕭，在當年秋天腦動脈瘤發作。祖父在前一年冬天過世，祖母搬進了我們的公寓。白天的時候，她癱在一張我們從鷹爪急救創傷中心買來的特殊醫療用躺椅上。樓上的薇薇安在我去上學的時候，會坐著陪她。祖母的意識來來去去，就像接收不良的電台信號。有時候她會做出微弱的嘗試，要跟薇薇安玩牌。偶爾，她會問起我的成績，還有我遇到哪些

16. 赫魯雪夫（Nikita Khrushchev，一八九四～一九七一），一九五三～六四年間的蘇聯總書記，作風強硬，政治生涯毀譽參半，雖然執行了不少對外開放政策，卻也不時口吐驚人之語（比方說在西方外交官面前宣稱「我們要埋葬你們」）。

可愛的男孩子，或者她會看電視，然後用她嘲笑許許多多荒唐事的那種懊悔模樣，對著肥皂劇格格竊笑。神智清明變得很罕見。通常她盯著窗外的港口看，或者看著衣櫃上方那張裱了框的歐基芙畫作複製品，一朵向日葵。幾小時過去，我們會在她走調地反覆哼著「在洞窟裡，在峽谷中，挖掘一個礦坑」的同時趕走蚊子。她頭上滿可以掛上一個閃爍著「內有空位」的告示牌。

在放學後，在週末時則是每天兩次，道格幫忙把祖母包裹好放進破爛的折疊式輪椅裡，我則推著她在村子裡到處走；帶她去碼頭看海鷗，或者在我幫爸買包菸（也替自己買一包）的時候，讓她停在雜貨店前面。到了晚上，爸或我按下按鈕偷偷放屁的時候，她則躺在那裡，眼睛盯著臥室裡凹陷的天花板。她重重地嘆氣，然後說道：「晚安安，晚安安。」就像隻鸚鵡似的。以這種方式記得她讓我很羞愧。但話說回來，我大半的童年是個黑洞。

搜索隊伍既沒找到爸的一塊皮，也沒找到他一根毛。克勞森副警長夠喜歡奈德叔叔，所以同意在下午做個更大範圍的掃蕩。副警長並不太熱心。老哈蒙．史諾格拉斯，來自柯伯克的一個陷阱獵人，在沿著馬路邊緣的柔軟泥土上隔離出腳印來。痕跡符合爸的靴子，方向是朝著城鎮去的。在幾百碼以後，史諾格拉斯找不著腳印了。

根據克勞森副警長的專業意見，藍道．蕭折回去了，而且拋家棄子去了不為人知的地方，就如同某種類型的男人在生活變得辛苦時慣有的作為。奈德叔叔揍了他（這是蕭家對批評的答覆），要不是我們這個小城鎮的市長史都．海靈，還有凱爾．洛馬斯在場打斷這場熱鬧，安撫了受創的自尊，爪子本來要把他塞進監獄裡待很久。海靈露出一臉**去吧，從此別再犯罪**的怒容，把奈德叔叔送回家去了。

「媽怎麼樣？」奈德叔叔盯著祖母，祖母則盯著牆上的某處。他啜飲著地表上最難喝的黑咖啡。我的專長。我要帶奧蘭多去做早晨例行散步的時候，在走廊上幾乎絆倒在他身上。他耗掉下半夜蜷縮在靠近我們家門口的地方，手中緊握著一把戰鬥刀。正常狀況下，一個人可能會覺得那是頭殼壞去的行為。你得明白奈德叔叔。

「她跟往常一樣，好得很。你為啥在這裡徘徊？」其他人還昏睡不醒，感謝老天。我一點都不知道要怎麼把爸叛逃的消息透露給他們。我拿了更多冰塊冰敷我的腳踝。我的腳腫到穿不進我球鞋的地步。它真的、真的很痛。「噢。」

「咱們走，醫院時間。」他突然間站起來，進去叫醒道格，告訴他：「放下小鳥起床尿尿[17]。你這一小時內是一家之主了。奧蘭多得去散步——看在老天份上，用皮帶拴住牠，行吧？」然後他一把抓過爸的鑰匙，直接就帶我去老鷹診所了。庫柏太太，一位總懷疑自己有病的老年人，排在我們前面要見護士莎莉．馬凱，而我們從經驗中得知，這會是超漫長的等待。所以奈德叔叔跟我安頓在硬邦邦的等候室塑膠椅子上。他點了一支菸，然後多點一支給我，接著說道：「好，我有個故事。別告訴妳爸我跟妳說了，要不然他會踹我屁股，我則會踹妳屁股。懂？」

我猜這個故事講的會是他的嬉皮式惡作劇，或者爸在越南攪和過的某種下流屁事。一個讓我打起精神、讓我不去想我麻煩纏身的故事。大錯特錯。他讓我很訝異地談起一九六四年的耶穌受難日地震。「妳那時候，幾歲來著？兩歲，三歲？你們一家住在安哥拉治的某個拖車公園裡。地震來襲，而妳爸已經被送到越南去了。我的工作是照顧妳跟妳媽。那個時候，

17. 原文「放下雞雞，抓起你的襪子」（Drop your cock and grab your socks）是出自軍隊叫人起床的慣用語。

我常去看谷地裡的一個小甜心。那女孩在一座湖泊旁邊有間小屋。我們才剛從冰天雪地裡進屋喝杯熱可可，然後砰！看起來像是炸藥攪動了底下的爛泥似的。架子上飛出一堆東西，地面像海洋似的波浪起伏。雲杉木腰都彎下來了，它們的樹頂拍到地面。聽起來像有輛火車通過了客廳。我設法打電話給妳媽，不過電話線不通了。

「我跳進我的卡車裡，往安哥拉治跑。走了一半的路，卻得停下來。高速公路破壞得太嚴重沒辦法開。鋪過的路裂開了，橋梁崩塌。我卡在沼地區的交通堵塞裡。某些車子被壓爛在垮掉的高架道路下面，還有另外半打車子像是堆在上面。那時候是晚間九點或十點，一片漆黑。到處都有車禍。溫度降到零度以下。路上的照明信號燈、車頭燈跟閃爍的危險信號，讓這個場景格外陰森。我可以嘗到空氣中有歇斯底里的味道。我跟一對來自瓦希拉的地獄天使湊在一起，確保大家不至於被困住或者受太嚴重的傷。然後我們開始把車子推離馬路，準備好讓急救團隊進來。

「我們正在抽菸休息一下的時候，其中一個機車騎士說要我們閉嘴一分鐘。一個高個兒、大肚子的維京人，至少是我跟他那位年輕夥伴的兩倍尺寸。他媽的巨無霸。他歪著頭，問我們是否也聽到了──在沼地區那裡有人在呻吟求救。他沒有留在那裡等答案。跳過護欄人就不見了。一個有使命在身的男人。這傢伙幾分鐘以後還沒回來。我跟那個比較年輕的騎士爬下路堤，進入灌木叢裡。我們喊到聲音都啞了，沒一個該死的回應。霧氣從水上冒出來，而有個詭異、低調的臭氣襲向我。混合了爆開駝鹿屍體裡的生物瓦斯，跟某種甜絲絲的味道，像是柳蘭。我聽到一種噪音，讓我想起水跟氣泡透過一條水龍帶冒出的格格聲響。上天保佑，我的手電筒剛好照到一隻從灌木叢裡伸出來的靴子。那個瘦巴巴的騎士喊著他同伴的名字，然後跑過來這裡。」

奈德叔叔講他這個故事的過程裡，變得激動起來。他點了另一支菸，然後踱步到咖啡機那裡又走回來。櫃台人員伯尼絲・蒙森，透過她的眼鏡憤怒地瞪過來。她什麼話都沒有說。在一九七七年，大多數人碰到看起來嘴角冒泡的越南退伍軍人都會閉上嘴巴。伯尼絲，就像其他人一樣，假定奈德叔叔是個正在叢林漫遊的政府雇員。以他憔悴的表情、憂思沉沉的舉止與對迷彩裝的偏愛來看，他確實像那種人。真相是，在許多年輕男人在東南亞把彼此轟飛的時候，他揹著背包跨越加拿大、歐洲與墨西哥。或者像我爸說的，**睡外國妞跟寫打油詩**。

奈德叔叔的眼睛紅得跟雞冠花一樣。他拍著咖啡機。「我不在完美的位置，我的光線很微弱，但我看到許多。維京人躺在某個人上面。這個某人超級瘦又超級蒼白。有一大堆狂野的頭髮。他們的手臂跟腿纏在一起，所以你無法理解到底發生什麼事。我以為他在野草堆裡替自己找了個女人，他們在打炮。他們的臉黏在一起。年輕騎士彎腰靠向他的同伴，然後驚呼一聲往後踉蹌。那個蒼白皮包骨從維京人底下猛然衝出去，衝進黑暗之中。不是站著，不是蹲著，甚至沒有翻過來——知道一個修車工怎麼樣在車底下，從他躺的板子上滾出來嗎？就有點像那樣，只是緊張兮兮的。動得像隻昆蟲匆匆跑出去找掩護，我能找到的最佳描述就是這個了。幾秒後，那個超大隻的騎士顫抖著，然後趴著跟在那個皮包骨後面爬走了。無論如何，我想我看到他這樣做了。他的手臂跟腿拍動著，雖然他從沒抬頭，沒完全抬起來。他就這樣滑行離開了，像超人那種架式，他的臉埋在土裡。

「在這同時，年輕騎士朝著馬路發足狂奔，一路尖叫。我的手電筒熄掉了。我站在那裡，在黑暗中，心臟猛跳，嚇得半死，設法要讓我的腦袋冷靜下來。我想要溜，超級想。我他媽絕對不可能自己一個人在那片沼地到處溜達。不過我是個獵人。那些直覺生效了，而我決定裝淡定。你爸總是把我說成是個和平主義嬉皮，就因為我沒去打越戰。其實是因為我比較聰明。我口袋裡有把刀，而有一半時間我也帶著槍。我有剝皮刀，而讓我這麼說好了，在我摸索著穿過灌木叢跟刺藤的時候，我把刀放在方便出手的位置。走了大半的路，到了一個地方，可以看到馬路上那些車的車燈。有個人悄悄說道：『救救我。』真的很近，就在我側面。當然，嚇死我了。我可能直直跳起有三呎高。然而，那我記憶中最悲傷的聲音。很悲慘，像迷路的小孩，或者受傷的女人，或者一隻小鹿，或者是這些哭聲的某種組合。

「我本來很可能轉身走進夜色裡，只是有個州警拿手電筒照到我了。他翻過山丘來照顧那個發神經的騎士。我想警察認為我們三個人涉入了一宗毒品交易。他絕對肯定不會認真找一個失蹤的地獄天使。他帶著我回到高速公路上的災難現場，而我剩下的晚上都在我車裡發抖，同時推土機跟砂石卸載車在忙他們的工作。」他搥了咖啡機。

「小心點，殺手！」我說著，對越來越激動的伯尼絲露出一個抱歉的笑容。我拍拍我旁邊的座位，直到他過來坐下為止。「那個機車騎士出了什麼事？那個大個子。」

奈德叔叔割傷了他的指關節。他握緊拳頭，注視著血滴到地磚上。「警方那年夏天在一個小港口找到他。剩下的部分不足以做驗屍。洋流跟魚已經把他解體了。他們認定是意外死亡。我在『淘金者』看到那個年輕騎士。一定是在受難日地震後五六年了。一直到我買了第五還是第六杯龍舌蘭酒以前，他都裝得像是他忘記他的夥伴出了什麼事。他是真的很近距離看到出了什麼事。他說，那種格格聲比較像是咂嘴吞食的聲音。一隻動物舔掉一頓血腥晚餐。然後他看著我的眼睛，說他的夥伴被他自己的腸子扯進黑暗裡。腸子從他的嘴巴裡出來，而外頭的不知道什麼東西，把腸子抓成一把，再把他捲過去。」

「我的媽啊，奈德叔叔。」我手臂上爬滿了雞皮疙瘩。「這真瘋狂。你想外頭那是什麼？」

「鬼怪。不管那是什麼東西，就是孩子認為藏在他們床下的玩意。」
「你有告訴爸嗎？可能沒有齁？他鐵齒得很。他絕對不會信。」
「唔，妳也不信。我猜這樣也等於妳很鐵齒了。」
「蘋果、樹木、重力……」
「妳老頭知道什麼，也許會讓妳驚訝的。」奈德叔叔的表情很狡猾。「在這座星球上我到處都去過。在六六年到七四年之間，我到處漫遊。跟拉托卡人互相傳遞和平菸斗；跟墨西哥人一起吃迷幻仙人掌；跟義大利人一起喝葡萄酒；還跟一大堆其他人一起抽超棒的大麻。我夠醉了，或者夠茫的時候，我就問有沒有別人聽過『救救我怪物』。我是這麼叫它的。『救救我怪物』。」
這個描述召喚出芝麻街跟牽線操控的布偶玩具跳舞的影像。「瘋狂殺手葛洛佛！」我說道，心裡希望他至少露出一抹微笑。我也希望我叔叔沒這麼氣急敗壞。
他沒有微笑。我們坐在那裡，處於那種冗長、尷尬的沉默狀態，同時伯尼絲用咳嗽表示她的心煩，還挪動著紙張發出沙沙聲。莎莉．馬凱終於探頭進房間叫我名字的時候，我鬆了口氣。
護士想要送我去安哥拉治照X光。爸絕對不會核准這筆開銷。不找獸醫，不看醫生；這些是鐵打的規定。在他發現奈德帶我去診所的時候，他肯定會大發雷霆。我花言巧語弄來一瓶處方箋效力的阿斯匹靈，還有一組院方提供的便宜拐杖，就此了事。輕微的腳踝扭傷意味著我要撐拐杖好幾天。我把這個加到蕭家家庭開支帳單上。
爸再也沒回家過。我哭了，孩子們也哭了。一點一點地，我們繼續過日子。我們之中的某些人適應得比其他人好些。

我不會用隨著時間流逝變得越來越糟的夢魘來煩你。你可以作出你自己的結論。樹林裡的古怪人影，爸的消失，還有奈德叔叔的恐怖故事，併入一道巫婆湯裡，拐騙我入迷，還變成一種嚴重的執念。

人生很混亂，而且很神秘。我父親是拋棄了他的家庭，還是被帶走了？如果是後者，那為什麼是爸，而不是我或者奈德叔叔？我破不了這個案子，得不到任何塵埃落定的感覺。沒有巫醫或者古物研究家冒出來透露內幕消息，講到某種住在陰影中的遠古敵人，以好撒馬利亞人與不幸路人的血液與內臟為食。

我最接近解決這個謎團的時候，是在我跟丈夫二號的求愛期。他說一個朋友的朋友，是加拿大某個研究探險隊的學生生物學家。他的團隊跟當地政府單位回應靠近某個小鎮的嚴重火車出軌意外。救援者花了三天清出倖存者。在第四天，他們搜索散落的殘骸找尋屍體。

那個學生剛好是西班牙人，他跟三個同鄉在天黑後在遠處的田野中，用棍子到處戳。他們之中有人聽到一個聲音在呻吟求救。當然，他們匆忙地前去尋找這個可憐人。晚些到場的一架軍隊搜救直升機從他們頭上飛過，飛得很低，搜索燈光亮得刺眼。在直升機離去時，一切都安靜下來。哭喊聲沒再重複。根據那個西班牙人的說法，怪異的部分是，在那幾分鐘裡，他們狂亂地設法要鎖定那個受傷者的位置，他的聲音一直在某種怪異的聽覺幻覺中移動。那倖存者從法文切換成英文，最後還切換成西班牙文。那生物學家聲稱，後來好幾年裡他還會在夢魘中夢到這個事件。他夢到他的夥伴們在黑暗的田野中分開了，每個人都在喊叫求救，而他磕磕絆絆地跨過他們脫水的屍體，一個接著一個。他把這歸咎於把某人留在苔原上等死的罪惡感。

我未來的丈夫是在抽古柯鹼抽嗨了的時候告訴我這個故事，後來沒再提過。我很納悶我是不是就為了這件事，才嫁給這個糟糕的混帳東西。就為了那麼唯一一刻的連結，荒野中微小又不持久的燈光一閃。

週日夜晚的危機時刻。

過了鬼影纏身的三十八年，我預期過這個，或者類似這樣的事情，雖然這個實體，還有它非常像是驚喜跳跳箱的展現方式，代表了一種深刻、黑暗的宇宙之謎。是什麼讓它被我吸引，也同樣地無可解釋。我考慮過這個花稍的概念：蕭家人被詛咒了，「救救我先生」則是復仇的工具。感覺不對。我也向救救我先生祈求過，就好像他，或者它，是一個監視著我們這些牲口的死神。它或許是。想要鮮血的古老神祇，不是嗎？血與肉的獻祭。那感覺上比較中肯。或者，這可能是所有答案中最簡單的一個——救救我先生是一隻異國動物，它的生物學與行為都在挑戰科學分類。維生的需求是所有可能謎團之中最沒疑問的。至少，我可以揣測到**那種**需求。

我臥房裡肯定有扇窗戶是開的。我站在陰暗走廊上的時候，清涼的晚風吹乾了我臉頰上的汗水。空氣聞起來隱約帶著腐肉與香水的味道。一個黑色的、憔悴瘦削的形體趴倒在地板上，在到臥房門口的半路上。長長的皮包骨手臂，以泳者的姿態延伸著。它的臉是一抹白色，還微微往上抬起注視著我。有可能這些印象並不精確，我的眼睛盡其所能在詮釋了。

我一掌拍向一個開關。電燈閃爍著亮了，但並沒有照亮走廊，或者那個幾乎直接趴在那盞燈下面的人形。光芒反而以直角彎曲，聚集在裝了護牆板的牆壁上，成了個漫射的錐狀。

「救救我。」那個人形說道。嘟囔聲如此輕柔，滿可能源頭就是我自己的腦袋。

我是用比十六歲的我更堅定的玩意構成的。我抗拒著靠近它、提供母性安慰的強烈衝動。我的腿變得麻木。我搖搖晃晃，從牆上滑落到坐姿。每個人都有過這種夢魘。妳有充分自覺、全身癱瘓，還有個看不見的敵人從妳肩膀後面逼近的那種。差別在於我可以看見我的大敵，或者至少看見它的輪廓，就在走廊的另外一頭。我可以看到它來找我了。它沒有肉眼可見的動靜，除非我眨了眼，然後它就會神奇地靠近個兩三呎。我的心靈處於超載狀態。我心裡一直轉的念頭是，獵食性昆蟲再使出殺招以前鮮少動彈。

「喔我親愛的，喔我親愛的，喔我親愛的克萊門汀。妳永遠失落無蹤，遺憾至極的克萊門汀。」我走調地哼著，就像祖母在腦袋軟化成一攤爛泥以後常做的那樣。我正在回歸童年，回到爸或奈德叔叔可能會破門而入，轟出一排獵鹿大型鉛彈來化險為夷的時代。

我終於恍然大悟，我在流血，我坐在一攤血泊裡。血是從哪裡漏出來的，我一點概念都沒有。我真傻，**這就是**為什麼我從腰部以下都沒感覺了。我之所以不能動彈不是因為恐懼、費洛蒙，或者邪靈的異端力量作祟。我被戳刺並注入毒液了。自然的獵食者帶有刺蒺藜與螯針。那些針注入麻醉劑與抗凝血劑。有毒液，會旅行。我格格竊笑著。我的嘴唇冷了。

「救救我。」它戳刺著我的腳趾，測試我的抵抗力時，它悄聲說道。就算這麼近了，它還是一團無可分辨、隱隱綽綽的附肢。

「我有一個問題。」我小心翼翼、口齒清晰地說，我喝太多野格利口酒時就會這樣講話。「你在一九七七年八月十五日，帶走了我爸嗎？或者那個混蛋落跑了？我跟我弟弟為此打賭一頓牛排晚餐。」

「救救我。」懇求的音調下降成一種比較低沉的音色。一種滿足的呼嚕聲。

我袖子裡，或者說我口袋裡的最後一招。最近在閒逛一家五金行找幾樣雜物時，我剛好看到一樣我青春時代的遺跡——紫外線燈。要價十塊錢，在一個出清貨集中箱裡特價中。首先這讓我微笑：我回想起我童年的所有朋友，怎麼樣用這個照亮他們的放克迷幻風海報，孩子們開心得好像我們重新發現鍊金術似的。後來在大學時代，紫外線燈在校園裡捲土重來，出現在我們出席的派對裡。這引起我的共鳴，讓我開始思考，納悶地想……

任何適應到會扭曲常見光源的生物，可能會對不常見的光源敏感。就說是紅外線或紫外線光吧。我冒險猜測，我沒知識的直覺會正中紅心，數千年的演化應付不了一個用來在地毯上找貓尿的二十塊錢裝置。

我舉起我右手裡那個有紫外線燈濾光器的盒子，然後用拇指扳下開關。有一下下，我注視著入侵者展現出它全部的惡毒榮光。它在我的手電筒底下退縮，一個柔弱獵物的節肢獵人退卻到它的洞穴去。一個衣櫃在臥房裡垮掉，玻璃碎裂，拖車微微地搖動著，然後再度安靜下來。那一刻已經過去了，除了我腦袋裡緩緩開花的肉體地獄還在。

紫外線燈讓它吃了一驚，然後就沒了。讓它吃驚又覺得有趣。這生物大到不可思議的獰笑，透露出一整個宇宙的腐敗智慧，會在我還剩下的無論多少時間裡，在我心靈留下創傷。救救我先生窸窣的竊笑聲，像心靈的汙漬一樣盤桓不去。有時候蜘蛛會把蒼蠅從它網子上割下來。有時候自然界不會咬下那些紅色的毒牙；有時候它選擇不用它紅色的爪子去撕裂。緩刑並不必然跟赦免有相同的重量。無可理解並不是大發慈悲。

我們蕭家人像鞋子皮革一樣強韌。毫無疑問，我體內剩下足夠的血，可以爬向電話，向騎兵隊發出信號。來一或兩夸托的O型血，我就能作戰了，還有個故事能讓你嚇得縮起腳趾。難題在於是否我真的想要爬這趟路，或者我應該閉上眼睛入睡。**你帶走了我父親嗎？**我花了大半輩子等著問那個問題。爸在外面的黑暗中嗎？每年那些走出門口，然後上了犯罪新聞頁面的獵人、登山客，還有小孩呢？

我不想死，真的不想。我也怕繼續活著。我已經見過宇宙真正的、說不得的臉孔；一張反映出我在它計畫中低微地位的臉孔。而答案是，對。對，有地獄，而在某些地獄裡妳被灼燒、煮滾，或永遠在一隻怪物肚子裡被消化。對，爸剩下的部分與一個駭人的謎團同在。他遠非獨自一人。

克林伊斯威特會怎麼做？唔，他會用點四四馬格農手槍塞到那混蛋嘴裡，這是個開始。我搖醒我自己。五十五歲上下，要轉型成憂鬱之人已經太遲了。我翻滾成趴著的姿勢，吸進一口氣，然後朝著我放下錢包與救星的咖啡桌，開始痛苦萬狀的旅程。我雙手交替，拉著我枯槁的身體。我沒有忘記，當我沿著地板抹出一條紅色痕跡時，我看起來像什麼。

大笑會痛。然而很難不笑。我開始唱〈救命〉（Help）這首歌裡的疊句。一次一次又一次。

外來岩體

利維亞・路維林

「在接近世紀中葉時採取了確定的形式，浪漫感受的復興來臨了——這是對於自然界，對於過往時光、奇特場景、大膽事蹟與驚人事物的光輝，感受到嶄新喜悅的紀元。我們首先在詩人之中感受到這一點，他們的發言有了神奇、特異與令人顫慄的新特質。」

——**H．P．洛夫克拉夫特，《文學中的超自然恐怖》**

在這個星球，在這個宇宙中，地質學就是地質學——土地就是**這樣**，不是任何別的東西。山脈與森林還有「自然界」，就其整體而言，並無感知，它們沒有智慧或知識要傳授給這個世界，而無論個別旅行者從他們進入荒野的旅程中，引出什麼樣的情緒期待，都是他們自己製造出來的——地理景觀對我們「說話」，但這只是我們在說話而已。或者，我們說我們這麼相信——我自己並沒有這麼確定，而我懷疑我們之中的許多人也有同感。洛夫克拉夫特肯定不相信我們這個世界的真相就是這樣。「透過我們離奇地爬升與急墜的催眠性地理景觀，這種景觀中有種……宇宙性的美，」洛夫克拉夫特在〈黑暗中的耳語者〉（The Whisperer in the Darkness）中如此寫道：「而我似乎在它的通靈術中，找到一種我天生就知道或者繼承到的東西，而我本來一直徒勞無功地搜尋著它。」一次又一次，他把我們周遭的土地，寫成以我們幾乎不理解的方式活著，注視著我們，召喚著我們，吸引著我們。所以，我們如何能夠真正確知這對話是如此單方面的，而世界的超自然荒野，從我們身上引出對那些mysterium tremendum et fascinans（人類為之顫慄又著迷的事物）光輝燦爛又駭人的感受，並不是對我們出於直覺問出的那些問題，所提出的宇宙性答案？像我們今日這樣地生活著，在精心打造的城市與郊區裡，看似隔離於無可遏止的自然界之外，我們忘記了我們是來自土地的；我們是地質學力量潮溼而壽命有限的鬼影碎片，每種生物都是從這些力量中演化出來的。土地永遠都與我們同在，因為**它**就是我們。而在我們被神奇特異的方式召喚回家的時候，我們別無選擇，只能前往。

北邦尼韋爾，一九三四年

在公司建造的房子裡，露絲坐在廚房中，慢慢翻著她那本剪貼簿的頁面。書架上的時鐘敲了十下。在隔壁房間，唯一的另一個房間裡，她聽見她丈夫在著裝。他在星期天會刻意放慢動作，不過這權利是他掙得的。他正在門後說著話，跟工作有關的某件事。某件關於男人們的事。露絲沒有費事去聽。她瞪著撕下的雜誌剪報，用膠帶黏在某個頁面上。那是一張照片，裡面是一位在南方熱帶地區某處度假的東岸名媛：一個年輕漂亮的女人穿著完美無瑕的白色亞麻，躺在一張長椅上，長椅圍在一棵粗得不可思議的棕櫚樹樹幹上。在那女人跟樹的旁邊，全都是一片修剪過的柔軟草坪，波動如一片絲絨之海，頭上的天空則澄澈乾爽。露絲用空出來的手撫摸她的頸背，想像照片裡的熱度，未經過濾的陽光美妙的齧咬與炙燒。她的凝視往上漫遊到天花板。甚至還沒有一年歷史，雨水與黴菌已經滲進木板屋瓦，用醜陋的花朵染髒了奶油色的表面。現在應該是夏天，然而鄉間這一帶天空總是陰霾，總是有雲跟雨。她翻頁。更多照片與蜉蝣般的瑣碎事物，多年來所有曾經抓住她目光的東西。不過她看見的就只有那巨大的棕櫚樹，蒼翠、堅硬又高大，女人彎著背靠上它，就像個昏昏欲睡的愛人，他們周遭、上方與下方空蕩蕩的空間，就好像他們是有時間以來唯一存在過的物體。

亨利走進房間，抓起他的外套，比著手勢要她也這麼做。露絲綳緊她的下巴，合上剪貼簿。再一次，她作出她不想遵守的承諾。不過她沒有在乎到想要直抒胸臆，而且無論如何，現在該走了。

他們的隔壁鄰居，開著他生鏽的車子沿著泥土路前進，越過城鎮邊緣，上了臨時高速公路。在一支由破爛卡車、金龜車與老爺車組成的車隊中，他的車是許多車子中的一部。露絲坐在後座，腿上有一籃麵包捲，旁邊是另一位太太。這個活動在這週稍早時發起，是某些女人在雜貨店購物兼聊八卦的時段裡作出的非正式建議，現在則幾乎有四十個人要去。從他們乏味生活的常規中逃避一個週末，到哥倫比亞河更下游處的一個小公園去，遠離世界最大水壩的巨大建築工地——這裡在十年之內，會把這條河的力量壓制到有用的服從狀態。太太們會布置好野餐，用她們有能力提供的任何事物湊成分享大餐，同時她們會聊八卦跟顧小孩。男人們會吃吃喝喝，抱怨他們的女人、他們的工作，還有這片土地上普遍來說很腐敗的事態，然後他們會爬上一條超過八百呎高的山徑，到一座人稱烽火岩的古老火山岩芯頂端。

那名公司職員之妻的講話方式是沒有盡頭的段落，生動又興奮。比莉或貝蒂或貝琪，某個孩子氣、可以互換的名字。她懷孕四個月了，而且沒完沒了、口口聲聲地感激著她丈夫在國內這麼多人沒工作的時候，能夠找到一個公共事業振興署計畫下的工作。某件有關經濟大蕭條的事。某件關於這個城鎮的事。某件關於學校的事。露絲根本不在乎。她露出牙齒，點點頭，像其他太太，所有那些裝腔作勢的賤人一樣，發出那些荒謬的嘖嘖聲響。這樣過去兩小時，引擎不自然的喀喀響與呻吟聲，覆蓋著松樹的山丘單調地滾動過去。棕櫚樹的影像飛掠過她心頭。只有她在草坪上，獨自一人，在天空垮掉的下巴底下。某件跟洋裝有關的事。某件跟野餐有關的事。某件跟一個洞窟有關的事——

露絲突然回神。她手中有份地圖，一幅粗糙的素描，看起來像是一個有鋸齒狀頂端的蛋，上面覆蓋著之字形的線條。這是那些男人要走的山徑，那位太太正在解釋。超過五十個之字形山路。一個迷宮，撲朔迷離。車隊已經停下來了。露絲揉著她的眼睛。她很習慣這樣，這些突然消失的時間。單調的生活，在她清醒白日夢的死水潮汐之中，光榮地被洗去。她踉蹌下了車，在她緊抓著車門時搖晃著。世界被縮減到一個由寂靜與暈眩構成的灰色鐵碗，被包含起來卻又無窮無盡。山岳、空間與天空，全在周遭，同時河流縮緊成了柔和的蚊子哀鳴。作嘔感在她喉嚨後頭漲起，而一種微弱、帶來幾分痛楚的鈴聲淹沒了她的耳朵。她覺得像喝醉了，漂泊不定。在某處，亨利正在叫她轉身，叫她去看。他正在說，就在那裡，同時他像孩子一樣拉著她的衣袖。露絲一旋身，她淚汪汪的眼睛在搜尋，搜尋著地平線，直到她終於——

某件關於——

——岩石的事。

露絲抬起頭。她正坐在她的廚房餐桌前，她手上有一杯微溫的咖啡。剪貼簿在她面前，敞開著，充滿期待，而她的另一隻手揚起了某一頁，正翻頁翻到一半。在簿子的右邊，南方熱帶地區的女人在無盡的綠草海洋上往後靠著她的棕櫚樹，正在等待。

亨利站在她前面，頭上戴著帽子，正在說話。

——露絲，別再做白日夢了，穿上妳的外套。該走了。

——去哪？

——就像我們計畫過的。去烽火岩。

書架上的時鐘敲了十下。

在外面，一架飛機從頭上飛過，在它經過時，響亮的引擎聲嗡嗡揚起又落下。露絲揉揉她的眼睛，集中精神。在這個無色彩土地邊緣的無色彩小鎮上，每一天就像前一天，無法分辨也毫無變化。她不記得自己醒過來、穿上衣服、煮了咖啡。而外面有某種東西，一種存在，一種耗盡一切的黑色靜電聲波，就在早晨的沉默之牆後面，在飛機的哀悼之歌後面逐漸累積。她皺起額頭，繃緊了身體去聽。

亨利說話了，而那些話語從他臉上落下的時候，聽起來像是山崩岩石低沉的隆隆聲響。這是語言，但露絲不知道那是什麼意思。

——給我一點時間，我快要吐了，露絲推著桌子起身的時候並沒有特別在對誰說。在她沿著搖晃不穩的台階走下去，進入溫暖的空氣與嚴峻的灰色太陽之中時，她沒有費事去關上前門。露絲踉蹌著繞到屋子後面，她在那裡停下來，在她彎下腰時把兩隻手放在木牆上，艱難地呼吸，用意志力要把嘔吐壓下去。逐漸地，那濃厚黏稠的感覺退去了，在她視野角落附近飛舞的微小黑點褪色消失。她站著，然後開始走進兩排房舍與小屋之間灰撲撲的巷子。

群山，低懸在地球的遠方地平線之前，在清澈安靜的光中閃爍著綠色與灰色。露絲在山谷邊緣止步，在她站著凝望的時候，舔著她的嘴唇。她背痛。在土地的波浪起伏曲線後面，有的是……露絲再度彎下腰去，然後蹲下來，用雙手捧著她的頭，手肘撐在膝蓋上。這一天，這一天已經發生過了。她很確定這件事。他們開車，他們沿著泥土高速公路開車，她旁邊的女人話說個不停，跟颶風一樣。他們懸在寬闊河流的邊緣，然後他們繞過最後一個彎道，停了下來，而露絲冒出車子外頭，就像是一根粗尖雞巴周圍的口水，然後她抬頭看，然後，然後，然後。

而現在公司裡的某個年輕小伙子在問她是否還好，嘿女士妳想吐嗎或者只是想拉個屎，他說話時還格格發笑。露絲站起來打了他一巴掌，爽脆又用力。那男孩驚喘一聲，然後消失在房舍之間。露絲箝緊下巴，在繞著房子往回走的時候設法不要哭出來。亨利站在打開的車門旁邊，毀滅與憤怒在他臉上到處飛舞。她的外套、錢包、麵包捲籃都被扔在後座，在那個太太旁邊。她已經像暴風似地講個不停，揉著她的肚子，同時盯著露絲的肚子，她的眼睛跟嘴巴徹底流露出沾沾自喜又狂拍馬屁的樣子，擺出逢迎奉承的親密姊妹狀，就好像她心知肚明。就好像真她有可能知道任何事情似的。

頭上的天空是熔化的鉛，一道又一道滾動的黑色雲堤，從天際的鑄造廠嘔出來。露絲轉動著控制車窗的手把，用她的鼻子頂著裂縫。空氣聞起來寬闊而有土味。低矮的山脈如凍結的史前洪水波浪流過。公司的賤貨說了某些有關砂鍋菜的話。某些有關明膠還有小寶寶的話。某些有關低潮的話。露絲摸摸她的前額，皺起眉頭。她記憶裡有個洞，無邊無際又黑暗，而她覺得脆弱又渺小。這倒不是說她痛恨這種感覺。不完全如此。她的手舉起來伸向窗戶邊緣，五指大張，就好像要把土地抓到一邊去，好揭露它活塞形狀的核心。在晦暗光線的襯托下，在她的肉身襯托下，遠方地平線如波浪般地起伏，卻什麼都沒有產生。不該由它產出任何東西。她知道她已經去過烽火岩。深深失落在裡面，剩下一抹痕跡。她下了車，然後轉過身去，而那些山岳、常綠樹，還有從中破土而出的一個地質學上的噴發，一次又猛烈又寬廣又高昂的崩解，然而接下來：什麼都沒有。有什麼在那裡，某個東西就在那裡，她知道她看到了，但她心靈裡的排水口已經吞掉一切，只剩下滑溜溜的邊緣。

她的嘴扭曲著，沉默無聲，試著形成字句，這些字句會描述她腦袋裡外缺乏聲音、沉默、黑暗與光的背後原因是什麼。就好像那樣的字句有可能存在似的。而現在他們在那裡，車子正在繞行高速公路在抵達公園前的最後幾個彎道。她把車窗一口氣捲到底，然後把她的頭跟右手臂伸出去。在一整片大陸後面，她的身體在追隨著她的手臂，就像個幼蟲從乾燥脫水的肉裡扭動著蹦出來，脫離了車子，遠離了叫喊，遠離醜陋的引擎聲響，進入周遭爆發開來的、顫動的巨大靜電風暴裡。她看見了烽火岩，當時與現在的。其餘人，他們全都看見了岩石，但她看見它背後的東西，在層層火山岩層底下她看見了它，而現在她還感覺到它，還聽見了它，同時它也聽見她了。

在下墜中，她伸出手的時候抬頭看了，然後——

書架上的時鐘敲了十下。她的手指，緊緊箝著，緩慢地鬆開一個冷掉的咖啡杯。亨利在另一個房間裡，正在著裝。露絲聽見他在對她說話，他的聲音疲憊，如水滴落在磨損的砂礫上。某件有關於公司野餐的事。某件關於受困空間與地質時間之中，變形、朽壞的與世隔絕之地的事。某件有關岩石的事。

打在紙上的細微噴濺聲，讓她抬頭盯著天花板，然後低頭看著桌子。血液噴濺的微小血滴，打在她剪貼簿敞開的頁面上。露絲把手舉到她的鼻子處，在她再度揚起臉的時候捏住鼻孔。血滑過她的喉嚨後方，她嚥了下去。在剪報上，年輕名媛的臉消失在突如其來的緋紅色爆發之中。就像個迷你太陽耀斑在她腦袋周圍噴發，包圍了她露出一口白牙的微笑。到處都是紅色日冕，在她罩著亞麻布摺邊的四肢上，在棕櫚樹厚厚的樹皮上，在螢光閃亮質地如絲絨的草坪上。在外面的某處，一架飛機在頭上嗡嗡作響，或者說，是有聽起來像一架飛機的聲音。不，一片平原，一片幅員寬廣的平原，一片沒有沼澤、由靜電與聲音構成的大草原，這個星球所有殘餘的出生、戰役與死亡的哭喊，混雜成一個持續無盡的波浪，從地球盡頭某個失落而難以控制的突出處流出。露絲把剪貼簿推開，用她的羊毛衫邊緣還有雙手手背去抹她逐漸乾燥的鼻子。她的嘴唇在沉默中開合，這時她嘗試要在想像中看見，要說出話語來描述在外面的是什麼東西，是什麼在等著她，像山脈一樣高聳、冰冷又孤獨的東西。是什麼把她的名字用呼吸送入風中，就像一陣不長腦袋的廣播靜電爆音，是什麼在搏動、隆隆作響，對抗著寬闊河流每一次洶湧的衝刺，把她的身體拉近、把她的心智拉遠？她看見了，而她想再看到它一次，而且她想要記得，她想要感覺到那古老的花崗岩貼著她的舌頭，她想要張開雙腿磨蹭它，直到它進入，然後把她掏空，就像個沒有想法的粉紅色貝殼。她想要落進它裡面，然後永遠不再回歸這裡。

——別又來了，她在亨利打開門的時候，對著天花板，對著牆壁說道。

——別又來了，別又來了，別又來了。

他瞪著她看了一下下，注意到她鼻孔跟上唇邊結塊的紅色斑點。

——處理一下那個，他說；他一邊抓起他的外套，一邊打手勢比向廚房水槽。總是同樣的旅程，而目的地從來沒有變得更接近。露絲迅速地洗了她的臉，然後跟在他後面溜出門，進入炎熱卻沒有太陽的早晨。公司職員的太太在後座，拍拍她旁邊的座椅。她說了某件有關天氣的事，她的嘴帶著一陣陣噴出的小小假笑，吐出了那些話，同時她的眼睛飛鏢似地投向露絲潮溼發紅的臉。她想她知道這一切是為什麼。一大堆公司職員的老婆走進門裡。某件有關禁酒令結束的事。某件有關一場古早戰爭的鬼魂的事。露絲坐著，她的頭靠著窗戶，閉著眼睛，讓單方面的對話像嘔吐物一樣從那女人身上流出。她的手滑到蓋著麵包捲的藍色方格擦盤子毛巾下面，然後她用手指摸著撒著麵粉的頂端。就像鵝卵石。河流裡的石頭，被軟水舔過的卵石，厚實的砂礫在她腳下吱嘎作響。她把一隻手指推進一個麵包捲的軟殼裡，深深挖進它柔軟的中央部位。它就是在對她做這樣的事，從外面那裡，一拳打進她腦袋裡，然後把它以玄武岩構成的自我徹底戳進她裡面，粉碎她的內臟，讓她的心臟化成水。車子在猛然摔進坑洞又脫離坑洞的時候發出哀鳴、嘎嘎作響，在公司男職員沿著彎道開車時，排檔碾磨著。眼睛仍舊閉著的露絲，用指尖摸過兩邊眼皮，貼著皮膚壓著嚴實的圓圈，感覺到有如硬果凍的圓丘在她的觸碰下來回滾動，直到它們痛起來為止。外頭的風景自行重組成一個貼著她眼皮的負片，長著節瘤的枯萎山脈邊緣，是一圈硫黃色光線的小爆炸。她可以看見它，幾乎是它的尖端，在遠處以一種怪誕之美搏動著，在土地上最後的一段高聳山脊後面。一定有別人知道，而這就是為什麼他們如此為它命名。自然界的一種狂野扭曲，透過永垂不朽的夜之墓穴呼喊著她、尋求著她，而且只把它盲目的注視投注在她身上——

公司職員的太太抓住了她的手臂。車子已經停了。亨利跟那個男人在外面，摸弄著冒煙的引擎蓋。露絲把手臂從那女人手底下掙開，然後打開門。車隊的其餘車輛從他們旁邊經過，繞過轉角進入公園。露絲開始沿著馬路邊緣往下走，緩慢，漠然，就好像要呼吸一點空氣。就好像她能夠這樣做似的。空氣流光了，而只有重擊著的靜電沉默在持續，用它來自極深之處的歌聲填滿了她的喉嚨與肺臟。

——我來了，她對它說道。

——我幾乎在這裡了。她聽到那太太在她背後，然後加快了她自己的腳步。

——妳們女孩子不要遊蕩得太遠，她聽到那個公司男職員喊道。

——我們應該馬上就會修好這個。

露絲踢掉了她的鞋子，然後奔跑起來。在她後面，那女人在喊著那些男人。露絲掉了她的錢包。她跑得像是她還是小孩時那樣，一個長著雀斑的假小子狂奔穿越她父親在北達科塔州農場裡的麥田。她跑得像隻動物，而現在土地樹木跟河堤都迅速地移動著，跟長而蜿蜒的馬路一起溜過她活塞似的腿。她的肺在燃燒，她的心臟貼著她的胸脯徹底瘋狂跳動著，眼淚成行流進她嘴巴跟鼻子裡，而這不要緊，因為她這麼接近了，而且它用它如鉤的歌曲在呼喚她，拉著她、把她收進去，而亨利的手在她的脖子後面，這裡有碎石礫，馬路撞上了她的嘴巴，還有血，而她正在地上摩擦、朝著前方又踢又抓，而她要做的就只有稍微把她的頭抬起一點，然後持續閉緊她的眼睛，而她會終於看見——

露絲緊箝著雙手，放在腿上。浮渣飄過一個幾乎空掉的咖啡杯表面。一聲啜泣從她嘴裡溢出，而她用手罩住它，在她把它塞回去的時候猛然一抽。這間小小的房子。這樣小小的生活。這個牢籠。她不能這樣下去了。書架上的時鐘敲了十下。

——我發誓，這次是最後一次了，露絲說著，把她臉頰上的眼淚擦掉。房間是空的，但她知道她在跟誰說話。它也知道。

——我知道怎麼到你那裡。我知道怎麼看見你。這是天殺的最後一天。

在廚房餐桌上，她面前是那本剪貼簿，打開在她最愛的剪報那頁。露絲小心翼翼地把它從發黃的頁面上撕下來，然後舉起來對著光。在南方熱帶的某處：一個漂亮年輕的女人穿著有汗漬的白色亞麻衣服，懶洋洋躺在一張躺椅上，這張躺椅圍著一棵樹幹粗得不可思議、沒有起點也沒有終點的樹上，樹根這樣深深插入遠超過土地與時間的盡頭之處，以至於在上方的宇宙之洋中的某處，它們圍成一圈，然後下沉，然後變形成厚重的窄長棕櫚葉與其他葉片，以斑駁的陰影在女人頭上加冠。在女人跟那棵樹周遭，乾掉的血點噴濺在紙上，就像瀕死太陽的眼淚。女人的臉躺在一圈深棕色、土棕色、木棕色、屍棕色後面。她在微笑，睜著眼睛，把這一切都吸進去。露絲把剪報揉成緊密的一球，然後把它放進她嘴裡，在她嚥下去以前只咀嚼了一下下。那女人跟棕櫚樹沒待過別的地方，他們也不會去別的地方。獨自一個，被分離開來，被移除，原封不動。這裡所有的生命繞著他們流動，徹底被排斥。他們不在乎。這對他們來說事不關己。他們所屬的生命循環，並不是出生在這個宇宙裡。

在另一個房間裡，亨利在著裝。如果他在講話，她也聽不到。在每個地方，黑色靜電迅速穿越空氣，古怪的等式與緯度與失落的語言與神奇的幾何學，擠進一種極其古老深刻的靜默中，讓所有其他聲音都變得空洞。露絲合上剪貼簿然後站起來，把她掌心上的汗抹到她週日穿的洋裝上。廚房抽屜裡有把大刀，火爐旁邊還有支小斧頭。她選了刀。她比較了解刀，知道它切進肉與骨頭時在她手中的重量。當他終於打開門，踏進小房間的時候，她正在分離麵包捲，刀鋒在沾著粉的溝槽上滑動。露絲舉起一個給亨利，而他接受了。它幾乎還沒碰到他的嘴巴，她就戳到他的肚子裡，就在皮帶上面的位置，那裡沒有任何硬物可以遏止它的下沉。他癱倒了，而她跟他一起倒下，把刀抽出來，然後坐在他胸口，同時她把刀戳進他的胸膛中央，戳了兩次，因為她不怎麼確定他的心臟在哪裡，然後又一次在他喉嚨底部。血，就像水咕嚕作響淹沒河中的石頭，涓滴流向遠方看不見的大海。那個聲音，她可以聽得到。露絲在她起身時，在她洋裝上擦著刀鋒，然後把刀放在餐桌上，拿起籃子，然後走向前門。她打開一條縫。

——亨利真的很不舒服，她對那個公司男職員說。我們今天要留在家裡。她給他麵包捲，在她走回他車子的時候，嚴厲地盯著後座裡的公司職員妻子。那妻子打量著她，一臉困惑。露絲露出微笑關上門。那賤貨什麼都不知道。

露絲從後面溜出去，穿過他們小小臥房的窗戶。車隊已經朝著高速公路去了，跟著哥倫比亞河下游朝烽火岩前進。他們永遠不會趕上他們的野餐。他們永遠不會看見它。他們從來看不見。她穿過巷子，越過可悲的最後一排公司房舍，進入標記著北邦尼韋爾盡頭的高大常綠樹林。隨著進入森林的每一步，她感覺到城鎮的重量掉落一點點，而某個廣大、巨獸般的東西就往裡面躲得更深一點，填滿了未被占據的空間。在她走得夠遠夠久，不再記得自己名字的時候，她停下來，然後把她的手指深深壓進她的眼窩，挖出她的眼睛，並且捏斷跟著眼珠脫離她身體，像是黏稠紗線的長長血肉繩索。從她嘴裡衝出來的可能是尖叫，也可能是她的靈魂，而荒野世界冷漠的寂靜悶住了它。

而現在它看到了，而它以它看見的方式移動，飄浮著，來回衝刺著，穿過土地中隱藏著磷光的土地摺疊層，黑暗被刺穿，而且隨著無可名狀的顏色與光線而閃閃發亮，它瀕死的肉身爬行著、抽動著穿過被缺席的時間石化的森林，越過無法穿透的山脊，這些山針尖般尖銳的巔峰，在流過的星河中切割出渦紋。一層紗似的蒼蠅，在它眼睛與嘴巴的洞窟周圍盤旋，隨著腐壞的每一步升起又落下，而血肉碎片散落下來，沉入地面，就像它石榴色的血液旁邊不結果的種子。如果有痛楚，也超乎它的身體如此狹窄的知識認知範圍之外。只有明亮的烽火之光與雷霆般的歌，高聳巨大的玄武岩呼吸的洪亮響聲，把黑暗推開。終於，在越過蔓生荒野的彎曲之處，有了一片蒼翠的綠寶石色草地平原，在肥滿炎熱的太陽下成熟而豐滿，一張磨光木頭做成的寬闊長椅，還有一棵棕櫚樹以完美的弧形壓下來，貼向它小小的背部，溫暖、磨得舊了而且堅硬，就像古老的石頭。在它抬頭看的時候，它無法看到樹的末端。它的視野隨著像他們共同的夢境那樣無限的樹枝，一同空白而神奇地揚起，超越所有時間的所有邊緣，而這就是它應有的狀態。

牧羊人的差事

史蒂芬・蓋拉赫

請想像我在一艘小島補給船上，一艘老克萊德．普佛貨船設法送我到新工作地點的畫面。這是一九四七年，戰後才過了兩年，而我是個年輕醫師，相當新的家醫科新手。也想像一下波濤起伏的海洋，甲板隨著每一道波浪起起落落，還有一道橫流，奮力要把我們帶到偏離小島的方向。還在大陸上的時候，有人建議我，一頓豐盛早餐會是防止暈船的最佳辦法，而此刻，在飽餐一頓之後，我正盡全力保住這頓大餐。

我幾乎成功了。說來反常，是到了港口以後突如其來的平靜，讓我吐了出來。我奔向船側，而恐怕我扔到水裡去的東西不只有我的麵包。那些在碼頭上的人飽覽了一個罕見的場面；他們的新醫師，抓住了船上的欄杆，還有海鷗跟在蒸汽船後面俯衝下來，為的是一頓意料之外的水上大餐。

島上的常駐警官正在梯板盡頭等待我。一個大約跟我父親同齡的男人穿著制服，像是用燧石鑿出來的，沒有受到暴飲暴食汙染。他說：「孟羅．史班斯？孟羅．史班斯醫生？」

「就是我。」我說道。

「你會在我們送走勞頓醫生以前看看他嗎？他來這裡的路程並不好過。」

有個男人來處理我的行李，所以我跟著警官到碼頭盡頭的港務長官邸。那是一棟石造建築，方正結實。勞頓醫生在港務長辦公室後面的起居室裡。他坐在火爐邊的一張椅子上，他的腳放在一張腳凳上，還有一條毯子蓋在他膝蓋上，還有他自己的其中一位護士在照顧他，那是個二十歲或更年輕些的健壯紅髮女孩。

我開口說道：「勞頓醫生，我是……」

「我的替代者，我知道，」他說：「咱們把這事解決掉吧。」

我檢查了他的脈搏，摸了他的腮腺，聽了他的胸膛，注意到發紺的跡象。這幾乎不必要；勞頓醫生已經自己診斷過，而且自行要求這次轉送。他是個經過老派愛丁堡醫學院訓練的醫生，而我可以確定，他的症狀一定足夠嚴重了，以致「堅持下去」不再是個選項了。他可能選擇忽略自己的病痛與問題到了一定程度，但身為這個小島唯一的醫生，他不能讓整個社群涉險。

在我問起胸痛的時候，他沒有直接回答，但他的表情把一切都告訴我了。

「我真希望你先前同意搭飛機。」我說。

「這是為了我還是為了你？」他說：「你認為我狀況很差。你應該看看你的臉色。」然後，他有點後悔了，「機場是留給緊急用途的。那對我有什麼好處？」

我問護士：「妳會跟他同行嗎？」

「會，」她說：「我有個阿姨可以借宿。我會搭早晨的船回來。」

兩個從普佛貨船上下來的男人，正等著把醫生抬到碼頭去。我們往後挪，好讓他們可以把他夾在中間抬起來，連人帶椅子。在他們就位的時候，勞頓對我說：「在你到職的第一週，想辦法別殺死任何人，要不然他們第二天就會要我回到這裡。」

我是他的代班醫師，他的臨時代理人。表面上是這麼說的。但我們兩個都知道，他不會回來了。他從海上看見的島嶼景致，幾乎可以確定是他的最後一瞥。

這兩名水手一設法把他搬出門口，就輕鬆地抬著他朝著船隻走。某些當地人出現了，來祝他一路順風。

在我還有旁邊的護士跟上的時候，我說道：「請見諒，但我要怎麼稱呼妳？」

「我是柯克伍護士，」她說：「我名叫蘿西。」

「我名叫孟羅，」我說：「蘿西，這是島上的口音嗎？」

「你有很敏銳的耳朵，史班斯醫生。」她說。

她監督著把勞頓醫生安置在甲板艙房，而且下命令給那些男人的時候毫無猶豫，換成跟她同年齡與性別的另一個人，可能就只會建議或要求。如果我真有見識過什麼叫天生的護士長，她就是了。這些海上老手哼都沒哼一聲就遵從她的指示。

在他們把這個工作做到她滿意的時候，勞頓對我說：「最新的病患檔案在我桌上。現在是你的桌子了。」

柯克伍護士對他說：「醫生，在他們想念你以前，你就會回來了。」不過他忽略了那句話。

他說：「這些人是好人。照顧他們。」

船員們已經解開了船纜，而在我踏回岸上的時候，他們就只差沒把船板從我腳底下抽走了。我花了片刻讓自己鎮定下來，然後愉快地點點頭，回應那些留下來目送船隻離港的送行者好奇的目光。這天的貨物被卸下來，堆放在碼頭上，而哪裡都看不到我的袋子。我去找袋子的時候，發現島嶼醫院的司機兼工友穆迪，在一輛從軍隊退役的戰地救護車外面等候。他正在跟另一個男人聊天，在我到達的時候那人就告辭離開了。

「會開很久嗎？」我們爬上車的時候，我說道。

「哎。」穆迪說。

「十分鐘？一小時？半小時？」

「哎。」他表示同意，讓這成為我們有過最長的對話內容。

這段路稍微超過二十分鐘。這是因為這座島嶼的大小，還有一條很好的混凝土路，這是英國軍隊戰時的又一貢獻。我們沒看到別的車輛，除了偶爾出現的漠然綿羊以外，不必為任何東西放慢速度。羊毛與紡織，再加上一點龍蝦捕撈，維持著這裡在和平時期的經濟。在戰時狀況不同，空中偵察員、砲手與皇家工兵的人數還多過本地人。後來出現一個義大利戰俘營，在島上的鄉間診療所燒毀時，高地與島嶼醫療服務署就接管了戰俘營廢棄不用的醫療區。在我們抵達那裡以前，我們經過了簡易機場，仍然能用，不過那裡的警衛室跟控制塔台都廢棄了。

前戰俘醫院是一棟水泥建築，旁邊搭了一個木製棚屋。義大利人蓋了小徑跟一座花園，不過這些地方現在亂長成一片了。我再度留下穆迪處理我的行李袋，然後去找機會對護士長做自我介紹。

賈森護士長徹底打量了我一次，看來似乎不太欣賞。不過她用我的職稱來稱呼我，在帶著我參觀一圈的同時，對我簡報了每個人的職務。是在那時我才得知我的司機叫什麼名字。我見到了所有的職員，只有穆迪太太除外，她是廚師、管家兼島上的助產士。

「這裡只有一間六床的病房，」賈森護士長告訴我。「我們把那裡給男性使用，女性病患使用軍官住宿區。兩人一房。」

「現在有多少病人？」

「就今天早上來說，只有一個人。老約翰．佩特里。他是來等死的。」

這話雖然聽似刺耳，她卻是用實事求是的方式在傳達資訊。

「我現在會去看他。」我說。

老約翰．佩特里是八十五或八十七歲。病歷紀錄不明。職業是牧羊人。近親，沒有——在這座島上很罕見。他過著堅忍的戶外生活，不過堅忍並不能讓身體永遠運作下去。他現在變得這麼消瘦虛弱，甚至有被他的被褥給吞掉的危險。根據勞頓醫生的筆記，他並沒有出現特定的疾病。我的師長之一，有可能會診斷出這是TMB問題——過了太多次生日（Too Many Birthday）——的病例之一。有人在他的小農舍裡找到他，獨自一人餓得半死，起不了床。在我對約翰．佩特里做自我介紹的時候，他眼中有生氣，但任何其他地方都沒多少生命跡象。

我們繼續做別的事。我得知穆迪太太會把我的晚餐帶來給我。除非她在接生，在這種狀況下蘿西．柯克伍的母親會照料我，她會從鎮上騎腳踏車過來。

我在產科方面的經驗，主要是當個學生，還有別擋著助產士的路。賈森護士長說：「她們大多數是在家生產，有助產士在旁照顧，除非出現併發症，那時她就會找你幫忙。不過那種狀況相當罕見。你可能會想要在塔洛克太太回家以前跟她談談。她在星期天出生的寶寶是死產兒。」

「我要去哪裡見她？」我說道。

答案是，在建築物另一頭的系列套房裡。她在女性廂房這邊的門是關著的，她丈夫在走廊上等候。

「她在穿衣服。」他解釋道。

賈森護士長說：「湯瑪斯，這是史班斯醫生。他來代替勞頓醫生。」

她留下我們兩個。湯瑪斯．塔洛克是個年輕男子，跟我年齡相仿，不過強壯得多。他穿著一件全天候適用的破舊花呢西裝，看起來像是轉手過好幾次。他的鬍子是深色的，眼睛則是藍色。女人喜歡這種類型，我知道，但我的第一個念頭是一隻外斜視的柯利犬。我能說什麼呢？我喜歡狗。

我問他：「你太太還承受得住嗎？」

「我很難分辨，」他說：「她沒說多少話。」然後，賈森護士長一走出聽力範圍外，他就放低聲音說道：「它是什麼？」

「請再說清楚點？」

「那孩子。它是男生還是女生？」

「我不知道。」

「沒有人要說。黛西沒能看到它。就只有妳的寶寶死了，熬過去吧，妳會有另一個孩子。」

「這是她的第一個？」

他點點頭。

我納悶地想誰可能提出這麼冷酷的安慰。我料想是每個人。當時的處理方式就是這樣。嬰兒死亡不再像過去那樣司空見慣，但舊有的態度還徘徊不去。

我說：「那你的感覺如何？」

塔洛克聳聳肩。「這就是自然，」他勉強承認。「不過你會碰到不肯離開死去羔羊的母羊。約翰．佩特里現在快死了嗎？」

「我說不上來。為什麼這樣問？」

「我在照顧他的羊群跟他的狗。他的狗不肯乖乖留在原地。」

在這時候，門打開了，塔洛克太太——黛西——站在我們面前。人如其名[18]，一朵被摧殘過的花。她膚色蒼白，一頭金髮，骨架小，高度幾乎不到她丈夫的肩膀。她應該聽到我們

18. 黛西（Daisy）意為雛菊。

的聲音了，雖然我希望她沒聽到我們的對話。

我說：「塔洛克太太，我是史班斯醫生。妳確定妳恢復得夠好，可以離開我們這裡了嗎？」

她說：「是的，謝謝你，醫生。」她講話的聲音比耳語稍高一點點。雖然是個成年已婚婦人，從遠處看你可能會把她當成一個十六歲女孩。

我望向塔洛克然後說道：「你要怎麼帶她回家？」

「我們聽說，是用救護車？」他說。然後：「或者我們可以走下去等郵務巴士[19]。」

「讓我找穆迪先生過來。」我說。

穆迪似乎不知道有任何安排，而且很不情願遵從。雖然對一個年齡是我兩倍大的男人擺出堅定的態度，並不合乎我的本性，但我看得出來，如果我不這麼做，我們將來會出問題的。我說：「我不會讓她這種狀況的女人出院去石南樹叢裡健行。穆迪先生，去開你的救護車。」

在車庫裡，我看到一輛至少有十二年歷史的破爛萊利敞篷車，停在戰地救護車旁邊。勞頓自己的車，可以給我使用。

在塔洛克夫婦爬上救護車的時候，我對黛西說：「一兩天內我會去探望，看看妳的狀況。」然後對她丈夫說：「我會看看我能不能替你的問題找到答案。」

我前任的檔案在辦公室裡等著我。涵蓋他前六個月病患的檔案被留在書桌上，而那只是冰山一角；到頭來我有必要變得熟知島上每個人的病史，這裡有大約一千五百人。對於一個醫療人員來說，這是個很大的責任，但當時平民醫生供應短缺。雖然戰爭結束了，軍隊也復員了，醫官卻是最後一批被釋出的。

我鑽進檔案裡。去年冬天特別嚴峻，有幾個人死於肺炎，還有人在冰上摔倒跌斷手腳。我讀到被凍傷的漁夫，還有個三歲男孩得了痲疹以後失聰。有兩個病人被送到本土去動外科手術，還有一次緊急闌尾切除手術，手術成功，而且就在病院的手術台上由勞頓本人進行。

顯然我有很多要迎頭趕上的地方。

從十月以後，島上有將近一打小孩出生。這是個繁殖力旺盛的社區，而且也仰賴這種繁殖力。大多數小孩都很健壯，有一個家庭搬走了。有一位弗雷特太太生出了她的第七胎，沒有任何併發症。不過接著還有黛西．塔洛克。

我看著她的病例筆記。筆記只有幾天歷史，而且並不完整。勞頓用顫抖的筆跡寫下這些筆記，而我發現自己在納悶，他的病情是否可能以某種方式影響了結果。這不是出於他個人直接失職，但在他被請來以前，黛西已經分娩三十六小時了。是助產士拖得比應有時間還久才叫他嗎？等到他介入的時候，已經是偵測不到心跳、要用鉗子引產的狀況了。

時間流逝而我渾然不覺，所以當穆迪太太捧著托盤出現時，我吃了一驚。

「別起身，醫生，」她說：「我把茶拿來給你。」

我把那些筆記正面朝下放在桌上，然後把我的椅子往後推。我判斷，這一天工作得夠了。

我說：「那個死產兒，塔洛克夫婦的孩子。是男生還是女生？」

19. 在乘客不多的地區，公共運輸服務會跟郵件遞送服務合併以節省成本。

「是勞頓醫生處理它的，」穆迪太太說：「我沒在場看見。現在幾乎不重要了，對吧？」

「死產兒必須做登記。」我說。

「如果你說是就是，醫生。」

「這是法律，穆迪太太。遺體怎麼了？」

「他們放在避難所等殯葬業者來拿。那是我們擁有最冷的地方了。他會在接下來有葬禮的時候來收。」

我吃完我的晚餐，然後留下托盤讓穆迪太太清理，接著去外面的避難所。問題不只在於塔洛克夫婦的好奇心而已。沒有性別註記，我就沒辦法完成必要的登記過程。那時候死產兒的屍體通常跟任何不相干的女性成人埋在一起。我必須在殯葬業者來訪以前行動。

避難所是一個空襲地窖，位置介於醫院與機場中間，現在用來儲藏備品。而我所說的儲藏備品，意思是從我們的肥皂、衛生紙捲備品到新近死者，一切都包括在內。那裡是一系列的房間，大部分埋在一片長著草的低矮土丘底下。在地面上唯一看得見的特徵，是一個屋頂通風口還有一個用磚塊排成的坡道，一路通往其中一端的門。門上有個大鎖，而那個鎖沒有鑰匙。

在裡面，我必須在充滿木板箱子跟盒子的房間裡探路，以便找到有塊厚石板的那個指定停屍間。只是那並不是一塊石板；而是一個撞球桌，用無所不在的混凝土做成（毫無疑問，是那些義大利人做的），並且由我的前任改成目前的用途。躺在上面用棉布包起來的包裹沒有標記，而且小得荒唐。我艱難地解開包裹的布，然後做了必要的檢查。一個女孩。臍帶仍然連著，而且有著用鉗子粗暴引產的所有徵兆。在活體生產的時候，鉗子只有引導與保護小孩頭部的用途。使力的痕跡支持著我的懷疑：勞頓是在對這嬰兒來說已經太遲的時候才被召喚的，而他只能專注於保住母親的性命。

在我出來的時候，夜晚差不多降臨了。趁著最後去察看我們瀕死的牧羊人之前，我洗淨我的手，這時我反思著把死產兒塞進棺材，跟一個陌生人共享葬禮的習俗。在一方面，這可能看似一個沒心沒肺的做法；另一方面，一個無名幼兒被放在另一個靈魂匿名的照料之下，這個觀念又有某種動人之處。每次我設法想像永恆的時候，永恆總是漫長而孤獨。這樣的陪伴可能對雙方來說都是一種安慰。

約翰．佩特里躺著，臉朝向黑暗的窗戶。在我第一次探訪以後的時間裡，他被漱洗餵食過，他躺臥之處周圍的床鋪也重新整理過。

我說：「佩特里先生，你記得我嗎？史班斯醫生。」

他的呼吸節奏有個輕微的改變，我把這當成一個「是」。

我說：「你覺得舒服嗎？」

什麼都沒有動，他的眼睛例外。他注視著我，然後回到窗戶。「會痛嗎？你有任何地方會痛嗎？如果有，我可以幫忙。」什麼都沒有。所以接著我說：「讓我替你關上百葉窗。」但在我移動的時候，他發出一個聲音。

「別關百葉窗？」我說：「你確定嗎？」

我跟著他凝望的視線。

我可以從這裡看到避難所的土丘。在這個時候，一層疊一層逐漸加深的黑暗之中，只看得到丘陵模糊的形狀。襯托著天空，在最後一絲消逝的光線裡，我可以分辨出一隻動物的輪廓。那是一條狗，而牠似乎在注視著這棟建築物。

我照著約翰．佩特里的意願做，留著百葉窗沒關，也留著他面對夜晚。

我的住處是木造營區裡囚犯居住就寢的地方。我有一盞油燈提供照明，窗口還掛著一副破爛的窗簾。我的行李袋排排站在一張搖搖欲墜的床舖末端。對於奢侈享受的唯一讓步，是地板上的一張雜色地毯。

我可以早上再拆箱。我脫掉衣服，倒在床上，然後睡了我人生中最棒的一覺。

隨著早晨來臨，我初嘗我的執業例行公事。早晨巡病房，雖然沒什麼好巡的，然後是為了週間的診療室時間開車進城。這是在跟圖書室相連的一個房間裡進行，照著先來先看、隊伍多長就看多久的體系運作。一切順利，沒什麼障礙。毫無疑問，某些人出於對新醫生的戒心，躲得遠遠的。其他人則發現了一些小病痛，以此來合理化他們的好奇心。在診療時間結束前，蘿西．柯克伍剛下船就來與我會合。她告訴我，勞頓醫生並不享受這趟旅程，我們對此點到為止。

在最後一位病人（長了凍瘡）離開以後，柯克伍護士說：「我看到你用了勞頓醫生的車子。我可以拜託你載我一程回醫院嗎？」

「可以，」我說：「那妳可以在路上指出塔洛克家住哪裡嗎？我想順路造訪。」

「我可以指路給你，」她說：「但那邊不是你能輕易就『順路造訪』的那種地方。」

我不會聲稱我很會開那台萊利。在我描述這輛車破爛的時候，我並沒誇大。引擎聽起來像是一桶螺栓滾下山丘，彈簧則讓我們這趟車程彷彿進了被詛咒的遊樂場。蘿西似乎很習慣了。

在經過城鎮、把港口拋諸腦後的時候，我說道：「哪一戶是殯儀館？」

「我們剛剛經過。」

「賣家具的地方？」

「唐諾・巴吉。我爸爸的表哥。也是島上的驗屍官兼家具木工師。」

兩分鐘後，我們就出了城。四面八方都是荒涼、野草滾滾的低地沼澤，對著一片很大很大的天空伸展開來。

我提高聲音以便壓過擋風玻璃縫隙的呼嘯噪音，說道：「妳這輩子都住在這裡嗎？」

「是，」她說：「我看到一切隨著戰爭而改變。我們以為戰後一切就會再度恢復原樣。不過這種事不會發生的，對吧？」

「永遠不是照你期待的方式發生。」我說。

「勞頓醫生不會回來了，是嗎？」

「總是有希望的。」

「那是我們對病人說的話。」

我暫時把視線從路上收回，望向她。

她說：「醫生，你可以對我直說。我做護士不是當成一種嗜好。而且我並不是一直都計畫在這裡做護士。」然後，用幾乎沒有改變的語氣說道：「在接下來出現的電話亭那裡有個交叉口。」

我很快把注意力轉回前方的道路上。「我要轉彎嗎？」

「不是在那裡。就在後面的下一條小徑上。」

那是一條難走的小徑，連「骨頭搖到要散架」這種說法，都不足以形容其萬分之一。現在我懂得為什麼那台萊利就要分崩離析了，如果每次家訪都是這個模式也難怪。小徑延續了將近一哩，終於變得完全無可通行，還要再走兩百碼路，才能抵達塔洛克家。

他們家是一棟一層樓的自耕農農舍，有草鋪的屋頂跟一棟相連的穀倉。農舍的牆壁用石灰水刷過，穀倉牆壁則是光禿禿的石頭。我從車裡拿出我的醫藥包，然後我們走完了剩下的路程。

在我們到門口的時候，柯克伍護士敲敲門喊道：「黛西？是醫生來看妳了。」裡面有些動靜。在我們等待的時候，我環顧四周。畫家把這些地方浪漫化了。我看到的就只有艱困生活的證據。我也看到一隻狗被拴在距離屋子幾碼外的地方，看起來充滿靈性。牠很像我前一晚看到的那隻，雖然老實說，島上的每隻狗都可以說是很像。

在讓我們等足了她敢讓我們等的時間，迅速地收拾好房間跟她自己以後，黛西．塔洛克打開門邀我們進屋。她穿著一件印花洋裝，而她的頭髮匆忙地盤起來了。

她提議給我們喝茶；柯克伍護士堅持在我們說話時煮茶。雖然黛西以必要的禮貌應付這個場面，我卻可以看出來這樣做很辛苦。上星期的經驗顯然對她打擊很大。

「醫生，我不想弄得勞師動眾的，」她願意說的就只有這樣：「我很累，就這樣。」

大家尊敬醫生，卻會跟護士說話。在我聽到綿羊還有超過一隻狗在外面吠叫的時候，我到外面去，留下兩個女人商談。塔洛克正在把二三十隻母羊趕進農舍旁邊的泥濘獸欄；如果標記可以作為判斷依據，這裡就是一個混雜的獸群。今天他戴著一頂布帽子，還有加了吊帶的藍色工作褲。我領悟到被我當成工作服的那件花呢西裝，實際上是他星期天才穿的最佳衣物。

我等到羊全都被趕進獸欄以後，才走過去。

我告訴他：「那本來會是個女孩。不過……」我把話說到這裡，因為我還能再補充什麼呢？但我突然冒出一個念頭，然後說道：「你可能會想要把這個消息留在自己心裡。何苦要讓事情變得更糟？」

「勞頓醫生就是這麼說。抬起下巴，繼續前進，讓自己再生一個。但她不會那樣看待這件事。」

我注視著他走向穀倉，然後一手提著一桶赭土，另一手拿著一根棍棒回來了。那根棍棒末端纏著一塊硬邦邦的破布，用來泡藥水，還有在羊毛上做記號。

我說：「那些是約翰．佩特里的羊群嗎？」

「對，」他說：「不過有人得給牠們泡藥水還有剪毛。他會回來嗎？」

「總是有希望的，」我說：「他的狗怎麼樣？」

他瞥了一眼那隻被拴住的動物，牠從靠近房子的地方注視著我們。「比迪？」他說：「那條狗對我沒有用。下次牠跑掉就跑掉了。我不會再把牠抓回家的。」

「一條狗？」柯克伍護士說道。在我們顛簸著回到馬路上的時候，她做好準備對抗撞擊。「賈森護士長會很愛你的。」

「我會把牠留在營區裡，」我說：「賈森護士長甚至不必知道。」

她轉過頭去注視著比迪，坐在打開的行李廂裡。這條柯利犬迎風揚起牠的臉，閉上了牠的眼睛，表現出沉浸在簡單幸福中的態度。

「祝你好運了。」她說。

那天晚上，在四下無人以後，我把比迪偷渡到病房裡。「約翰，」我說：「你有個訪客。」

我開始摸索出自己的一套。我開始做家庭訪問，而且我花時間去見島上的傑出人物，從教士、郵差到放牧委員會秘書長都在內。大多數時候，比迪都坐在萊利後座跟著我到處跑。有一天晚上我進城裡去，也把那隻狗跟我一起帶進酒吧，當成破冰工具。現在大家開始認得我了。還要再過上一陣子，我才會覺得被接納了，不過我覺得我已經有了個開始。

賈森護士長告訴我說，殯葬業者唐諾．巴吉，現在已經把那具嬰屍拿去恰當地埋葬了。她也說他向她抱怨過他發現屍身時的狀況。我告訴她，請他來找我，我會向一個早該有所認知的男人解釋這個情境在醫學上的實際狀態。巴吉沒有後續動作。

第二天在鎮上，湯瑪斯．塔洛克來到晨間診療室，獨自一人。「塔洛克先生，」我說道：「我能幫你什麼忙？」

「這不是為了我，」他說：「是為了黛西，但她不會來的。你可以給她一劑通寧水嗎？任何會讓她振作起來的東西都好。我做什麼似乎都沒有幫助。」

「給她時間。事情才剛過去幾天而已。」

「狀況在變糟。現在她不願離開小屋。我設法要說服她去拜訪她姊姊，但她只是轉向牆壁。」

所以我寫給他一張便條，可以取得一些巴利許製劑，一種沒有傷害性的紅色甜味磷酸鐵混合劑，在最佳狀況下會讓人胃口變好，在最糟狀況下什麼作用都沒有。我能給他的就只有這個了。在當時，憂鬱是一種要靠著「自己振作起來」加以克服的狀況。不這樣做就是個性扭曲，很有可能是為了引人注目，在妳是女人的時候尤其如此。我忍不住想著，雖然就這座小島的標準來說，塔洛克幾乎沒受過教育，在他這個時代，他卻是個體貼得不尋常的配偶。

狗兒的探訪似乎對約翰．佩特里很有效果。我可能認為我在欺騙護士長，但我現在領悟到，她極有可能是睜隻眼閉隻眼。後來他的呼吸總是比較輕鬆，他的睡眠也比較平和。而我甚至從他那裡聽到了他說的第一句話，那時他要我走近點，然後在我耳裡說道：「你行的。」

在這個認可的表示以後，我抬頭一看，發現警官正在等我，他手中拿著帽子，就好像他不確定應有的禮節是什麼。一個瀕死男子的床邊應該要像教堂一樣嗎？他不想冒險。

他說：「醫生，我很抱歉要在你工作時來找你。不過我希望你可以解決一個問題。」

「我可以試試看。」

「關於塔洛克家死去的嬰兒，有些謠言在流傳。有某種虐待行為？」

「我不明白。」

「某些人甚至說它被剝皮了。」

「剝皮？」我重複了一遍。

「我見識過驗屍之類的過程會發生什麼事，」警官堅持說下去：「但我從沒聽說過要做這種事。」

「我也沒聽說過，」我說：「大衛，那只是傳話遊戲造成的後果。我在唐諾・巴吉把屍體帶走以前見過那具屍體。在漫長辛苦的生產過程以後，它的狀況是不好。但它唯一承受過的虐待是自然發生的。」

「我只是引用大家的說法。」

「哎，看在老天份上，別讓他們在孩子的母親身旁講這種事。」

「我確實聽說她心裡很過不去，」警官承認。「我妹妹也出了同樣的事，但她就是繼續過日子了。我甚至從沒聽她說起這件事。」他望著我請求許可，然後走到床邊去跟約翰・佩特里說話。他彎下腰來，把雙手放在膝蓋上，然後就像對小孩或弱智的人那樣開口了。

「還好嗎，約翰？」他說：「快點恢復健康，嗯？」

剝皮？誰聽過這種事情啊？八卦連鎖一定是從唐諾・巴吉開始，然後在講述過程裡變得越來越怪異。根據紀錄，巴吉自己有四個孩子。全家人都活躍參與業餘戲劇活動還有教堂唱詩班。你會期待他這個地位的男人更明理些。

第二天在城裡的診療時間末尾，我正在寫病歷紀錄的時候，外面有些喧鬧聲。柯克伍護士去找出原因，片刻之後回來了，身邊還帶著一個喘不過氣的九歲男孩。

「這是羅伯・弗雷特，」她說。「他一路跑到這裡來，是要說他媽媽出了意外。」

「哪種意外？」

男孩看起來被嚇著了，而且被我直接的問題問傻了，但蘿西・柯克伍代替他說了。

「他說她跌倒了。」

我注視著她。「妳知道路？」

「當然。」

我們全都擠進那輛萊利，要開到島嶼的西側。柯克伍護士坐在我旁邊，我則把羅伯放到行李廂跟狗在一起，他們倆似乎都很滿意。

在沼地的最高點，柯克伍護士認為她瞥見在遠離馬路的偏遠小徑上，有個步行的身影。她說：「那是湯瑪斯・塔洛克嗎？他在這裡能幹什麼？」但我懶得費心去看。

亞當・弗雷特是三兄弟之一，他們兄弟是島上最興旺的佃農家庭。除了他們的牲口跟租來的土地以外，他們還向政府承包工作賺些固定的收入。靠著法律保障的佃租土地，亞當蓋了一棟有石板瓦屋頂的兩層樓住宅，還鋪了一條不錯的路通往自宅。我幾乎能夠一直開到門口。在我踩煞車的時候綿羊四散開來，而男孩跳下車去，跟其他孩子會合，用棍子把綿羊聚攏趕回來。

不過幾個星期以前，珍·弗雷特剛生下她七個孩子中最小的一個。生產過程沒什麼問題，但跌倒的消息讓我很擔心。她最大的孩子，一個大約十二歲的女孩，讓我們進了屋子。我回頭一望，看到亞當·弗雷特在院子的另一頭注視著我們。

珍·弗雷特正躺在用得很舊了的老沙發上，在我們進門的時候掙扎著要起身。我可以看出她沒料到我們會來。儘管他們的家庭規模龐大，她也才三十多歲而已。

我說：「弗雷特太太？」然後柯克伍護士就從我旁邊走過，去穩住我們的病人，讓她躺回沙發上。

「這是史班斯醫生。」柯克伍護士解釋道。

「我告訴瑪麗恩了，」珍·弗雷特抗議道：「我告訴她別叫你。」

「喔，現在我在這裡了，」我說：「咱們來確保我這趟路沒白走吧。妳可以告訴我發生什麼事嗎？」

她不肯看我，敷衍地一揮手。「我跌倒了，就這樣。」

「哪裡痛？」

「我只是覺得喘。」

我量了她的脈搏，然後要她指出哪裡痛。在我檢查她腹部的時候她的臉一皺，而我摸到她脖子附近的時候又皺了一下。

我說：「妳跌倒以前有這些印記嗎？」

「這是突如其來的，我不記得了。」

腹部周圍很敏感，心跳加快，左側疼痛，還有看似有好幾天歷史的瘀傷。我跟柯克伍護士交換了一個眼神。一個公道的猜測是，這個剛當媽媽的人被抵在牆上，挨了拳頭。

我說：「我們需要把妳送到醫院待幾天。」

「不行！」她說：「我只是覺得痠痛。我不會有事的。」

「妳傷到妳的脾臟了，弗雷特太太。我想沒有破裂，但我得確定，否則妳可能需要緊急外科手術。」

「喔，不。」

「我想讓妳待在我們可以注意觀察妳的地方。柯克伍護士？妳可以幫她打包嗎？」

我走到外面。亞當．弗雷特比較靠近屋子了，但仍舊在徘徊。我對他說道：「她傷得滿重的。肯定跌得滿厲害的。」

「她說沒什麼。」他很想相信這說法，但他已經看到她多痛，我想這嚇到他了。

我說：「要是有內傷，她可能會死掉。我是認真的，弗雷特先生。我會派救護車來接她。」我以為柯克伍護士還在屋裡，所以她就在我後面開口講話的時候，我冷不防嚇了一跳。

她說：「寶寶在哪裡，弗雷特先生？」

「在睡覺。」他說。

「在哪？」她說：「我想看看。」

「這不干妳的事，也不干別人的事。」

她的怒氣正在增長，弗雷特的抗拒態度也是。「你對孩子做了什麼？」她堅持問下去。「整個小島都知道那孩子不是你的。你把他丟掉了嗎？起爭執就是為了這個嗎？你就是為了這個打你太太？」我察覺到他的三四個小孩現在站在遠處，注視著我們。

「弗雷特兄弟有個名聲，醫生，」她說道，同時壓低聲音，免得孩子們聽到。「這不會是第一次有其他男人的孩子被帶到穀倉外面，淹死在水桶裡。」

他在那時候企圖衝向她，我得介入。

「住手！」我說道，而他甩開我，然後退開了。他開始來回踱步，像個因為對手站在裁判背後而憤恨不平的摔角選手。在此同時，他的挑戰者沒有表現出任何懼色。

「怎麼樣？」蘿西．柯克伍說。

「妳搞錯了，」他說：「妳什麼都不知道。」

「直到你證明小孩很安全以前，我是不會走的。」

然後我說道：「等等。」因為我突然有個洞見，而且我研判我知道肯定發生了什麼事。我對蘿西說：「他把寶寶賣掉了。賣給湯瑪斯．塔洛克，交換約翰．佩特里的羊群。我認得那些標記。我看過塔洛克做標記。」我注視著弗雷特。「我說得對嗎？」

弗雷特沒有馬上說話。然後他說：「牠們是佩特里的羊？」

「我想湯瑪斯把牠們趕過來了，」我說：「柯克伍護士瞥見他在沼地上往回走。寶寶跟他在一起嗎？」

弗雷特只是聳聳肩。

「我不在乎謠言是不是真的，」我說：「你不能把小孩從媽媽身邊帶走。我必須舉報這件事。」

「你愛幹嘛就幹嘛，」弗雷特說：「那是她的主意。」然後他走開了。

我沒辦法把珍．弗雷特放進萊利車裡，但在我派救護車來以前，我也不想把她放在這裡無人照顧。「我會留下，」柯克伍護士說：「我在這裡不會受傷的。」

在軍隊開的高速公路上，我停在沼地的十字路口，從電話亭裡打電話叫救護車過來。車子在我抵達醫院以前，從我旁邊經過，朝著相反方向而去。

在那裡我做好安排，準備迎接弗雷特太太。我關心的是她的傷勢，而不是她的私生活。天曉得一個有六個孩子的佃農之妻，到底是哪裡找來時間、機會或精力來享受一次激情，不管為時多短。我會把這件事留給你們的H．E．貝茨與D．H．勞倫斯，用他們比我更偉大的天才去探索[20]。她的整體健康似乎就像許多她的島嶼同胞一樣，是很強健的。不過瘀傷的脾臟需要休息才能痊癒，而任何更大的損害，可能都要花上一兩天才會顯現。

在我拿起一把椅子，去跟約翰．佩特里坐一會的時候，比迪就跟在我後面。這條狗來訪的時候他會振作一點，雖然預後還是不變。我把窗戶打開了十八吋左右。要是我們聽見護士長來了，比迪就可以用子彈般的速度衝出去。

「我知道我可以對你有話直說，約翰，」我說：「要是你的遺產可以給一個沒人要的孩子未來，你覺得如何？」

畢竟被拿來交易的是他的綿羊。而珍．弗雷特確認了她希望看她的孩子在不會遭人憎恨的地方成長。至於黛西的感受，我設法用塔洛克自己的類比來解釋：一隻母羊不願意離開牠死去的羔羊，我確定他會了解的。約翰．佩特里聆聽著，然後招手要我靠近。

他接下來說的悄悄話讓我朝車子狂奔。

我根本說不準湯瑪斯．塔洛克是否可能已經到他的農舍了。我對本地地理的感覺沒那麼準。我甚至不確定他帶著弗雷特家的孩子。

我儘可能快地催逼著那台萊利，而在我離開馬路通往顛簸的小路時，我幾乎沒放慢速度。我怎麼沒把車子撞成兩半或者弄掉一個輪子，我不知道。我被甩來甩去、橫衝直撞，但我還是保持在路徑上，直到車子再也前進不了為止，然後我就拋下車子，盡我所能飛也似地跑完剩下的路。

我從一個隆起處頂端看到塔洛克，在此同時農舍也映入眼簾。我還是可能在他到家以前趕上他。他把一個包袱緊抱在胸前。我大喊著，但他要不是沒聽見，就是忽略我的叫喊。

我必須在他到黛西旁邊以前阻止他。

這是牧羊人的差事。約翰．佩特里用他能設法講出的幾句話告訴我，在一隻新生羔羊被母親排斥的時候，牠可能會被轉送給在生產時失去自家羔羊的另一隻母羊。但首先牧羊人必須替死掉的羔羊剝皮，把牠的皮套到活的那隻羔羊身上。然後新媽媽就可能把這隻羔羊當成自己的親子接納。如果綿羊理解這點，這會是無與倫比的恐怖。但動物並不是人。

我不敢相信我在想什麼。但如果真是這樣呢？

我看到那佃農打開他的門，帶著他的包袱進去裡面。我就只落後他幾大步而已。但那片刻就夠了。

我上次見到黛西．塔洛克的時候，她身上有種氣質：好像無法指望有任何事能讓這女人的精神再度激動起來，也許再也不可能了。

但就在我抵達門口的時候，屋裡開始響起了尖叫聲。

20. 前述兩位作家對英國鄉間生活都有相當多的描寫。

墜入不見陽光的海

尼爾・蓋曼

泰晤士河是隻汙穢的野獸：它蜿蜒穿過倫敦，像陸地或海上的蛇。所有河流都流入它，艦隊河、泰本河跟奈津爵河，載著所有的髒汙、浮渣與廢棄物，貓狗屍體與豬羊骨頭往下流進泰晤士河的棕色河水中，泰晤士河又載著它們往東進入河口，從那裡再進入北海與遺忘之中。倫敦正下著雨。雨把泥土洗進溝渠中，讓小溪水位高漲進入河流，河流再漲成強勁的東西。雨是種嘈雜的玩意，在屋頂上水花飛濺、喋喋不休、噠噠亂響。如果它從天空中落下時是乾淨的水，只要一碰到倫敦，就會化為泥土、攪動灰塵，讓它成為爛泥。

不論是雨水或河水，都沒有人喝。他們編造泰晤士河會立刻殺死你的笑話，那不是真的。有些清溝夫會潛入深處尋找被丟下去的便士，然後再度浮出，吐出河水，顫抖著舉起他們的錢幣。當然，他們沒有死，或者說不是因此而死，雖說沒有一個清溝夫年紀超過十五歲。

這女人看來不在乎雨。她走在羅瑟希德碼頭，她已經這樣走了好幾年、好幾十年：沒有人知道到底多少年，因為沒有人在乎。她走在碼頭上，或者瞪著大海。她檢視著船隻，它們在下錨處上下浮沉。她一定要做些什麼，讓身體與靈魂不至於解除彼此的合夥關係，但這件事可能是什麼，碼頭上沒一個人有哪怕是最含糊的一點概念。

你在一個製帆工人撐起的一面帆布天棚底下避難，躲開暴雨。你相信你獨自待在那底下，起初如此，因為她靜如雕像，還往外瞪著水面，雖然在雨幕之下，根本沒有東西可看。泰晤士河的另一側已然消失。然後她看見了你。她看見你，然後她開始說話，不是對著你，喔，不是的，而是對著從灰色天空落入灰色河流中的灰水。她說：「我兒子以前想當個水手。」而你不知道要回答什麼，或者怎麼回答。你必須用喊的，才能讓人在雨水的嘶吼中聽見你的聲音，但她說話，而你聆聽。你發現自己拉長脖子，盡全力要捕捉到她的話語。

「我兒子以前想當個水手。

「我告訴他不要出海。我說，我是你母親。海不會像我這樣愛著你，她是殘酷的。但他說，噢母親啊，我需要看看這個世界。我需要看看太陽在熱帶地區升起，注視著北極光在北極的天空舞動，而且最重要的是，我需要發一筆大財，在成事以後，我會回到妳身邊，替妳蓋一棟房子，妳會擁有僕人，我們會跳著舞，母親，喔，我們會跳舞跳成什麼樣啊……

「我在一棟花稍的房子裡要做什麼呢？我告訴他。你這滿嘴好話真是傻透了。我跟他說起他的父親，他從未由海上歸來——有些人說他死了，跌落在船外，同時卻有別人指天誓日，說他們見到他在阿姆斯特丹經營一家妓院。

「結果都一樣。大海帶走了他。

「在十二歲的時候，我的男孩逃走了，逃向碼頭，然後他搭上他找到的第一艘船，去了亞速群島的弗洛雷斯島，他們這麼告訴我。

「那裡有噩兆纏身的船隻。糟糕的船。每次災難過後，他們就替那些船多上一層油漆，取個新名字，來愚弄那些不小心的人。

「水手很迷信。話傳了開來。在船東命令下，這艘船被它的船長開到擱淺，以便詐騙保險公司；然後，整艘船都修補過，跟新的一樣好了，它就被海盜劫走；接著它裝了一整船的地毯，然後變成一艘船員都是死人的瘟疫船，只剩三個男人把船開到哈瑞奇的港口……

「我兒子搭上一艘招引風暴的倒楣烏鴉船。是在那趟航行的回程路上，他要把他的酬勞帶來給我——因為他太年輕了，沒辦法像他爸爸一樣，把這些錢花在女人跟烈酒上——風暴來襲了。

「他是救生艇上最小的一個。

「他們說他們公平抽籤，但我不信。他比他們都更瘦小。在小艇裡漂流八天以後，他們餓得不得了。而如果他們確實抽了籤，他們也作了弊。

「一根接著一根，他們把他的骨頭咬了個乾淨，然後把這些骨頭交給了他的新母親，大海。她沒留半滴淚，一語不發地接收了。她很殘酷。

「某些晚上我真希望他沒告訴我實話。他本來可以撒謊的。

「他們把我家男孩的骨骸給了大海，但船上的大副——他認識我丈夫，也認識我，若要說實話，他比我丈夫以為的更認識我——他留下一根骨頭，當成紀念品。

「在他們回到陸地時，他們全部人都發誓，我的男孩在把船弄沉的風暴裡失蹤了，他則在晚上來訪，告訴我事情真相，還給我那根骨頭，這是為了一度存在於我們之間的愛。

「我說，你做了一件壞事，傑克。你吃掉的是你兒子。

「那天晚上，大海也帶走了他。他走向她，口袋裡裝滿了石頭，而他繼續走。他從來沒學會游泳。

「而我把骨頭穿到一條鍊子上，藉此紀念他們兩人，在深夜裡，在風衝擊海洋的波浪、讓它們跌落在沙子上的時候；在風沿著房舍周圍，呼號如嬰兒哭泣的時候。」

雨勢趨緩了，而你想著她講完了，但現在，她第一次注視著你，看似打算說些什麼。她從她脖子周圍拉出某樣東西，而現在她把那東西伸向你。

「這裡，」她說。她的眼睛，在與你四目相望的時候，是跟泰晤士河一樣的棕色。

「你想摸摸它嗎？」

你想把它從她脖子上扯下來扔進河裡，讓那些清溝夫去找到或弄丟。但你反而從帆布天棚下面踉蹌而出，雨水流下你的臉，就像別人的眼淚。

來自山頂的男人

亞當・戈拉斯基

橫跨天空，太陽留下各種濃淡度的紅色碎片；碎片縐縮著，從紫色、靛色——變成黑色。星辰沒有出現。有的反而是油灰色的雲。我繼續開車，往上走，繞過路上最糟的凹槽與岩石。我從不得擅闖的牌子下面開過，繼續往上開。我周圍的森林很濃密——樹葉長出來了，健康而溼潤：這是春天。我納悶地想，這會不會是我最後一次費事地開車上山到理查家。我想是。理查要走了。往東遷徙。所以，是一場告別派對。莎拉也會在那裡。隨著一種像是彈珠或者牙齒喀噠撞擊的聲音，乘客座上的葡萄酒瓶跟威士忌瓶彼此撞擊。

理查的房子矗立在山頂的陰影之下。我把車子熄火，然後坐著，讓我的眼睛適應黑暗，聆聽逐漸冷卻的引擎抽搐。到理查家的步道上，沿路排著紙燈籠——毫無疑問，是莎拉的手筆。我抓起酒瓶，把它們放到車頂上，點起一支菸，抬頭看著山頂。我聽到有人在說話——某些聲音在外面，毫無疑問是從熱水浴池那裡來的，還有些悶住的聲音從屋裡傳來。在我的車子前面還停著十來部車。我打開車子後座，拿出一個小包裹——一本給莎拉的書，上次我們三個人——理查、莎拉跟我——在一起的時候，她跟我曾經談到的一部短篇小說集。我把書塞在腋下，拿著酒瓶朝著屋子往上走。我按了門鈴，一個穿著比基尼的女人開了門。她看著我——上下打量著我，就好像我穿著一套比基尼——笑了一下下，然後就從我旁邊擦身而過。在她經過的時候，她問道：「你帶了你的泳衣嗎？」

屋子長而狹窄。在我左邊是客房，我右邊是廚房跟電視間兼吧台。麥可——理查的一位老友，我慢慢變得挺喜歡他——正在忙著調酒。他向我解釋過一次，他在派對上挑起酒保的工作，是因為這樣他就能認識所有女人。我走進吧台，然後說道：「我會說熱水浴池是你今晚想待的地方。」麥可點點頭，一臉遺憾。我把我帶來的酒交給麥可。「好東西，」他說。「見到你真好，」他又說。我跟他握手，然後拍拍他的肩膀。「你要喝什麼？」他問道。

「那瓶威士忌來一杯。」我說。他說：「換這個試試看吧。」然後從一個已經打開的酒瓶裡倒出酒。我把我的菸捻熄在吧台旁邊的紅色玻璃菸灰缸裡，然後啜飲一小口。我點點頭表示我的讚賞。「我該去宣布我到場了。」我說著往後退開。

客廳：一個大而開放的空間，被一張胖大的沙發與一台平台大鋼琴主宰（理查不彈琴）。莎拉在沙發上喝葡萄酒。她看到我的時候站了起來，用迅速而微醺的大步穿過房間，展開雙臂抱住我。

「小心酒。」我說。

她從我身邊退開，臉上有種受傷的表情。我拿走她的玻璃杯，放在鋼琴上。她再度用手臂環抱住我，然後說道：「你來的時候我就變得好興奮。我總是這樣。這樣好蠢。我總是很興奮能看到你。」

「看到妳也很好。」我們親吻了，我們每次見到彼此時都會這麼做；我不確定這種打招呼方式是怎麼開始的，不過我們的吻很漫長，而且是嘴唇對嘴唇；從我認識她以來，她一直都跟理查在一起。

「你見到理查沒有？」她問道。

「我才剛到這裡。」

「可以嗎？」她敲敲我胸口口袋裡的菸盒。她把她的手指滑進口袋裡，然後對我微笑。「你總是有最好的菸。」在她點菸的時候，她瞥見我腋下包好的包裹。

「這是給妳的。」我說道。

她拆開我的禮物，讓棕色包裝紙落在地上。「你找到一本了，」她說。她打開書，留意避免折到書脊，對於她翻過的每一張泛黃頁面小心翼翼。「你是唯一一個曾經帶書給我的人。」她輕敲著她的項鍊：一個優雅昂貴的銀結。「理查總是買珠寶給我。」皺著眉頭，她這麼說道。

我們稍微聊了一下近況；稍微聊到理查為離開做的準備，雖然我們略過她是否要跟去的問題。我們會晚一點再進行那個對話。我需要多喝一點點，才能去見每個人。我望著莎拉後頭，坐在沙發上的那些女人。莎拉說：「那個是卡蜜拉——她無聊得要命——那個是凱特——超，有，趣。她們是理查的朋友。從哪來的，我不知道。來吧，我需要更多葡萄酒。」我們把她的杯子留在鋼琴上，一起朝著吧台走去。她跟麥可聊了起來。我走了出去——我不想在莎拉跟麥可聊天的時候站在旁邊。

理查在院子裡，手裡拿著啤酒，跟某個我不認識的人講話。熱水浴池就在他後面。應門的女人跟兩個男人泡在浴池裡。在理查瞥見我以前，那女人說：「你應該進來，這太完美了，外面很冷，裡面很暖。」她格格笑出聲。其中一個男人靠過去對她悄聲細語。她把他推開。

「大衛，你趕到了。」理查說。

「我不會錯過的。」

「喔，我很高興，你知道的。」

他把我介紹給他的朋友，還有浴池裡的男人們。他不知道那女人的名字，她也沒主動提供。「過來坐。」他對我說。

我坐在一個冷藏箱上。理查跟他的朋友在談波士頓，理查要搬去那裡。我從來沒去過波士頓，我告訴他們，雖然我聽說那裡就像舊金山。我們聊到舊金山、西雅圖、波特蘭。熱水浴池裡的女人打斷我們，要我去幫她拿瓶啤酒。我起身從冷藏箱裡拿了啤酒。她站起身。她非常瘦，沒屁股，卻有天賦異稟的一對壯觀胸部。她往前傾——彎下腰而沒有彎曲她的膝蓋——把她的胸脯送到我臉前面。雀斑如漩渦般轉入她乳溝構成的黑線裡。「真是謝謝你。」她說著，拿走了啤酒。浴池裡的男人們快樂地緊盯著她小小的屁股——那些男人對她來說什麼都不是，被驅策著拿她的包包、進行些簡單的任務，同時她卻緊盯著其他更有趣的方向。我以前就有許多次遇見過像她那樣的女人了。「我的名字叫普魯登絲。」她說。

「當然是了。」我說[21]。

「你真的應該加入。」

「妳知道我不會的。」

她確實也知道，而且露出一個大大的漫長微笑。

「但我整個晚上都會在這裡。」我說。

她回去安頓在她的池子裡。

我點了一支菸；有一會兒，一道火焰被捧在我手中；我把我的手抽回，然後抬頭注視著山頂。一個男人，在雲合攏以前被月光短暫地照亮，出現在頂端，朝著屋子移動。我對理查說：「有人住在那上面嗎？」理查告訴我，他不認為有。我設法指出那個男人——我還可以看得到，是個在黑暗背景裡的黑暗形影——但理查找不著他在哪。「我要進去拿杯真正的酒。」我說。理查說他很快就會進來。我聳聳肩，然後走路繞到屋子前面——一邊注意著從山上走下來的男人。

理查派對上大部分的人都沒有吸引力。他們可能體態健康，許多人還穿著昂貴的衣

21. 女人的名字 Prudence，字面意義是精明審慎。

服，不過他大多數的朋友看來平庸，而認識他們以後，就會發現他們確實平庸。例外者很突出。麥可，從海岸地區移植過來，是個風格突出的男人；凱特與卡蜜拉——就是很漂亮；普魯登絲——一個我欣賞的操弄者；還有莎拉。凱特跟卡蜜拉坐在客房的一個小沙發上，周圍環繞著四五個男人跟一個容貌不幸吃虧的女孩（蒼白如麵糰，有大而扁的鼻子，頭髮硬染成一種古怪的紅色）。他們全都在看一部電影——凱特瞥見我在門口，在沙發上挪動，推了其中一個男人一把，然後比手勢要我去坐在她旁邊。他們在看《天外來客》（*The Man Who Fell To Earth*），那部由大衛．鮑伊主演的美麗電影——

我讓自己被吸引到電影之中。凱特用她的手在我背後畫圈。那不幸的女孩打噴嚏了，破壞了我的興致，這時我告退了，沿著走廊走向吧台。我經過前門的時候，那裡正好有一記敲門聲；有人應門了，而我聽到：「什麼，你需要正式邀請函？當然，請你進來，歡迎你進來。」莎拉在吧台與我會合，攬住我的手臂。我們拿了酒，然後麥可跟我就到了外面的後露台。值得感恩的是，那裡只有我們三個。

莎拉偷了一支菸，然後抱怨起理查的朋友們——「現在在場的各位除外。」

麥可接著提起莎拉跟我已經旁敲側擊過的話題：「波士頓對妳有什麼好處？我的意思是，我知道理查有份好工作，但妳要做什麼呢？」

莎拉盯著地板看了一會，抽了一口菸又喝了口酒，然後說：「問題就在這裡，麥可。」

我很渴望聽到她向麥可解釋問題到底在哪裡——我認為我知道，但我想要她說出來——但她反而瞪著麥可後方，回望屋子裡。我轉身，麥可也轉身，我們全都注視著一個非常醜陋的男人走過後露台的門，前往吧台。

「見鬼了那是誰啊？」我問道。

莎拉說：「我不知道，但是——」然後飄過我身邊進了走廊。麥可跟我互看了一眼，然後跟上——我把我的菸丟在露台地板上。

等我們踏進走廊的時候，醜陋男子已經不在吧台了——那裡沒有人在。

他在客廳裡，在鋼琴後面，在理查走音的平台鋼琴上彈《月光奏鳴曲》裡的慢板——成果並不像慢板該有的平靜或陰鬱，而是不和諧而怪異。

對於這個音樂，似乎沒有別人的評價跟我相同。每一個人——整個派對的人，普魯登絲跟她的男人們除外——都聚集在鋼琴周圍注視著醜陋男子彈琴，他在鍵盤上做出誇張的花稍動作時就大笑，但全神貫注，完全入迷——所以在他進入更歡快的稍快板時，他們全都驚跳了一下。我也想驚跳一下——每個走音的音符都在磨損我的神經。

醜陋男人彈琴時，我瞪著他看。他是禿子。他的頭型長而且骨頭突出，他的眼睛消失在陰影裡。他的皮膚是一種深棕色——不像麥可的膚色，不，他看起來不像非裔——醜陋的男人應該是黑人沒錯，但他的皮膚像蠟似的，上面全是一種綠繡色——腐敗牛肉的那種綠色。我忍不住想像觸碰他的皮膚會是什麼感覺——我很確定，我的手指會陷進去，就像它會陷進一攤凝固的脂肪裡一樣。他的耳朵大而尖。他的嘴很小——在他彈琴時還皺起來——而相對於他的超級小嘴，他的牙齒太大了。他的兩顆門牙是最糟的：鋸齒狀，發黃，還齙牙。

我大大釋懷地看到，莎拉看起來沒有降服於他的魔咒。她站在角落裡注視的，不是那個醜陋的男人，而是人群——還有理查，他站在那裡，臉上有個愚蠢的目瞪口呆表情，每次醜陋男人在鍵盤上兩手交錯的時候，就像小女孩似地猛拍手。我可以聽見大衛．鮑伊在客房裡的聲音，勉強可聞。

醜陋男子停止彈琴了，然後我猛然醒悟，他一定是我看到從山頂上下來的男人。他在空中揮舞他的雙手，這似乎釋放了每個人。有些人鼓掌，而大家回去做他們本來在做的事情。我注視著凱特跟卡蜜拉走回客房，麥可直接走向吧台，莎拉跟理查則走向我。我注意到頭髮染得很糟的蒼白女孩站在醜男人旁邊，在他撫摸她的手時低頭看著他。完美的一對，我心想。我領著莎拉跟理查到吧台，然後堅持要麥可打開我帶來的威士忌——這種威士忌，比他在我抵達時給我喝的那種更好得多。

我問那個醜陋男子是誰。

莎拉說她不知道。麥可跟理查裝得好像我沒問過這問題一樣。我把手放在理查手臂上，再問了一次，而他說：「哪個醜陋男人？」

我把理查的反應當成是笑話，給他一個硬擠出來的微弱竊笑。我的威士忌是一種安慰。我需要跟莎拉獨處一陣——我想讓她有機會講完她稍早說的話，我想讓她告訴我，波士頓對她沒什麼好，她從來無意去波士頓跟理查會合，只是假裝要這麼做，免得在他大張旗鼓出發之前讓他心碎。

我感覺到有隻手放在我肩膀上。我確定那是醜陋男子的手；那隻手屬於普魯登絲，讓我很驚訝——很釋懷。「我從浴池裡出來了。」她悄聲說道。

莎拉跟理查在說話；我問普魯登絲想喝什麼，她舉起一瓶啤酒。「在那方面我都準備好了。你知道他們在客房裡看電影嗎？」

「知道。」我說。我跟著普魯登絲走到走廊上。她在她潮溼的泳衣外面套了一件洋裝——不知怎麼地，她腰部與胸部周圍用潮溼、緊貼布料構成的帶子，讓她似乎比先前看起來更赤裸。我晚點會再跟莎拉接上話頭，在理查出去跟他的某個無聊朋友閒聊時逮住她。

普魯登絲跟我進了房間——《天外來客》還在播放——鮑伊揭露他的外星人身分沒有？

凱特與卡蜜拉都在沙發上，而讓我滿意的是，凱特惡毒地看了普魯登絲一眼，然後要我過去她旁邊的位置。第一個進客房的普魯登絲，占了那個位置。她的屁股雖然小，沙發上還是沒剩下空位了。她看出這一點以後，她滑下沙發，坐到地板上，然後給我凱特已經提供的那個空位。不管我跟莎拉的對話結果如何，我知道我不會獨自離開這個派對；我甚至考慮過，普魯登絲與凱特的青眼相加，會證明對爭取莎拉的注意很有用。

凱特撫摸著我的頭髮；普魯登絲則摸著我的腿。房間裡其他男人的視線忍不住從電視上移開，先去看那些女人，然後看我，巴不得自己處於我的位置。

就在電影結束以前——一個哀傷、蒼白的場景——我在那些撫摸下變得很放鬆——醜陋的男人，來自山頂的男人，路過了客房。我捕捉到他的一瞥，這時他剛好走出視線範圍外。除了普魯登絲，客房裡的人都離開了：男人們，卡蜜拉跟凱特。在我能對此多想以前，普魯登絲坐在我旁邊的沙發上，手放在我的大腿內側，嘴朝我的臉飄移過來。我知道那種臉，帶著睡意飄移過來，一個喝醉的女人打算親吻我。我讓她吻我。我們接吻。她的舌頭在我嘴裡猛然進出著。她打開的手緊貼著我的勃起。我的手放在蓋住她右邊胸脯的潮溼布料上，我的手放在她背部凹陷處的潮溼布料上。

我打斷了我們的親吻。我說：「我們再多拿點喝的。」雖然她給我一個暴躁的眼神，我卻知道她會照我的要求做，而我心想——有片刻這麼想——這個女人實際上知道我在做什麼，她理解，如果我沒中斷，她自己也會很快中止那個親吻。在那一刻我偏愛普魯登絲勝過莎拉。那一刻瞬息即逝。

醜陋男人本來在講話——看來是在對整個派對的人發言。在普魯登絲跟我踏進客廳的時候，他像先前做過的那樣揮揮他的手，然後人群就像先前那樣散去。每個人都離開了房間，只剩下一個人，先前跟普魯登絲待在熱水浴池裡的其中一個男人——我注視著她看他跟那個醜陋男子說話，然後普魯登絲說道：「我就知道他是同性戀。」起初我不確定她指的是誰——我不認為那個醜陋男子是同性戀——然後我悟出她指的是誰。

「那個男人是誰？」我問道。

「我不知道。我整晚都待在外面。」

「妳沒有看到他從山頂下來嗎？」

「從山頂？上面那裡什麼都沒有。我要去拿另一杯酒。」她離開了我。我點起一支菸，然後到外面的露台去。理查跟莎拉在外面，雖然理查在跟他的一個朋友講話，莎拉就只是站在旁邊，看起來很無聊。她看到我的時候表情一亮。我給她一根菸。

「我們何不去外面一會。」莎拉說。

我們離開了被隔絕的露台。我們聽到人聲，從熱水浴池的方向傳來。我們往外走進黑暗的院子裡，朝著樹林去。

「那傢伙在講什麼？」我問道。

「哪個傢伙？」

「那個醜兮兮的傢伙。齙牙的傢伙。」

莎拉擺出一臉困惑的表情。她抽她的菸時，她的臉被照亮了。我心想，她有最完美的臉蛋。在她的眉毛之間，就在她鼻梁上方，有塊圓環狀的皮膚非常細緻，而且比她臉上其他的地方更晶瑩潔白。我想要把我的指尖放到那一點上。我這麼做了。她把臉皺起來，然後格格笑出聲來，把我的手指掃開。

「所以那個按鈕的用途就是這樣啊，」我說。「所以，」我說道：「妳還沒講完妳先前要說的話。」

她沒有回答我，卻用手一指，而在我看到她指出的東西時，我忘了我本來在問什麼。來自山頂的男人走過了草坪——跟我們自己的路線呈平行線，也許在二十呎外——旁邊是剛才在客廳裡聽他說話的那個傢伙。他們朝著樹林邊緣走，有個女人——頭髮染壞的那個女人——躺在那邊的地上。

「那裡發生了什麼事？」莎拉問道。

我說：「我確定我們不想知道。」

「你覺得她還好嗎？」

「在我看來她還好，」我說，雖然從我們站的地方看，我根本不可能有辦法真正下判斷。「我們應該讓他們去，」我說，但我問道：「無論如何，那傢伙是誰啊？我看到他從山頂下來。」

「哪個傢伙？」莎拉問。

「禿頭的傢伙。」就在我這麼說的時候，他走出視線範圍外，他已經踏進幾乎讓他隱形的陰影裡。所以我說沒關係，別管了。

在露台上，我們喝完我們的飲料。莎拉拿了另一支菸。她環顧四周——露台上有其他賓客，但沒有一個對我們來說超過點頭之交。理查已經進屋了。莎拉說：「我沒有要對你施加任何壓力，大衛，不過我不會去波士頓。」

莎拉這麼說的時候，似乎比她這一整晚的表現都像她自己，而我很高興，我就知道，知道如果我想的話，她就會為我離開理查，而我確實想，我沒有料錯。

陽台走廊上的所有人聲似乎音量加大了——有一聲尖叫——我認定是來自屋裡的——但

沒有人注意。

幾小時後，我站在理查的房子前面，設法搞清楚為什麼車道上有十二輛車，我的不算在內。大約一小時前，派對開始陷入死亡狀態；人一個個溜走。當我站在理查屋子前面抽菸，啜飲著一杯便宜的威士忌時，我醒悟到我先前沒聽到任何一輛車離去的聲音。就算大家共乘車子、找了指定駕駛，車道上的車子還是太多了。

我的念頭無法形成任何有意義的連貫說法。我在醉意與睡意的迷霧之中——沒有昏沉到不能帶著莎拉快點離開，卻遲鈍到讓我的思路都很短。

我瞪著山巔一會。就我所能看見的，沒有一棟房子比理查家更高。如果來自山頂的男人住在那裡，他一定是從山巔的另一側走來的，而在我看來那是長到不行的一段路。

我咳嗽了，接著連續咳個不停，同時感覺到一隻手放在我背上。

「普魯登絲？」仍然彎著腰，我設法擠出話來。

「不，不是普魯登絲。」

那聲音是我那天晚上一次都沒聽過的，但我知道是誰的聲音。

「呼吸新鮮空氣？」來自山頂的男人問道。

我看到他臉上有個笑容；他在嘲笑我。

「菸？」我問道：「威士忌？」我舉起我的酒跟我的菸。

他舉起一隻手——他的手指很長，他的指甲也很長。

「你不喝酒。」我說。

他只是咧嘴露出他愚蠢醜陋的露齒笑容，一排歪曲變形的牙齒。他變形的嘴巴沒有阻礙到他說話，還真是個奇蹟——的確，他的聲音是我聽過最安撫人心的。「所以你是誰？」我問道。

他說：「我是個受邀的客人。」然後我記起我那天晚上稍早聽到的話。

我說：「我看到你從山頂走下來。上面那裡有房子嗎？」

他望著山頂，用他的腦袋追蹤著它朝上的隆起，直到他找到最頂端，然後說道：「不，那裡沒有房子。」

我想也許他住在一個帳篷或拖車住家裡，只是拿我尋開心，讓我就這樣問出我的問題。正常狀況下，當我認為有人在做這種事，某個可愛女孩自以為害羞靦腆，或者某個機靈男孩企圖讓人印象深刻，我就會走開，連個「去你的」都不講，而這樣做就消了他們的氣焰，然後他們就會乞求我的注意。正常狀況下，我就是這麼做。但我說道：「但你住在山頂嗎？在帳篷裡？在拖車裡？在活動房屋裡？」我給那個來自山頂的男人我能想到的所有選擇，因為我急切地想聽他的答案。出於某種理由：我急切地想知道。

他說：「我住在山頂。」

我不知道他說「在山頂」是什麼意思，但我露出微笑——我感覺到那蠢笨的微笑在我臉上展開——我微笑又點頭，就好像「在山頂」完全合理。

我問道：「所以你在後院裡幹什麼？」

他給我一個直接的答案。一個恐怖的答案。而有一會兒，我可以清楚看見他原本的樣子；突然之間我能看到他了，看到他的衣服——從褲腳摺邊到襯衫領口——全都浸潤在血汙之中。血從他的襯衫袖口滴落，血在他腳邊形成血泊，血在他禿掉的頭頂，而他的嘴巴周圍全都是血。他嘴巴周圍的血是最恐怖的，抹得到處髒兮兮的，像是手指畫。在我變得歇斯底里以前，我就再也看不到那血跡了。他看起來很醜陋，但他的衣服是乾淨的。他的褲子摺邊在微風中掀動。他亮白色的襯衫袖口剛好捲到手肘上方。

我納悶地想，如果他可以做到這樣，他為什麼沒讓我把他看成相貌英俊。我想他知道我的念頭，因為他說：「個人魅力。你知道我是什麼意思。」

我笑出聲來。他走回屋裡。我站著搖頭，享受了一會這個很棒的笑話。有一陣噁心感傳遍我全身，我吐了出來——全都是口水跟威士忌——然後我的腦袋清醒了。我衝進屋裡——為了莎拉，我心想，莎拉在哪裡？客房空了。沒有人在吧台。理查坐在鋼琴椅上，就在來自山頂的男人旁邊，他們在合奏「心與靈」（Heart and Soul）。來自山頂的男人彈著和弦，理查用一根手指叮叮咚咚按出簡單的曲調，笑得像個白痴一樣。

我碰上在外面露台上的普魯登絲。她喝醉了，但當她看見我的時候，我知道她還有自制力：在前門她跟我擦身而過的那一刻起，我就知道大胸脯跟挑逗性的女孩嗓音全都是裝模作樣，讓普魯登絲得其所欲的漂亮粉飾。我早知道在那方面她就像我，也因此欣賞她。所以我沒有為了莎拉就忽略她，反而停下來告訴她我們全都麻煩大了。

「我發現了幾分，」她說著，用她的拇指往回指向後院。她的冷靜是錯的，那天晚上所有錯誤的一部分。她說：「我正要離開。不過我的車被堵住了。我試著要找到某個人——」

「所以去外面找我的車——它是銀色的，是車道上最後一輛車。去外面找我的車，然後等我。我要去接莎拉。」

她說：「莎拉？去他的莎拉。你要莎拉做什麼？」我感覺到她的控制力很有限，或者正在降低，所以她聽了我的話，開始朝著車道走。照我說的做，好過遵從來自山頂的男人對她的要求。我搜尋近乎全空的房間，最後終於去了後院，我知道每個人一定都在那裡。

我設法不要太過理解我看到的景象。既然那裡沒有月光，沒有星星，無論如何我無法分辨出確切的細節。不過院子裡排列著屍體。許多人被脫光了衣服，全都仰躺在地上。屍體像沙袋似地堆著，沿著樹林邊緣形成一道牆。它們整整齊齊堆著，但有幾具散落在外——我看到麥可的屍體，距離我站的地方不到五呎。

然後我看到莎拉，站在那裡，暈忽忽地遊蕩。我開始察覺到「心與靈」停止了。我可以聽到莎拉的腳從草地中掃過。

我無法開口說話——沒有這個衝動。我奔向莎拉，手臂環抱住她，然後引導她朝著屋子側面走，遠離打開來的露台門，遠離理查，他搖搖晃晃地走進院子裡，唱著「心與靈」。他墜入愛河，他唱道，「瘋狂地」。

普魯登絲不在車道上，而我心想好吧，如果他得到了她，這樣會為我跟莎拉爭取到一點時間，我會活下來，莎拉也會。我推著莎拉沿著車道走，還拖著她。我開了車門，把莎拉塞進乘客座，然後發動車子，倒車迴轉。在車頭燈下，車子仍然面對錯誤的方向，面向屋子——這時我看到普魯登絲，她仰躺著。她的身體一定剛好在視線範圍外，就在前防撞桿下面。她抽搐了一下。我忍不住盯著她的胸部：一片噴霧似的雀斑消失在她的乳溝中。

山路上有一大堆凹洞，我沒辦法開快車，要是加速不可能不冒著弄斷車輪軸的危險。

我們很接近了。非常接近山腳，這時我聽見行李廂內部發出的撞擊聲。我踩了油門，而我可以感覺到一個沉重的重物移動了位置。莎拉冷靜地往前瞪著，就好像我們在一日遊似的。又出現碰的一聲，行李廂猛然打開。我從後車窗裡看不到任何東西——只看到銀色的行李廂蓋。我開著車，猛轉彎繞過大圓石，在坑洞內外彈跳，每次車子前端碾進泥土裡就咒罵，直到最後，很不可思議地，來自山頂的男人隔著擋風玻璃瞪著我為止。他四肢並用地抓著引擎蓋，他的手臂跟腿大張著，臉距離玻璃只有幾吋。他沒有在隱藏自己：他袒露出牙齒，他滿身血汙，血液滴落在玻璃上，鼻孔也冒出血泡。

突然之間，我感覺相當平靜。我把車子平緩地停下來。莎拉跟我走出車外。

來自山頂的男人再度藏起自己。他的雙腿優雅地一縮，跳下引擎蓋。在他走向莎拉的時候，我聽到石頭在他鞋子底下吱嘎作響。他一邊把手放在她的右肩上，一邊注視著我。而她完全放鬆了——我不確定是什麼讓她不至於癱倒。他抓住她的頭髮一扯，迫使她的頭倒向一側。她對我眨眨眼睛，就好像她就要得到她等了一整天的美妙享受。

我有做任何事阻止他嗎？沒有。他的眼睛鎖住了我的。而我有的任何生存欲望，任何讓莎拉活下來的心願，就這麼溜掉了——從我的思緒中被吸走了。我伸手到我胸前的口袋裡，慢慢地拿出我的菸盒，拿出一支菸，貼著盒子把它壓實，點燃它然後抽了起來。我站著，抽著菸，注視著他用那愚蠢的齙牙從莎拉喉嚨上戳掉一塊肉，然後張開他的嘴，去接從她動脈噴出的血液噴泉。我注視著他，他注視著我，而他飲血時在獰笑著嗎？喔，他當然是了，而我對他回以微笑，微笑並抽著我的菸，抽得很兇，以致濾嘴都燒起來了，然後我才終於丟掉我的菸，把它踩熄。

在注視著我自己的腳扭轉著把一根菸屁股踏熄在泥土路上以後，我抬頭看，他們已經不見了。他跟莎拉不見了。我抬頭瞪著山頂。站了至少一小時。終於，我被釋放了。我顫抖著滑進駕駛座，然後開下山進入響尾蛇谷，這時藍色的光爬過了天空。

我聽了三天廣播。我讓指針放在電台之間的某個地方。有時候這家電台的訊號會比較強，有時候是另一家。我聽新聞，我聽一個牧師講聖經、管風琴音樂、聖歌——在兩家電台訊號都變差的時候，我聽一個比較昏沉朦朧的廣播：兩個人聲，不和諧的音樂，沼澤似的靜電噪音。最近這幾天我的三餐都點外送。油膩的蠟紙自動捲曲起來；吃了一半的三明治，沒氣了的汽水，保麗龍杯。我在一張皮質扶手椅上度過整天。我睡在那裡——我常常醒來，為了確定我所有的窗戶都鎖好了，門閂也拴上了——然而在外送小弟來過以後，我從沒有大意，每次我關門送走外送人員以後，我鎖門，靠在門上重複檢查那些鎖。我咬著我手指周圍的皮膚，並且抽菸——我在我臥房裡找到一包不新鮮的菸；不是我的牌子，是別人的菸，某個我帶來這裡的女人留下了她的菸。我試著想出我本來可以制止事情發生的種種方式，但沒有一件事是我可能做到的。有些小事我能有不同的做法——不等那麼久才帶莎拉離開（不打發普魯登絲自己過去）。然而，就算這些小小的舉動，在我看來似乎也不在可能範圍內——我本來就不可能做出不同於我當時的舉動。我自己的人格，我自己的欲望，在我心中呈現出醜惡如怪物的形狀。

在第三天，我記起了我給莎拉的書——那本薄薄的短篇小說集。那本書的影像從我腦袋裡迸出，完全不請自來。而那個影像一出現，我就擺脫不掉——儘管我試過了。就好像書的影像直接在我腦袋裡播送一樣。那本書肯定還在理查家的房子裡。我可以想像到它在每個房間裡的樣子：在吧台上，就在一個乾淨的空瓶旁邊；在客房的沙發上，其他等等。那本書，然後是它周圍的空房間。我的思緒不斷地回到那本書上。作為物體的那本書。作為象徵的那本書。作為文學的那本書——那些短篇小說如何跟那一晚的事件扯上關係？有時候，就在睡眠要征服我的時候，那本書裡的短篇故事會看似明顯有預言性質——我既然讀過那本書，怎麼能夠不知道理查的派對裡會發生什麼事呢？

我離開我的公寓去取回那本書。我大腦裡的一小部分對我尖叫著不要去，指出去靠近理查家的任何地方都是瘋狂之舉。我開車上山，手指敲著方向盤，咬著一根沒點燃的香菸頭，然後從不得擅闖的標示下面開向理查家。我會拿到那本書，然後離開。我會擁有那本書。太陽明亮地高掛，進入理查家、拿到書然後帶著書離開，把它放在駕駛座，或者也許放在我腿上，根本沒什麼。一旦我拿到那本書，我就能夠回歸我理性的生活。

普魯登絲的屍體不在車道上。我記起了來自山頂的男人築起的屍體牆。

我很高興那裡還有派對留下的一片狼藉——酒瓶、滿是菸屁股的菸灰缸、移位的物體、剩下的食物汁液等等。如果來自山頂的男人花時間清理了房子——那樣可能就會把我搞瘋——如果房子看起來就像我趁理查不在來拜訪莎拉時那樣，我就會大受困擾。這裡有過一場派對。來自山頂的男人來過。

我碰到那本書的那一刻，我就知道我根本不是為此而來，而且我不是出自個人意志來到此地。

山頂是一個被太陽環繞著的黑色尖錐。我朝著山頂攀登。我穿著暗色的衣服，汗流得厲害——如果有人站在理查家前門口，他們會有任何辦法看到我嗎？就在接近替這座山加冕的大圓石前，我發現了那個裂隙，我知道那是來自山頂的男人的家。「我住在山頂。」他說過。

我在裂隙邊緣坐下來。一個缺角的、敞開的新月，就好像月亮的一塊碎片那樣，把它的印記烙進山的側面。在我靠過去的時候，我感覺到一股潮溼的勁風，就像呼吸；它散發出阿摩尼亞與泥土的臭味。我會一直抽我的菸到抽完為止，而到時候不會剩下多少光線了。我不想在這裡，但我發現了，離開是不可能的。

在巴黎，在克羅諾斯口中

約翰．蘭根

I

「你知道他們一罐可樂賣多少錢嗎？」

「多少錢？」瓦絲奎茲說。

「五歐元。妳相信嗎？」

瓦絲奎茲聳聳肩。她知道這種姿態會惹惱布坎南，他幾乎是以一種病態的愉悅在抱怨巴黎的一切，從戴高樂機場出發的火車沒有空調，抱怨到他們窄小的旅館房間，但說到底，他們還是有個支出報銷帳戶，而不論帳戶規模多有限，她很肯定五歐元的可樂還不至於造成透支。她想像不了專業人士會傻坐著煩惱他們花在汽水上的開銷。

在她左側，寬闊的布爾多奈大道驚人地安靜；在她右邊，餐廳的內部是多種語言造成的一片嘈雜：主要是英語，再加上德語、西班牙語、義大利語，甚至還有一點法語混在其中。在她前方跟後方，人行道的其他桌子被幾乎等量的讀報老人跟墨鏡年輕情侶占據。傍晚的陽光像是一片濺出的白漆，洗遍她的周遭環境，讓一切都變亮了幾個色階，把大道對面的低矮建築物化約成朦朧的長方形物體。在他們吃完點心以後，她就必須回到他們走過來這裡時經過的其中一間紀念品商店，去買一副墨鏡。布坎南可以抱怨的另一筆開銷。

「M'sieu? Madame?（先生？女士？）」他們的服務生，令人訝異地是個中年人，已經回來了。「Vous êtes（你們是）——」

「你講英文。」布坎南說。

「這當然了，」服務生說：「你們準備好點餐了？」

「我要點起司漢堡，」布坎南說：「三分熟。還要一杯可樂。」他皺著眉頭補充。

「很好，」服務生說：「那麼女士呢？」

「Je voudrais un crêpe de chocolat,（我要一份巧克力可麗餅，）」瓦絲奎茲說：「et un café au lait.（還有一杯咖啡歐蕾。）」

服務生的表情沒有改變。「Très bien, Madame. Merçi.（很好，女士，多謝。）」他這麼說的同時，瓦絲奎茲把他們的菜單遞給他。

「起司漢堡？」服務生一走回餐廳裡面，她就這麼說。

「怎麼？」布坎南說。

「沒事。」

「我喜歡起司漢堡。那有什麼不對？」

「沒什麼。這樣很好。」

「就只因為我不想吃某種法國食物——喔，un crêpe, s'il vous-plait.（一份可麗餅，勞駕。）」

「這一切，」瓦絲奎茲對著他們的周遭點點頭。「你都沒注意到，不是嗎？」

「我們不是為了『這一切』來到這裡的，」布坎南說：「我們是為了白先生到這裡的。」

瓦絲奎茲禁不住瑟縮了一下。「你為什麼不再講大聲一點？我不確定咖啡廳裡的每個人都聽得到。」

「妳以為他們知道我們在講什麼嗎？」

「那不是重點。」

「喔？那重點是？」

「行動完整性。」

「哇。妳是從《神鬼認證》系列電影裡學來這個詞的嗎？」

「一個人偶然聽到某種他們不喜歡的事情，就打開他們的手機打給警察——」

「而這一切都是天大的誤會啊，警官，我們在講的是電影啦，哈哈。」

「——然後我們為了糊弄他們而損失的時間，徹底搞砸了普羅曼的時間表。」

「別再擔心了。」布坎南說，但瓦絲奎茲很愉快地看到，惹毛普羅曼的前景讓他臉色發白。

有一會兒，瓦絲奎茲往後靠著椅子，閉上雙眼，陽光把她的眼皮內側照亮成猩紅色。我在這裡，她心想，這城市的存在讓她頭骨底部有一股壓力，跟她在阿富汗的巴格拉姆街頭巡邏時感覺到的不能說不像，但沒那麼令人不快。布坎南說：「所以妳以前來過這裡。」

「什麼？」明亮的光線淹沒她的視野，把布坎南簡化成一道戴著棒球帽的黑色剪影。

「妳parlez the français（講法文）相當流利。我想妳一定在這裡花了些時間——怎麼？上大學嗎？某種交換學生計畫？」

「不是。」瓦絲奎茲說。

「『不是』，那是什麼？」

「我從沒來過巴黎。天殺的，在我入伍以前，我離家最遠的一次是在高中畢業旅行去了華盛頓。」

「妳在唬我。」

「才不。別弄錯我的意思：我想看看巴黎，倫敦——什麼都想看。可是錢啊——沒有錢。我最接近這一切的時刻，是在安托斯卡女士的法文四班級裡。這是我參軍的理由之一：我猜到我會看遍世界，由軍方付錢。」

「妳覺得結果如何?」

「我們現在在這裡,不是嗎?」

「不是因為軍方。」

「不,就是因為軍方。好吧,」她說:「因為他們,還有間諜。」

「妳還是認為白——喔,抱歉!——那個人是CIA?」

瓦絲奎茲皺起眉頭,放低了音量。「誰知道啊?我甚至不確定他是我們自己的人。那個口音……他有可能是替英國人或澳洲人工作的。他也可能是俄羅斯人,回來這裡算幾筆舊帳。不管他是從哪學到他的發音,這傢伙都不是正規軍人出身。」

「如果他拿的是靜水公司的薪水就有趣了。」

「很瘋狂,」瓦絲奎茲說。「你呢?」

「我怎樣?」

「我假定這是你第一次到巴黎。」

「妳就是在這裡搞錯了。」

「現在是你在唬我了。」

「怎麼,就因為我點了起司漢堡跟可樂嗎?」

「連同其他事情算在內,對。」

「我的高中畢業旅行,是到巴黎與阿姆斯特丹一星期。大學時代,在我大二那年的尾巴,我父母帶我到法國來度假一個月。」看到她自知必然會出現在她臉上的表情,布坎南補充道:「這是為了破壞我當時的一段戀情。」

「不是這個問題。我是在嘗試處理你有上過大學這個想法。」

「哇，有沒有人跟妳講過妳超級搞笑的？」

「這有效嗎——你爸媽的計畫？」

布坎南搖搖頭。「我回到美國的第一秒，我就把她肚子搞大了。我們在夏天結束前結婚了。」

「多麼浪漫啊。」

「嘿。」布坎南聳聳肩。

「那為什麼你入伍了，要供養你的新家庭嗎？」

「多多少少。海蒂的爸爸擁有好幾家麥當勞；在我們婚後的前六個月，我試著幫忙管理其中一間。」

「以你的人際關係技巧，那想必是天作之合吧。」

布坎南正待反脣相譏，卻被他們再度現身的服務生打斷了，他滿手都是他們的飲料跟食物。隨著一句「女士」跟「先生」，他把他們的餐盤放到他們面前，然後在分發他們的飲料時，他說道：「一切都還好嗎？Ça va?（還行嗎？）」

「Oui（是），」瓦絲奎茲說。「C'est bon. Merçi.（很好，多謝。）」

以最小幅度鞠躬後，服務生讓他們去享用食物。

在布坎南摸弄著他的起司漢堡時，瓦絲奎茲說：「我不覺得我先前有發現你已婚。」

「曾經已婚，」布坎南說：「她一開始就很不高興我被派出去，而在出大事以後……」他咬了一口漢堡。含著滿嘴的麵包跟肉，他說道：「軍法審判正是她需要的藉口。承受不了這種羞恥，她這麼說。嫁給折磨死一個無辜男子的衛兵之一造成的羞辱。對我們的兒子來說，我算哪種人生模範啊？」

「我試過——我試過告訴她，事情不是那樣的。不是那樣——妳知道我在講什麼。」

瓦絲奎茲仔細看著她摺得整整齊齊的可麗餅。「是啊。」對於所謂的**精細工作**，白先生偏愛使用燧石刀進行。

「如果那就是她想要的，好，去她的。不過她讓我沒辦法見我兒子。她決定我們要拆夥的那一秒，她爸爸就準備好雇用律師的錢。我在某個糞坑裡接到一通電話——就在軍事審判中途——然後他告訴我，海蒂正在訴請離婚——毫不意外——而他們要讓我輕鬆一點：免贍養費，免扶養費，什麼都不用。唯一的問題是，我必須把我對山姆的所有權利都讓渡出去。如果我不簽，他們做足了準備要上法庭，而我在法官面前有多大的機會呢？我有什麼選擇？」

瓦絲奎茲嚐了口她的咖啡。她看到她母親，替她打開前門，卻沒辦法與她四目相望。

「那個可憐蟲死掉就夠糟了——他叫什麼名字？如果妳認為我至少知道一件事……」

「馬布．阿里，」瓦絲奎茲說。**妳是哪種人？**她父親吼道。**哪種人會參與這種事？**

「馬布．阿里，」布坎南說：「發生在他身上的事就夠糟了；我真希望我也知道我們其他人會發生什麼事。」

他們在靜默中吃完他們剩下的餐點。在服務生回來問他們要不要甜點的時候，他們拒絕了。

II

瓦絲奎茲編了一張穿越大道走路到艾菲爾鐵塔的理由清單，理由從**這是個開放而人多的**

空間：在這裡重新檢討計畫細節比較好，到我就是想在我死前看一次他媽的艾菲爾鐵塔，行嗎？都在內。不過布坎南沒爭辯就接受了她的提議；他也沒抱怨她在半路上花了十五歐元買一副墨鏡。她有需要問了才知道，他回到了他們稱為「密室」的那間水泥房間，其中的空氣充滿了恐懼與尿的臭味嗎？

至於她自己，她盡全力不要去想「就叫我比爾」帶她去的監獄地下二樓房間。這件事發生的時間，可能是在她知道確實是CIA的高胖男子，開始一醒著就跟白先生共處的一週之後。瓦絲奎茲曾經跟著比爾走下澆注混凝土樓梯，從地下室與分散關在各自囚房中的高價值俘虜構成的迷宮中（更別提「密室」了，那個地方的確切位置，她當時一直無法確定），那道樓梯導向地下二樓，在那裡他打開了他帶著的大型黃色手電筒。手電筒的光芒遍照在磚牆上，還照到一片廢物集錦（有些是蘇聯時代的飛機零件，有些是修理這些零件的工具，有些是更近期的東西：成堆的廁紙、一箱箱塑膠餐具、一對醫院用的輪床）。他們一路穿過那個地方，到了一個低矮的出入口，通往一個刻出來的石階，石階彎曲的表面，證實了有好幾代人腳踏過。「就叫我比爾」全程一直講個不停，他在上課，詳述這監獄的歷史，從它是修理中心，修繕在這裡飛進飛出的蘇聯航空器的時期講起；到最後某些KGB官員認定這棟建築物是收容囚犯的完美場所，後來每個擁有此地的人都維持了這個用途變更。瓦絲奎茲努力掙扎著要注意聽，尤其是在他們走下最後一組階梯的時候，空氣變得溫暖潮溼，她兩側的岩石都溼溼的。**以前啊**，那個CIA幹員在說：**喔，以前。妳知道有一支亞歷山大大帝軍隊的分隊在這裡止步嗎？回去了一個人。**

階梯盡頭是一個寬敞的環形區域。天花板扁平而低，四壁就只是隱約存在的幽暗之處。「就叫我比爾」的手電筒在地板上漫遊，照亮了一個符號，刻在他們腳下的石頭上：

一個粗糙的圓，直徑相當於人孔蓋，在大約八點鐘位置有破口。它的圓周是髒汙的黑色，它的內側是一片地圖似的暗棕色汙斑。**握住這個**，他說著，把手電筒交給她，這件事占用了她兩三秒，他用這段時間從他那件野營背心的其中一個口袋裡，拿出一個塑膠袋。在瓦絲奎茲把燈光指向他的時候，他把袋子裡的內容倒在他右手裡，用他的左手扯著那個塑膠袋，把它從那暗紅色團狀物上面抽走。血肉正要腐敗的臭味讓她退後了。**穩住，專家**。袋子裡的內容物隨著一記沉重溼潤的啪嗒聲，落在那個有破口的圓圈內側。瓦絲奎茲盡全力不去看得太過仔細。

一種聲音，裸露的肉拖過石頭的刮擦聲，從後方傳來，然後到了她的左方，讓瓦絲奎茲轉過身去，手電筒伸出去要照瞎人，她的隨身武器拿了出來，跟著光線路徑指過去。這一部分彎曲的牆壁敞開成一個黑色拱形，就像是一個巨大喉嚨的頂端。有一陣子，那空間被一個巨大、蒼白的形影給填滿。瓦絲奎茲有個混亂的印象是，有雙大得像輪胎的手抓住了拱形的兩側，還有個圓石般的頭，它的嘴在一團雜亂的鬍鬚之間張開來，它的眼睛巨大而痴呆。它朝著她爬行過去；她不知道該瞄準哪裡——

然後白先生就站在拱門下，穿著不知為何總是看似有髒汙的白色亞麻西裝，雖然西裝上的任何地方，都沒有任何可見的變色之處。直戳他臉的手電筒光束沒讓他眨眼；瓦絲奎茲指著他的槍，他看來也沒斷定那有多值得擔心。瓦絲奎茲嘟囔著道歉，立刻放低了槍跟手電筒。白先生不理會她，慢慢穿過這個圓形房間到達階梯底部，這樓梯他倒是爬得很快。「就叫我比爾」匆匆跟上，他那張平淡的臉上有種表情，瓦絲奎茲當成是興味盎然。她殿後，在她到達階梯最底部時，用手電筒掃過地板。破損的圓圈空了，只有在光線下發亮的一抹紅色汙跡。

瓦絲奎茲一度懷疑，她暫時起了幻覺。跟白先生有關的事情，已經迅速超越「就叫我比爾」曾經示範給他們看的狀況，而不管他的方法多有效，瓦絲奎茲很害怕她——很害怕他們所有人終於做得太過火了，過渡到一個真正惡劣的領域裡了。再加上一種溫和的幽閉恐懼症，這種毛病導致她用夢魘填滿了那黑暗的空間。不管解釋有多合理，在她心中取代過白先生的形狀讓她深感困擾。要是她看到惡魔踩著他的山羊蹄走上前來，一隻紅色的手用他的乾草叉來維持平衡，都會比那個巨大形體來得合理。這就好像她的潛意識正在告訴她更多關於白先生的事情，多到超過她的理解。在那趟旅程之前，瓦絲奎茲在那個男人旁邊從來不自在：他看來似乎從沒開口講話，反而像是已經說過話了，以至於妳會知道他說過什麼，雖然妳不記得聽到他這麼說。在那之後，她對他更是敬而遠之。

在前方，艾菲爾鐵塔掃進了天空中。瓦絲奎茲已經從遠處看到了它，在她跟布坎南從下榻旅館到塞納河的沿途中，在不同的地點看到，不過她被它吸引得越近，它看起來就越不真實。就好像非常扎實的橫梁與縱梁交織在一起的堅固性，就是它們很虛假的證據似的。**我正看著艾菲爾鐵塔**，她告訴自己。**我實實在在看著那該死的艾菲爾鐵塔**。

「妳在這裡了，」布坎南說：「開心嗎？」

「差不多。」

鐵塔下面的大廣場充滿了遊客，從聲音來判斷，他們大多數是成群結隊的美國人跟義大利人。緊張的男人穿著沒塞下襬蓋過牛仔褲的襯衫，在不同團體之間飛快掠過——瓦絲奎茲領悟到，街頭的每個小販身上都揹著一條尺寸過大的環狀物，上面掛著鐵塔的金屬複製品。有一對憲兵，他們的手垂落在高掛在他們胸前的機關槍上，讓他們的眼睛在人群中漫遊，同時他們一直在交談。在鐵塔的兩條腿前方，都有等待機會要上去的成排人龍，他們自動對折再對折，有巨大的風扇在他們上方噴下水霧。瓦絲奎茲挽著布坎南的手臂，引導著他們朝著最近的風扇走。他揚起眉毛，朝著她歪了一下他的頭。

「利用環境噪音。」她說。

「隨便。」

一旦他們離風扇的螺旋槳嗡嗡聲夠近了，瓦絲奎茲就靠向布坎南。「配合這個。」她說。

「妳是老大。」布坎南往上凝視，一個男人在辯論他是否想往上爬**那麼**高。

「我一直在想，」瓦絲奎茲說：「普羅曼的計畫爛斃了。」

「喔？」他指向鐵塔的第一層，在頭上三百呎處。

瓦絲奎茲點點頭，說道：「我們接近白先生，而他就會同意跟我們一起去搭電梯。」

布坎南放下他的手。「呃，我們確實有我們的……說服高手。妳覺得這樣如何？這樣講夠隱密嗎？或者我應該就說『槍』？」

瓦絲奎茲露出微笑，就好像布坎南說了句很可愛的評語。「你真的認為一對點二二會讓白先生印象深刻嗎？」

「子彈就是子彈，」布坎南回應了她的微笑：「我們的計畫不就是不必用到槍嗎？我們仰仗的不就是他還記得我們嗎？」

「這可不是說我們是超級好朋友。如果是我辦這件事，而我想要那傢伙，我還有管道運用靜水的資源，我就不會把我的時間浪費在兩個被定罪的罪犯身上。我會組織一個團隊去抓他。除此之外，出兩萬塊只為了在某人的旅館房間外面堵到他，跟他聊個幾句，接著護送他到一台電梯去：你就告訴我啊，這聽起來沒有好到不像真的。」

「妳知道那些大公司怎麼運作的：他們全都在到處亂花錢。妳的問題就是妳仍然用軍人的方式思考。」

「就算是，為什麼把錢花在我們身上？」

「也許普羅曼對一切感到很抱歉。也許這是他補償我們的方式。」

「普羅曼？你認真的嗎？」

布坎南搖搖頭。「這沒那麼複雜。」

瓦絲奎茲閉上了她的眼睛。「就配合我一下。」她把頭靠在布坎南胸前。

「我們是障眼法。我們讓白先生分心的時候，普羅曼有別的打算。」

「那我一直在做的是什麼？」

「像是？」

「也許白先生房間裡有某樣東西；也許我們是要拖著他，同時普羅曼要取回那樣東西。」

「妳知道，普羅曼有更簡單的方式可以偷某樣東西。」

「也許我們是要把白先生牽制在某處，好讓普羅曼派人伏擊他。」

「這也一樣，有更簡單的方式可以做到那件事，而且跟我們一點關係都沒有。妳敲敲那傢伙的門，他開門，砰。」

「要是我們應該被困在交叉火網裡呢？」

「妳把我們一路帶到這裡，就只為了宰掉我們？」

「你不是說大公司喜歡花錢？」

「但為什麼一開始要把我們帶出來？」

瓦絲奎茲抬起頭，睜開她的眼睛。「有多少認識白先生的人現在還在活動？」

「『就叫我比爾』——」

「是你這麼想。他是CIA。我們不知道他發生什麼事。」

「好。有妳，有我，有普羅曼——」

「繼續說。」

布坎南頓了一下，瓦絲奎茲知道，他在回溯在「密室」裡協助白先生工作的另外三名警衛的命運。早在關於馬布．阿里之死的新聞爆出來之前，拉瓦爾就坐在他的行軍床邊緣，把他的槍塞到嘴裡，然後扣了扳機。然後，在事情開始變大條以後，麥斯威爾在巡邏時被一個只拿他當目標的叛軍戳了脖子。最後，在等待軍法審判的拘留室裡，魯伊茲利用他的獄卒一時疏於注意，脫掉他的褲子，扭成一條繩索，然後把自己吊在他囚房行軍床的上鋪。看守他的警衛及時割斷繩索救了他的命，但魯伊茲腦部缺氧的時間夠長，足以讓他陷入植物人狀態。在布坎南開口時，他說：「巧合。」

「或者陰謀。」

「天殺的。」布坎南從瓦絲奎茲那裡抽身，朝著從鐵塔後面延伸出去的長方形公園走去，用的是競走的速度。他的腿夠長，讓她必須小跑步才能跟上他。布坎南並沒有放慢他的腳步，繼續一直線朝公園中心走，從困惑的野餐客中間穿過去。「耶穌基督啊，」瓦絲奎茲喊道：「你可以慢一點嗎？」

他不願意。無視於來車，布坎南領著她穿越兩條跨越公園的馬路。喇叭刺耳地響起，輪胎發出尖叫，車子在他們周遭轉向。瓦斯奎茲心想，**照這個速度，普羅曼的動機就要變得不重要了。**一等到他們再度安全抵達草地，她就加快速度，直到跟他比肩為止，然後把手舉高到布坎南右手臂下方離腋窩不遠處，盡她所能用力捏下去。

「喔！可惡！」布坎南把手臂往上一拉扯開，同時停下腳步。他揉著自己的皮膚，說道：「這是搞什麼鬼啊，瓦絲奎茲？」

「你在搞什麼鬼？」

「走路啊。這看起來像什麼？」

「像逃跑。」

「去妳的。」

「去你的，你這個膽小如鼠的娘娘腔。」

布坎南眼中噴出怒火。

「我在設法搞清楚這個屎缺，好讓我們可以活下去。你這麼在乎要看到你兒子，也許你會想要幫我。」

「妳為什麼在做這種事？」布坎南說。「妳幹嘛搞亂我的想法？為什麼妳想把這件事搞砸？」

「我是——」

「沒有需要搞清楚的事情。我們有份工作要做；我們做這個工作；我們拿到我們的剩餘酬勞。我們把工作做好，靜水就有可能把我們納入他們旗下。這件事發生以後——我在賺那種錢的時候——我就替自己雇用一個跟鬥牛犬一樣兇的律師，然後放他去咬爛海蒂。妳想要住在天殺的巴黎，妳就可以每天早上吃可頌當早餐。」

「你誠心相信這個啊。」

「對，我信。」

瓦絲奎茲接住了他凝望的視線，但她在唬誰？她可以用一隻手指數出來她贏過的瞪人大戰次數。她的手臂、雙腿、一切，突然間感覺上沉重到不可思議。她注視著她的手錶。「來吧，」她說著，開始朝著布爾多奈大道的方向走。「我們可以搭計程車。」

III

普羅曼堅持他們在踏出戴高樂機場以前，就跟他在機場的咖啡店碰面。在那十分鐘裡，普羅曼詢問他們班機的細節，並且指導他們怎麼搭高速近郊國鐵轉地鐵，再到最接近他們旅館的那一站，而在最後他交給瓦絲奎茲某家餐廳的名片，他當時說，他們三個人會在當地時間下午三點再集合，複習當天晚上的計畫。瓦絲奎茲很放心地看到普羅曼坐在咖啡店外面的一張桌子前。儘管有一萬塊在她的活存戶頭裡生利息，用聯邦快遞送到她公寓的機票，然後是在雷斯奈旅館住四個晚上的收據，她還是無法擺脫這個意識：這一切沒有一樣表裡一致，這是一個精緻笑話的布置，而這則笑話的畫龍點睛之筆，會由她來付出代價。普羅曼結實的形體，穿著剪裁線條宣告他的薪水等級往上升的黑色西裝，肯定了他那天下午在安德森農場把她找出來時告訴她的一切，全都是真的。

或者說，真實到足以讓過去兩週在她耳畔耳語得越來越大聲的疑慮，暫時安靜下來：本來她懷疑到用左手拿著打開的手機、右手拿著有普羅曼電話號碼的一張紙，準備打電話給他說她要退出，他可以把他的錢拿回去，她一毛都沒花。在從機場到地鐵站又長又熱的車程裡，布坎南抱怨普羅曼不讓他們離開他的視線，把他們當成天殺的小鬼看待，這時瓦絲奎茲找到一個馬上可以說出口的解釋。**可能這是他第一次負責這種行動**，她那時說道。**他想要確定他每個步驟都做到完美無缺了。**布坎南嗤之以鼻，但這是真的：普羅曼執著於細節；這是他在監獄裡負責他們那個小組的理由之一。直到大難臨頭無可收拾為止，那種細膩關注似乎在預告著他會在指揮鏈上穩定爬升。然而在他的軍法審判上，他對於精準打擊囚犯神經叢的狂熱，他確切放好手臂束具、好讓囚犯被人抓著鐐銬從地板上吊起時不至於肩膀脫臼，他迅速弄到「就叫我比爾」要求的種種外科與牙科工具，這一切都被視為負債而非資產，而在他們這個團體裡，他是唯一一個在李文渥斯監獄關了好一段時間的人，關了十個月。

儘管如此，瓦絲奎茲要求的華瑟手槍，還是在普羅曼承諾會在的地方等著她，包在一個防水袋裡，外面還多夾了一個夾子，穩妥地放在她旅館房間馬桶的水槽裡。一次徹底的檢查，讓她確定那把槍還有其中的彈藥都就緒了。如果普羅曼要設圈套害她，會想要給她武裝嗎？她在目標範圍內的射擊熟練度是人盡皆知的，而雖然她在退伍後就沒碰過任何一把槍，她對自己的能力卻毫無懷疑。把槍塞到她的牛仔褲後方，用她的襯衫蓋著，這把槍很容易拿來用。

當然，這是假定普羅曼今天晚上甚至還會出現在那裡。但警戒心只是一種形式。普羅曼就是普羅曼，他不可能不在白先生的旅館裡。他有任何需要這麼做嗎——去一趟西維吉尼亞州，追蹤她到安德森農場，把她從那偏遠的穀倉裡找出來，她還在那裡用高壓水龍把豬屎沖進壕溝裡？本來用一封電子郵件、一通電話就夠了。然而這樣的方法，會讓普羅曼有太多事情無法直接控制，而既然他看起來能夠用他的水桶在她所知最深的現金水井裡打水，他就決定要找到瓦絲奎茲，並且直接跟她說話。（他對布坎南也是這麼做的，她在飛過來的班機上得知這一點，他追蹤布坎南到芝加哥郊區，他在那裡的哈蒂漢堡當值班經理。）如果這個男人這麼不辭辛勞說服他們接下這個工作，如果他在戴高樂機場跟他們會面，而且甚至到了現在，他們的計程車跨過塞納河、朝著香榭麗舍大道去的時候也在等著他們，他有任何可能性不在隨後現身嗎？

當然，他不會孤單的。普羅曼會有天知道多少個靜水公司雇員的再保證，這也就是說，有傭兵（毫無疑問，有大量武裝與防禦）作他的後盾。瓦絲奎茲跟這家公司的員工沒什麼交集；他們通常待在接近喀布爾中心的地方，他們看守的高價值目標都擠在那裡。伊拉克：那裡是靜水公司軍靴足印最深的地方；根據瓦絲奎茲聽說的，那些前士兵馳騁著加固過的林肯領航員車穿越巴格達，賺的錢不只是他們在軍隊時的大約五倍，他們遵守的交戰守則還沒那麼扎實——這是客氣的說法。雖然巴黎是她願意去的最東邊地點，她還是得承認，在巴格達賺那種錢的前景，如果不是很吸引人，至少也可說是沒那麼不吸引人。

可是爸對這個會說什麼呢？無論他的視力是不是在惡化——他的視野中心被黃斑部病變消耗掉了——她父親對於新聞卻沒失去分毫熱情，他在鑽研當天的《紐約時報》跟《華盛頓郵報》時，用一個立式放大鏡來輔助他，坐在他最喜歡的椅子上聽WVPN電台的《綜觀一切》節目，甚至大膽上網連到BBC，用的是她下部隊前替他調整過螢幕的電腦。她父親不會錯過靜水公司在伊拉克涉入多次事件的報告，那些事件與其說是交火，不如說是單方火力壓制，更別提現在正在進行的國會調查，針對的是卡崔娜與麗塔颶風後，他們在紐奧良某些區域的維安行動，還有去年夏天在紐約上州的一起事件，他們的一位雇員去做了一趟露營之旅，結果他的三名同伴死了兩個，「當時情況可疑」堪稱最佳描述。她可以聽到他的話，帶著隨年齡增長變得越來越重的口音：**我就是為了這個在格里馬迪集中營受苦嗎？好讓我女兒可以加入死亡篷車隊？**[22]在她回家後的第一個晚上，他問過她同樣的問題。

22. 格里馬迪集中營（Villa Grimaldi）是智利前總統皮諾契特統治時期，由智利秘密警察設立的拷問折磨集中營；死亡篷車隊（Caravana de la Muerte）則是一九七三年智利政變後，智利陸軍在皮諾契特授意下成立的處決小隊。

不過還是一樣，這並不是說他對她的看法還有可能更往下滑。她心想，**如果我注定遭天譴，我不如乾脆為此收費**。

說歸說，她並不急於證實她的最終目的地，這就讓她回到普羅曼跟他的計畫問題上。妳會預期點二二貼著腰窩的壓力會很讓人安心，但對她來說反而只強調了她的無力感，就好像普羅曼實在太有自信跟安全感，所以可以容許她擁有她想要的任何武器。

計程車轉上香榭麗舍大道。在前方，凱旋門蹲踞在遠處。另一個要從清單上劃掉的紀念性建築。

IV

普羅曼交給她的名片上的餐廳，坐落在到凱旋門半路上的其中一條岔路上；瓦絲奎茲跟布坎南在街角下了他們的計程車，然後走了一百碼，到了一個兩側夾著一人高灰泥中國龍的門口。布坎南從穿著黑西裝的店主跟他的歡迎姿態旁邊擠過去；瓦絲奎茲面帶微笑，囁嚅道：「Padonnez, nous avons un rendez-vous içi.（抱歉，我們在這裡跟人有約。）」然後追著他進入幽暗的室內。爬上一段短短的階梯，布坎南大步穿過一個閃耀著某種蒼白光芒的地板——瓦絲奎茲看到了玻璃，厚厚的方塊懸浮在閃爍發光的海藍色上面。一尾跟她前臂一樣粗的鯉魚，從她腳下猛衝出去，而她領悟到她站在一個巨大而淺的魚缸上方，棕色、白色與橘色的鯉魚彼此競速橫越魚缸底部，推擠著偶爾出現、速度慢些的烏龜。除了一個例外，由玻璃支撐著的桌子都是空的。瓦絲奎茲心想，現在吃午餐太晚了，吃晚餐又太早。也可能這裡的食物沒那麼好吃。

普羅曼背向另一頭的牆壁，坐在她正前方的一張桌子前。布坎南已經彎下腰要坐到他對面的椅子上了。**愚蠢**，瓦絲奎茲對著他沒有防備的寬廣背部想著。她的靴子在玻璃上喀喀作響。她繞過桌子，坐在普羅曼旁邊，他已經換掉他在戴高樂機場迎接他們時穿的黑色西裝，換成一件棕色夾克，套在奶油色襯衫與便褲外面。他的服裝捕捉到從他們腳下過濾上來的光，並且加以保留，就像某種朦朧的光澤。一個裝滿了餃子的金屬碗，被擺在他面前的桌墊正中央；在碗的右邊，一片檸檬漂浮在一杯清澈液體頂端。她在普羅曼旁邊坐定時，他揚起眉毛，但他沒有評論她的選擇；他反而說道：「你們來了。」

瓦絲奎茲的「是」，被布坎南的話壓過去：「我們是來了，而且有些事情我們需要先弄清楚。」

瓦絲奎茲瞪著他。普羅曼說：「喔？」

「沒錯，」布坎南說：「我們一直在思考，你這個計畫兜不攏。」

「真的啊。」普羅曼的聲調沒有改變。

「真的。」布坎南點點頭。

「你介不介意向我解釋，到底這計畫哪裡兜不攏？」

「你期待瓦絲奎茲跟我相信你花這麼一大筆錢，好讓我們兩個可以跟白先生對話五分鐘？」

瓦絲奎茲身體一縮。

「事情比那樣還要再多一點點。」

「我們應該要說服他跟我們走二十呎路，到一台電梯去。」

「實際上，是七十四呎三吋。」

「隨便。」布坎南瞄了一眼瓦絲奎茲。她撇開視線。她望向她右邊，水竊笑著流下一連串的小岩石平台，穿過地板上的一個開口，流進魚缸。

「不，不是『隨便』，布坎南。七十四呎，三吋，」普羅曼說：「這就是為什麼你每天面對的最大責任，就是在蜂鳴器叫你把油炸籃從熱油裡舉起來的時候就照辦。你不注意小事情。」

店主站在布坎南手肘邊，他的雙手緊箝著兩份長形的菜單。普羅曼對他點點頭，然後他就把菜單交給瓦絲奎茲跟布坎南。朝著他們彎下腰，店主說道：「在你們決定點什麼菜以前，我可以先替你們上飲料嗎？」

布坎南眼睛盯著菜單，說道：「水。」

「Moi aussi（我也是），」瓦絲奎茲說：「Merci.（謝謝。）」

「很好的口音，」普羅曼在店主離開後說道。

「多謝。」

「我想我不知道妳會講法文。」

瓦絲奎茲聳聳肩。「以前沒需要，對吧？」

「還會別的嗎？」普羅曼說：「西班牙語？」

「我聽懂的比我會說的來得多。」

「妳父母是來自──哪裡啊，再說一次？」

「智利，」瓦絲奎茲說。「我爸從那來。我媽是美國人，不過她父母是來自阿根廷。」

「知道這點很有用。」

「在靜水雇用她的時候。」布坎南說。

「對，」普羅曼回答。「公司在好幾個地方有進行中的計畫，在那些地方能講流利法語跟西班牙語，會是一項優勢。」

「像是在哪？」

「一次一件事，」普羅曼說：「首先讓我們過完今晚，然後你們就可以擔心你們的下一趟任務了。」

「而那會是什麼，」布坎南說：「另外兩萬塊，陪某人走到電梯前面嗎？」

「我懷疑還會是這麼普通的事情嗎，」普羅曼說。「我也懷疑會只付兩萬塊這麼少。」

「聽著，」瓦絲奎茲開始說話，但店主已經帶著他們的水回來了。他一把他們的水杯放在桌上，他就從他夾克口袋裡抽出一本便條紙跟一支筆，然後記下布坎南點的脆皮鴨跟瓦絲奎茲點的蒸餃。在他收走菜單離開後，普羅曼轉向瓦絲奎茲說道：「妳剛剛要說話？」

「只是——布坎南試圖要說的是，這是很多錢，你知道嗎？如果你給我們……我不知道，就說是一人五百塊吧，到這裡來扮演護衛，這樣仍然是很多錢，但不會——我的意思是，**兩萬塊**，再加上機票錢、旅館費、支出帳戶。比起你要我們做的事情，這樣似乎太多了。你可以理解這點嗎？」

普羅曼搖頭說是。「我可以。我可以理解，為這種長度的服務給出這種錢，看起來可能有多奇怪，但是……」他把他的飲料拿起來送到嘴邊。在他放低手臂的時候，水杯已經半空了。「白先生是……說他高價值，還不足以涵蓋萬分之一。這傢伙的資歷——他資歷很深了。說到資訊的泉源：這傢伙忘記的事情，就足以造就出十幾個職業生涯了。他記得的事情，會給任何能讓他分享資訊的人永久的戰略優勢。」

「沒這種事，」布坎南說：「無論這傢伙說他知道多少——」

「有的，有的，」普羅曼像個交通警察似地舉起手。「相信我。他有高價值。」
「但那些間諜難道不會——『就叫我比爾』對這個有什麼話要說？」瓦絲奎茲說道。
「比爾死了。」
在同一時間，布坎南說：「啊？」瓦絲奎茲則是：「什麼？怎麼會？」
「我不知道。在我的老闆們批准我這麼做的時候，比爾是我想到的第一個人。我不確定他還待在中情局，所以我做了些查詢工作。我找不出太多事——天殺的間諜口風很緊——不過我能夠認定比爾是死了。聽起來可能是在阿富汗赫曼德省的直升機墜機事件，不過這是個猜測。這是回答妳的問題，瓦絲奎茲，比爾沒有很多話要說。」
「該死。」布坎南說。
「好吧，」瓦絲奎茲吐出一口氣。「好。他是唯一一個認識白先生的人嗎？」
「我覺得很難相信他是唯一一個，」普羅曼說：「不過到目前為止，沒有人咬我留下的任何餌。我很驚訝：我會承認這點。不過這就讓我們的工作更簡單得多，所以我不是在抱怨。」
「好吧，」瓦絲奎茲說：「可是錢——」
普羅曼的眼睛亮起來，身體往前靠。「讓我抓到白先生，我本來會付你們兩個十倍的錢。這個行動就是這麼重要。不管我們現在要付掉多少錢，跟我們會從這傢伙身上得到的東西相比，根本不算什麼。」
「現在你告訴我們了。」布坎南說。
普羅曼露出微笑，放鬆往後靠。「唔，在你能夠控制開銷的時候，數錢的部門確實會很感激，」他轉向瓦絲奎茲。「怎麼樣？妳的顧慮得到說明了嗎？」

「嘿，」布坎南說：「我才是問問題的人。」

「拜託，」普羅曼說：「我負責管理你，記得嗎？不管你的美德是什麼，布坎南，原創性思考都不在其中。」

「那白先生呢？」瓦絲奎茲說。「假定他不想跟你走？」

「我沒想像過他會想跟我走，」普羅曼說。「一旦他在我們的監管下，我也不期待他超級有興趣協助我們。那沒關係。」普羅曼拿起他盤子旁邊的一支筷子，在他手中轉動著，然後把它戳進餃子裡。他把餃子舉向他的嘴巴；一時之間，瓦絲奎茲腦中出現一個巨人的牙齒在一個人頭上咬合的畫面。在咀嚼時，普羅曼說道：「說真的，我希望那個狗娘養的覺得特別固執。因為他，我失去我人生中一切的好東西。因為那混蛋，我蹲了苦窯——他媽的**苦窯**。」普羅曼吞了下去，又戳向另一個餃子。「在我這麼說的時候，請相信我：白先生跟我將會有很多優質相處時光。」

在他們下方，半打本來懶洋洋漂浮著的鯉魚四散開來。

V

布坎南贊成找到白先生的旅館，然後進駐到旅館大廳裡。「什麼？」瓦絲奎茲說：「躲在幾張報紙後面嗎？」白先生在巴黎希爾頓歌劇院酒店有間小套房，而他們的計程車走在原本應該是通往該地的最短路徑上，困在車陣裡，車裡充滿了廢氣的臭味，他們周遭都是汽車低沉的隆隆噪音。

「是啊，當然了，那樣會很有效。」

「天啊——我才是那個電影看太多的人嗎？」

「怎麼？」布坎南說。

「第一，以這種速度，我們到那裡以前至少就六點鐘了。有多少人晚上坐在那裡看當天的報紙？新聞的整體重點，就在於它是新的。」

「也許我們在度假啊。」

「這不重要。我們還是會很顯眼。還有第二點，就算大廳裡充滿了拿著報紙擋在臉前面的旅客好了，普羅曼的計畫在十一點以前還不會開始。你告訴我，沒有人會注意到同樣兩個人坐在那裡，做同樣的事情，一坐就是五個小時？從我們所知的一切看來，白先生會在他出去跟回來的時候看到我們。」

「再說一次，瓦絲奎茲，妳想太多了。一般人不會看到他們沒預期會看到的東西。白先生沒有期待在他的豪華旅館大廳看到我們，所以，他不會注意到我們在那裡。」

「你開玩笑嗎？那不是『一般人』。那是白先生。」

「妳冷靜點。他吃喝拉撒還睡覺，就跟妳我一樣。」

有那麼短短的瞬間，布坎南肩膀上的窗戶充滿了瓦絲奎茲曾經在牢房底下的洞窟裡瞥見（幻視到）的巨大臉孔。這不是第一次了，那五官的粗糙感讓她吃驚，就好像一個雕刻家匆促地在一塊已經成形的岩石上，敲出人臉的近似物來暗示臉的存在。

布坎南把她的沉默當成進一步的異議，嘆了口氣說道：「好吧。告訴妳這個：一間又大又時髦的旅館，周圍一定會有各種商店，對吧？只要我們不走太遠，我們就會買點東西。」

「好吧，」瓦絲奎茲說。在布坎南往後靠向他的座椅時，她說：「所以說，普羅曼的答案你滿意了？」

「喔，不，別再提這個了……」

「我只是問個問題。」

「不，妳在問的叫做引導式問題，意思就是，引導我去想普羅曼其實什麼都沒跟我們說，而且我們現在知道的事情，根本就沒有比我們開會前更多。」

「你從那會議裡有得知什麼嗎？」

布坎南點點頭。「我當然有。我得知普羅曼想到白先生就硬了，挺得像妳他媽的艾菲爾鐵塔一樣大，而我從中演繹出來，任何幫助他滿足個人欲望的人都會得到巨大的利益。」在計程車蹣跚前進的時候，布坎南說道：「我錯了嗎？」

「沒有，」瓦絲奎茲說。「事情是——」

「怎樣？現在事情是怎樣？」

「我不知道。」她眺望著車窗外，看著他們旁邊跟著往前爬的車子。

「哇，真有幫助啊。」

「算了。」

就這麼一次，布坎南選擇不繼續爭論下去。在他們右邊的車子後面，瓦絲奎茲注視著男男女女步行經過地面層商店的櫥窗，科技產品店鋪、服飾店、一家書店，還有一間她看不出是什麼用途的辦公室。在公寓的鍛鐵陽台上，上方的公寓窗戶顯露出傍晚的天空，它的藍色變得更深，就好像被這一天太陽的烘烤給烤硬了。**因為他，我失去我人生中一切的好東西。因為那混蛋，我蹲了苦窯——他媽的苦窯。**普羅曼的宣言在她耳中響起。他臉上的激情證實了他的說詞、還有他們的任務目的的真實性，在這個範圍內，他簡短的獨白應該很讓人安心。然而，然而……

在他把他的拳頭捶進一名囚犯的太陽神經叢時，普羅曼因為前一小時的審問而扭曲發紅的五官，會變得放鬆。效果很令人震驚，就好像一層濃重的化妝從他皮膚上融化。從他臉上後續的靜止狀態裡，瓦絲奎茲起初讀到了普羅曼真實的情緒，他對於他準備施加的痛楚有種臨床性的疏離，疏離的基礎在於他徹底蔑視站在他面前的那名男子。在他的拳頭把那男人打倒在水泥地板上之後的那一秒，他的嘴巴會隨著他對囚犯尖叫著**起來！他媽的站起來！**而拉長，而在他的拳頭與靴子集中攻擊囚犯的背部、卵蛋、喉嚨的時候，他的嘴巴跟眼睛會繼續表達那種暴力，此外還有其他時候，無可預測的時候，他踢完囚犯的腎臟然後拖著腳步走開時，普羅曼的臉會滑入那種沒表情的狀態，而瓦絲奎茲會認為她看透了那男人真正的模樣。

然後，在普羅曼讓瓦絲奎茲加入他命名的「白分隊」計畫之後的那週，她發現自己坐著看完史蒂芬．席格電影兩部聯映——這不是她度過三小時的第一選擇，甚至連第十名都排不上，但這勝過躺在她的床鋪上思考，**為什麼妳這麼震驚？妳知道普羅曼有能力做出什麼事——每個人都知道**。在《火線戰將》演了一小時後，從席格登場的第一場戲就一直困擾著她的含糊感受，變得清晰可辨了：那名演員面對戲劇中每個起伏變化時的那種空白表情，就是瓦絲奎茲從普羅曼臉上捕捉到的同一種，而她理解到這種表情的原型在這裡。在那部電影剩下的時間裡，還有下一部片（《制裁者》）的全程裡，瓦絲奎茲以某種驚恐的著迷之情瞪著過小的螢幕，無法決定到底哪個比較糟：在一個情緒狀態暗示他有反社會人格的男人手下服役，還是在私人電影裡扮演主角的男人手下服役。

在那之後過了多少天，「就叫我比爾」才來的？不超過兩天，她對此有夠合理的把握。他來了，他告訴「白分隊」，因為他們對特別**倔強**的囚犯所做的努力並沒有被漠視，而他的上司判斷，讓他跟他們分享他對強化訊問技巧的知識，會對他有好處——而且毫無疑問，他們也有些事情可以教他。普羅曼的背挺得筆直，他的臉燦然生光，他吠出他對於雙方合作的熱切之情。

在那之後，大家學到會導致囚犯最高程度不適的束具，會讓他（或者偶爾是她）暴露於最大程度的傷害下。一開始是把囚犯從地上舉起卻不讓他肩膀脫臼，接著是讓他肩膀脫臼。水刑，對，加上所有日常物體的用途重新發明，從指甲剉到鉗子再到牙線。每個案例都不一樣。當然妳不能相信囚犯被移交給你時說的任何事，不能相信他們對個人清白的抗辯。但就算在妳看似瓦解他們以後，妳還是無法確定他們沒在進行一個更加細緻的欺騙計畫，裝得好像妳已經成功了，以便保留真正寶貴的資訊。基於這個理由，有必要維持審訊還在進行的狀態，繼續重訪那些發誓已經對你知無不言、言無不盡的囚犯。**這些人並不像你我，**「就叫我比爾」說過，肯定了在瓦絲奎茲步行巡邏時，經過包裹在白色或石板色罩袍裡的女人、戴著帕庫帽表達他們對聖戰者忠誠的男人時，曾經纏著她不放的那種印象。**這些人不是講理的民族。你無法跟他們坐下來談，比爾繼續說，跟他們達成一種理解。他們寧願讓一架飛機飛去撞充滿無辜男女的建築物裡。他們寧願把炸彈綁在他們的女兒身上，然後派她去給你一個擁抱。他們把手放到核子武器上，然後以前是曼哈頓的地方就會有個蕈狀雲。他們理解的只有痛苦。足夠的苦難，他們的舌頭就鬆了。**

瓦絲奎茲無法確定白先生加入他們團體的確切時刻。在他用肩膀從拉瓦爾跟麥斯威爾中間擠出一條路來的時候，他抬起左手制止普羅曼讓囚犯往後倒，制止「就叫我比爾」倒水在男人被罩住的臉上，而她心想，見鬼了這是誰？然後同樣迅速地想到，喔——白先生。他一定跟他們在一起一段時間了，才能讓普羅曼把囚犯拉直，讓比爾放下水桶往後退。他右手的燧石刀——刀鋒邊緣如此細緻，讓你可以感覺到它壓在你裸露的皮膚上——是預料之外的。

接下來發生的事也在預料之外。

是白先生提議他們把他們的行動轉移到「密室」去，「就叫我比爾」很樂於擁抱這個建言。普羅曼起初態度含糊。白先生的……就這麼說吧，他在他們的審問中採取了更積極的做法，導致他跟比爾花越來越多時間相處。魯伊茲曾經問過那個CIA男子，他跟那個西裝看起來很髒，卻從沒被刀子與雙手滑落的任何血滴沾到的男人在幹什麼。**教育**，「就叫我比爾」這麼回答。**我們的朋友在教我各式各樣的事情**。

他同樣在指導他們其他人，雖然是用比較間接的方式。瓦絲奎茲已經知道她父親在格里馬迪集中營的故事，他在她十五歲前都保留沒說；在她生日後那天晚上的講述過程裡，她起初難以置信，然後大為驚恐，接著是替他感到義憤填膺，這跟她在「密室」的職責沒什麼關係。她父親本來是個無辜的人，一個詩人，老天爺啊，他被皮諾契特的死亡篷車隊抓到，因為他們參與了一個迫害自己同胞的計畫。她協助審問的這些男人（偶爾也有女人）自己是恐怖分子，跟那些在她父親手臂、胸膛、背部、大腿上留疤，在他心靈留下夢魘，讓他數十年後還在夢中尖叫逃亡的軍官，是性靈上的親戚。他們不像你我，而那種差別授權並合法化了要讓他們開口所需的任何做法。

等到馬布．阿里被拖進「密室」裡的時候，瓦絲奎茲也學到其他事情了。她學到有可能把痛楚集中在身體的單一部位，達到讓囚犯開始痛恨自己身上那個部位的地步，因為極端的痛楚就聚焦在那裡。她學到了最好緩慢又講求方法地工作——如宗教般地嚴謹，她是這麼想的，雖然這可不是她曾接觸過的任何宗教。這是一種信仰，根植於白先生教導她、教導他們所有人的最基本真理，也就是肉身渴望刀子，渴求著將會打開它、把它從對傷害的顫抖期待中解放出來的割痕。身為「分隊」的資淺成員，她還沒有進展到獲准直接在囚犯身上工作，但這不重要。當她跟布坎南割走一位囚犯的衣服，暴露出裸露的皮膚時，她在那裡看到的，是一種脆弱性、一種易受傷害的性質，其中濃厚的鹹味充滿了她的嘴，肯定了白先生的所有課程，一樣都沒漏。

她也不是他的最佳學生。最佳學生是普羅曼，他們之中唯一的一個，讓白先生願意託付他的燧石刀。對於「就叫我比爾」，白先生保持一種資深同事的態度；對於他們其他人，他表現得好像他們是假人，只是占個位置。然而對於普羅曼，白先生是導師，是一門在其他方面已死的藝術最後的一位實踐者，把他的知識傳授給他選擇的繼承者。這滿可以是某部史蒂芬．席格電影的情節。而且沒有好萊塢明星可以用比普羅曼更高的熱忱，來扮演急切的學徒。馬布．阿里的官方死因，是照料不當的傷口引起的敗血症，然而這個男人身上失蹤的部位，是由普羅曼用穩健的手握著白先生的石刀刀鋒，從他身上分離的。

VI

就算交通打結，計程車停靠在巴黎希爾頓歌劇院酒店三組晶亮木門前的時候，還多出將近五小時的時間。瓦絲奎茲跟司機結帳的同時，布坎南踏出計程車，穿越人行道，大步走上三個台階，然後穿過中央的大門。這行動夠讓她分心，以致她忘記要收據了；等到她想起來的時候，計程車已經接了一個中年婦女三人組，她們手臂上擠滿了購物袋，而且車子開走了。她考慮過要追上去，然後決定她可以吸收這十歐元。她轉向旅館，看到中央大門又打開一次，布坎南站在門中間，旁邊有個剃了光頭的年輕男子，這人穿著海軍長褲跟奶油色上衣，左上方閃現著一個名牌。年輕男子在旅館前面指著對街，然後來回揮舞著他的手，同時全程都在跟布坎南說話，布坎南則專注地點頭。在年輕男子放下他的手臂時，布坎南拍拍他的背，謝過了他，然後下樓梯走向瓦絲奎茲。

她說：「那是在幹嘛？」

「購物啊，」布坎南說：「來吧。」

接下來十五分鐘，包括他們走了一條瓦絲奎茲不確定自己能夠回溯的路，穿過移動緩慢的如雲遊客，這些人停下來瞻仰某棟建築物或一座公共雕塑；旁邊是匆促移動的男男女女，他們忽略同樣的景物，這一點跟他們時尚的髮型，還有他們對著手機講出的機關槍法語一樣，點出了他們是本地人；經過了高檔精品店，還有同樣高檔的公寓有大門的出入口。布坎南走的路徑帶著他們兩人到了一棟在街角的大建築物，它長長的櫥窗展示著泰迪熊、模型飛機、玩具屋。瓦絲奎茲說：「一間玩具店？」

「不只是『一間』玩具店，」布坎南說：「這是**必逛**玩具店。裡面應該是什麼都有。」

「為了你兒子。」

「廢話。」

在裡面，一群疲憊的大人跟興奮過度的兒童在店鋪的走道間來回走動，經過一堆瓦絲奎茲認得出的各式玩具——德國摩比人、一群群軍隊車輛、典型的填充玩具動物集錦——還有她以前從沒看過的其他玩具——她發現是埃及神祇的動物頭人偶、她不認識的圓臉卡通人物複製品、安置在一座紙箱山周圍的一盒十二個小雕像。當她在細看這組雕像，盒子靠在她髖部時，布坎南漫步到她這裡。「酷，」他一邊說，一邊彎腰靠近。「這是什麼，希臘諸神之類的嗎？」

瓦斯奎茲忍住沒有對他的知識寬廣度說出諷刺性的評論；她反而說：「是啊。那是宙斯跟他的人馬在山頂上。我不確定在爬山的那些傢伙是誰……」

「泰坦，」布坎南說：「他們是諸神之前出現的怪物，代表種種原始力量。宙斯打敗了他們，把他們囚禁在陰間。我以前知道他們全部人的名字；我還是孩子的時候，我真的很迷神話跟傳說、英雄、所有那些鬼話。」他研究著擺在山腰上的那些玩具。它們比山頂的那些人偶更大些，肌肉過度發達，一個有多出來的一對手臂，另一個有蛇的腦袋，第三個有單單一隻怒視的眼睛。布坎南搖搖頭。「現在我記不起他們任何一個的名字了。除了這傢伙。」他指向靠近山頂的一個小雕像。「我相當確定他是克羅諾斯。」

「克羅諾斯？」這個人偶形狀跟人差不多，雖說它的手臂、它的腿有點太長了，它的手跟腳都過大。一輪日冕似的灰髮圍繞著它的腦袋，然後往下延伸成鋸齒狀的鬍子。這玩具的嘴巴被雕刻成大張著嘴，它的眼睛圓而痴呆。瓦絲奎茲聞到了腐肉氣味，感覺到那紙盒從她的掌握中滑落。

「喔喔。」布坎南抓住了盒子，把它擺回架子上。

「抱歉。」瓦絲奎茲說。**白先生不理會她，慢慢穿過這個圓形房間到達階梯底部，這樓梯他倒是爬得很快。**

「無論如何，我不認為這符合山姆的成長速度。來吧。」布坎南說著，沿著走道前進。當他們停在一堆遙控車前面的時候，瓦絲奎茲說：「所以誰是克羅諾斯？」她的聲音很平穩。

「什麼？」布坎南說：「喔——克羅諾斯？他是宙斯的父親。吃掉他所有的小孩，因為他聽說他們之中有一個會取代他。」

「天哪。」

「是啊。不知怎麼地，宙斯避免變成晚餐，還推翻了他老子。」

「他有沒有——宙斯有沒有殺了他？」

「我不認為有。我相當確定克羅諾斯到頭來跟其他的泰坦一起待在地下。」

「地下？我以為你剛才說他們在陰間。」

「都一樣啦，」布坎南說。「那些人認為陰間就在那裡，地下深處的某個地方。妳能透過洞窟到達那裡。」

「喔。」

到最後，布坎南決定要一個木製大城堡，附有一群武士，有些騎馬，有些步行，還有公主三人組、一隻獨角獸跟一隻龍。整個玩具組花掉兩百六十歐元，瓦絲奎茲覺得標價過高到突破天際，但布坎南沒嘟囔抗議就付錢了——她理解到禮物的奢侈鋪張就是重點。布坎南拒絕出納員把盒子包裝成禮物的提議，而他們離開店鋪時，他就把盒子夾在手臂底下。

一走到人行道上，瓦絲奎茲就說：「我不是要找碴，但你打算拿那個怎麼辦？」

布坎南聳聳肩。「我會想到辦法。也許前台會保管它。」

瓦絲奎茲什麼都沒說。雖然天空仍然藍得耀眼，光線已經開始撤出建築物之間的空間，被一種幾乎是顆粒狀的黑暗取代了。空氣溫暖而濃稠。他們在街角停步的時候，瓦絲奎茲說：「你知道嗎，我們從沒向普羅曼問起拉瓦爾或者麥斯威爾。」

「是啊，所以咧？」

「只是——我真希望我們有問。他對於其他一切都有個答案。我不會介意聽他解釋那一點。」

「沒什麼好解釋的。」布坎南說。

「我們是還活著的最後一批——」

「普羅曼活著。白先生也是。」

「隨便啦——你知道我的意思。天哪，就連『就叫我比爾』都死了。那到底他媽的怎麼回事？」

在他們前方，車流停止了。紅綠燈上的綠色男子亮了起來。

他們加入過街的人潮裡。「那是一場戰爭，瓦絲奎茲，」布坎南說：「人會在戰爭裡死去。」

「你真正相信的就是這個嗎？」

「是。」

「那先前在鐵塔，你抓狂了是怎麼回事？」

「就只是那樣，我抓狂了。」

「好，」一會以後瓦絲奎茲說：「好吧。也許比爾的死是個意外；也許麥斯威爾也是意外。拉瓦爾呢？魯伊茲呢？你說得出口嗎，兩個出自同一分隊的男人都企圖掛掉自己是很正常的？」

「我不知道，」布坎南搖搖頭。「妳知道軍方對於心理健康照護不怎麼重視。而且我們面對現實吧，在『密室』裡發生的事情相當狗屁倒灶。如果拉瓦爾跟魯伊茲受不了，不算太意外，對吧？」

瓦絲奎茲等走到另一個街區才問道：「『密室』，你是怎麼應付過去的？」布坎南在那之後又多走一個街區才回答：「我不去想這個。」

「你不去想？」

「我不是說我們在那裡做的事情從沒化成念頭從我腦中閃過，但一般來說，我專注於此時此地。」

「那麼在那種念頭確實從你腦中閃過的時候呢？」

「我告訴自己，那是個有不同規則的不同場所。妳知道我在說什麼。妳必須當時在場才知道；如果妳不在，那他媽的閉嘴吧。也許我們做過的事逾越了界線，但那要由我們來下定論，而不是某個分不清自己屁眼跟地洞差別的軍官專門小組來決定，而且該死的，絕對不是由某個除了看過天殺的《前進高棉》以外，從來沒靠近過戰爭的記者來決定。」布坎南眼中怒火熊熊。「妳聽到我說的了？」

「是啊。」她有多少次把同樣的論證，或者夠相近的話用在她父親身上？他仍然不服。**所以只有罪犯適合審判罪行？**他這麼說過。**這是多麼新穎的正義之道啊**。她說：「但你知道我痛恨什麼嗎？不是人人用古怪的表情看我——喔，是她——甚至不是在超級市場奔向我，跟我說我有多可恥的那少數人。這就像你說的，他們不在那裡，所以去他們的。打垮我的是那些走向你，然後告訴你說，『幹得好，妳這樣對付那些死阿拉伯佬正對。』而那些窮酸白人在別的狀況下，根本不想跟我這樣的人扯上關係。」

「就連窮酸白人有時候可能都是對的。」布坎南說。

VII

白先生的房間在六樓，在一個往左急轉彎處後面的短走廊盡頭。通往小套房的門看起來很不顯眼，不過很難確定，因為走廊兩邊牆上的燭台裡面的燈泡都熄滅了。瓦絲奎茲找著電燈開關，而在她找不到的時候，她說道：「要不是它們爆掉了，就是開關在他房間裡。」

布坎南沒有成功說服前台的女人幫他看著他兒子的禮物，他正忙著把那禮物安置到電梯門右邊的其中一張椅子下面。

「你聽到我說的話了？」瓦絲奎茲問道。

「有啊。」

「所以咧？」

「所以什麼？」

「我不喜歡這樣。我們的可見度爛斃了。他打開門，光線在他後面，照在我們臉上。他打開走廊的燈，我們就瞎了。」

「就瞎個大概一秒。」

「那樣白先生要做什麼都綽綽有餘了。」

「妳要不要聽聽看妳自己在說什麼啊？」

「你看過他能用那把刀做到什麼。」

「好吧，」布坎南說：「妳提議我們怎麼處理這個？」

瓦絲奎茲頓了一下。「你敲門。我會站在後面幾呎，我的槍放在我口袋裡。如果出問題了，我就會在能解決他的位置。」

「為什麼我必須去敲門？」

「因為他比較喜歡你。」

「狗屁。」

「他真的是這樣。他當我好像不存在似的。」

「白先生對每個人都是那樣。」

「對你不是。」

布坎南舉起雙手，說道：「好啦。那傢伙這麼讓妳發毛，可能最好由我來跟他說話。」他看了一眼他的錶。「動手前五分鐘。或者我應該說，『倒數五分鐘，計時開始』之類的話？」

「跟你共事會讓我懷念的所有事情裡，你的幽默感會是名單上的第一名。」

「還沒看到普羅曼出現的跡象。」布坎南察看了電梯旁邊的控制面板，顯示電梯在三樓。

「十一點十分整的時候他會在這裡。」

「毫無疑問。」

「好……」瓦絲奎茲從布坎南旁邊走開。

「等等——妳要去哪裡？時鐘顯示還有四分鐘。」

「很好：這樣會讓我們的眼睛有時間適應。」

「我真高興這一切幾乎要結束了。」布坎南說道，不過他陪著瓦絲奎茲走到幾乎是走廊盡頭處，到白先生的房間。她可以感覺到他有些自作聰明的多餘評語正蓄勢待發，但他有足夠的判斷力要自己閉緊嘴巴。空氣很清涼，因為他們用來清理地毯的不知什麼玩意而帶有花香味。瓦絲奎茲期待這幾分鐘過得很慢，因為她會有大量機會，把她掌握的各種資訊碎片拼成某種看似融貫的圖像；然而，似乎實際上就在她的眼睛適應通往白先生房門的陰影後，再下一秒鐘，布坎南就從她旁邊走過去了。是有時間讓她把手槍從她的襯衫底下滑出來，再溜進她便褲的右前方口袋，然後布坎南的指關節就敲響了門。

門開得這麼快，讓瓦絲奎茲幾乎相信白先生已經在那裡站好定位，等著他們。框住他的光芒是柔和的，呈橘色，是一種被調到最底限的可調式光線，或者是一根蠟燭。從她能看到的他來判斷，白先生就跟以前一樣，從他不受控的頭髮，與其說白更偏灰，到他骯髒的白西裝都在內。瓦絲奎茲無法分辨他的雙手是不是空的。在她口袋裡，她握在手槍柄上的手掌滑溜溜的。

看到布坎南，白先生的表情沒有改變。他站在門口注視著那男人，還有他後面三呎遠的瓦絲奎茲，直到最後布坎南清了清喉嚨說道：「晚安，白先生。也許你記得我，以前在巴格拉姆。我是布坎南；我同事是瓦絲奎茲。我們是普羅曼中士的一部分手下；我們曾經協助你做偵訊囚犯的工作。」

白先生繼續瞪著布坎南。瓦絲奎茲感覺到恐慌在她胃裡集結。布坎南繼續說：「我們希望你會陪同我們短程散個步。我們有些事情想跟你討論，而我們是遠道而來。」

一語不發的白先生，踏進了走廊。那股恐懼，那股撒腿狂奔、能跑多快就多快脫離這裡的衝動，在瓦絲奎茲五臟六腑裡翻攪的衝動，就像間歇噴泉一樣地跳起來。布坎南說：「謝謝你。這不會花你五分鐘——頂多十分鐘。」

在她後面，門吱嘎響起。她回頭看，看到普羅曼站在那裡，而在她的困惑中，她沒留意到他正握在手中的東西。有人咳嗽了，而布坎南癱倒在地。他們再度咳嗽，而這就好像有顆裡面包著冰的雪球，砸中了瓦絲奎茲的背部低處跟左側。

她腿上所有力量都跑掉了。她在原地坐下來，歪倒向她的右側，直到牆壁止住她為止。普羅曼跨過了她。他右手的槍放低了；在他左邊，他握著一個小盒子。他舉起那盒子，壓了一下，然後牆上的燭台就爆出了深紫色——螢光燈，在這光線照耀下，瓦絲奎茲看到牆壁、天花板、短走廊的地毯上，都覆蓋著一種閃耀著蒼白顏色的媒介劃下的符號。大部分符號她認不出來：她想她看到了散布的希臘字母，不過其他的並不熟悉，波浪狀的短線橫過被直線對切的圓圈，一個長而漸進的弧形，就像個微笑，還有更多交叉的線。她唯一確定知道的圖形，是一個圓圈，厚厚的圓周在大約八點鐘方向破裂了，白先生站在裡面，布坎南則躺著。不管普羅曼用什麼劃下這些符號，都讓它們看似飄浮在他做標記的表面上，如奇異的星座擠在一個過小的天空裡。

普羅曼在講話，他說出的字詞聽起來不像瓦絲奎茲聽過的任何字，粗繩似的聲音從他喉嚨深處開始，然後溢出到空氣中蠕動著，在她的耳膜上扭動。現在白先生的臉展現出情緒了：驚訝，混合著可能是沮喪，甚至憤怒的表情。普羅曼在破損圓圈旁邊止步，然後用他的右腳把布坎南推著滾成背部著地。布坎南的眼睛睜著，沒有眨眼，他的嘴脣分開了。他喉嚨上的出口傷痕閃爍著陰暗的光。普羅曼的聲音揚起了，他完成了他在說的話，用兩手指向屍體，然後退到瓦絲奎茲旁邊。

在一個延續得太過漫長的間斷之中，白先生與布坎南所在的空間裡充滿了某種過大的東西，必須對折才能把自己塞進走廊裡。晚餐餐盤那麼大的眼睛瞪著普羅曼，瞪著瓦絲奎茲，帶著一種壓迫著她的瘋狂，就像一隻動物用尖尖的口鼻部嗅聞著她。在黏成塊狀又黏著內臟的鬍子之間，一張滿是牙齒與髒汙黑色的嘴裂開來，形成了瓦絲奎茲無法分辨的聲響。巨大蒼白的雙手大得像是輪胎，在那形體之下，在地板上遊走——這讓瓦絲奎茲想到一個失明男子在探索一片不熟悉的表面。在那雙手找到布坎南的時候，它們把他像個娃娃似地鏟起來，然後把他放進那張巨大的嘴裡。

瓦絲奎茲呻吟著，嘗試從布坎南的頭被破碎石板似的牙齒包圍的景象前翻滾到別處去。這並不容易。首先，她的右手還在她的褲口袋裡，手指緊抓著華瑟手槍，她的手腕跟手臂都彎向一個彆扭的角度。（她想她應該感激她沒射到自己。）另外一點是，擊中她背部的寒意消失了，取而代之的是熱度，是一種尖銳的痛，在她扭開身體，避開那些牙齒咬進布坎南頭骨的劈啪吱嘎聲響的時候，又變得更加尖銳。**神啊！**她設法移動到背部著地，激烈地吐氣。在她右邊，布坎南被吃掉的聲音還持續著，骨頭斷裂、肉體撕開、布料被扯破。白先生——本來是白先生的東西——或者他的真身——那龐大的形體在愉悅地咕噥著，把嘴脣咂在一起嘖嘖有聲，就像某個餓得半死渴求食物的人得到一頓美味大餐。

「不管有沒有意義，」普羅曼說：「我不算是對妳完全不誠實。」他兩腿分別跨在她身體的兩側，蹲踞在她上方，把手肘放在他的膝蓋上。「我確實打算讓白先生為我服務；只是我做到這件事的必要方法，有一點點極端。」

瓦絲奎茲設法說話。「他是……什麼？」

「這不重要，」普羅曼說。「他很老了——我的意思是，如果我告訴妳他有多老，妳會認為……」他望向他的左邊，看著吸吮著自己手指上血塊的巨人。「嗯，也許不會。他已經存在很長時間了，而他知道一大堆事情。我們——我們在巴格拉姆做的事情，那些審問，弄醒了他。我猜這是最好的說法；雖然妳可以說是那些事情喚起了他。就算在他向我展露了他自己以後，我還是花了點時間才搞懂一切。不過沒別的地方像監獄一樣，讓你有時間反省。還有做研究。

「那研究說，要束縛像白先生這樣的人，最好的辦法是——實際上，這相當複雜。」普羅曼對著他們周圍閃耀著的符號揮舞著他的手槍。「對妳來說最立即相關的部分，是犧牲受我號令的一男一女。我道歉。我本來打算在你們知道發生什麼事以前，就把你們兩個放倒；

我的意思是，在這種事情上沒必要殘忍。然而對於妳，恐怕我沒瞄準。別擔心。在把妳交給白先生以前，我會結束我先前開始做的事。」

瓦絲奎茲翹起她的右手，扣了她的手槍扳機。噗的四聲，一下接著一下衝出去，炸開了她的口袋。普羅曼往後跳，踉蹌著靠上對面的牆。血在他長褲的大腿內側、他襯衫的腹部位置開花。他的臉被驚訝抹得乾乾淨淨，一片空白。他把他的槍揮向瓦絲奎茲，她則讓她的右手角度朝下，再度扣了扳機。普羅曼的襯衫頂端被噴掉了；他的右眼爆裂。他的手臂鬆開來，他的槍咚一聲撞到地板，而一秒鐘以後，他也跟著加入。

突然發熱的金屬灼燒穿透她的口袋，讓瓦絲奎茲趁著停駐在她背上的痛楚能制住她以前，掙扎著撐在背後的牆上爬起來。在這個過程中，她扯出了那把華瑟手槍，把它指向小套房的門——

——在小套房前面，白先生站著，雙手放在他的夾克口袋裡。他前方的一抹暗色汙漬，就是布坎南僅存的一切。**耶穌啊，神啊……**空氣裡有黑火藥與銅的臭氣。在她對面，普羅曼透過他僅存的眼睛瞪著虛無。白先生帶著某種類似興趣的東西，注視著她。**如果他動了，我就開槍**，瓦絲奎茲心想，不過白先生沒有動，她槍口對準了白先生，後來則是對準他要是繞過轉角會在的地方，在先退出走廊、然後撤退到電梯所需的時間裡，他都沒動。她的背是打結的一團火。在她到達電梯時，她用左手猛拍呼叫鈕，同時用右手維持瞄準狀態。在她的眼角，她看到布坎南給他兒子的禮物，整個價值兩百六十歐元，卡在它的椅子下面。她把禮物留在原位。在接近走廊盡頭處，一股微弱的光亮起：普羅曼的螢光符號。那光芒在改變嗎，因為一個朝她爬過來的龐大形體而變得朦朧了？電梯在她背後叮一聲響起，她踏進裡面，槍舉在她前方，一直到門關上、電梯開始下降為止。

她的襯衫背部黏在她皮膚上；細細一行血流下她的腰窩。電梯內部光線幽暗到完全消失的地步。華瑟手槍有一千磅重。她的雙腿瘋狂地晃動。瓦絲奎茲放低了槍，伸出她的左手來讓自己站穩。在那隻手碰到的不是金屬，而是清冷的石頭時，她並不像她該有的那樣驚訝。在她的視覺回來時，她看到她在一個寬廣、圓形的區域裡，屋頂扁平而低，牆壁就只是隱約的暗示。這個空間被一個刻在她腳邊岩石上的符號點亮了：一個粗糙的圓，直徑相當於一個人孔蓋，在大約八點鐘方向的位置有破口，周圍閃耀著冷光。在她後面與左方，裸露肉身拖過石頭的刮擦聲讓她轉過身去。這一部分的彎曲牆壁敞開成一個黑色拱門，就像一個巨大喉嚨的頂端。在黑暗深處，她可以偵測到動作，但還無法分辨它。

當她再度舉起手槍時，瓦絲奎茲並不驚異地發現她在這裡，在地底下跟某些東西在一起，這些東西痴呆的飢餓，讓最古老人類文明的漫長時光都黯然失色，是她幫忙召喚來的。她震驚的是，她本來竟以為她走得了。

獻給費歐娜。

冰磧岩

賽門・貝斯特維克

霧突然之間襲向我們。這一刻我們已經看見山頂了；下一刻，一片白色吞沒了峭壁，朝著我們滾滾而下。「可惡，」我說：「回頭下山吧。」

就這麼一次，黛安沒有爭辯。

麻煩的是，這段攀爬路程非常陡峭。我們在導覽手冊裡沒讀到關於這座山的任何事，也許原因就在這裡。前一晚，旅館酒吧裡的某些本地人跟我們說到這座山。他們警告過我們這裡有多陡峭，不過黛安喜歡有挑戰性的主意。這樣也好，但如今這表示我們必須用非常慢的速度下山；一失足，你就會滾下山坡，跌個四腳朝天。

就是在那時，我看到一條被人踐踏出來的隱約捷徑，是通往別處的，幾乎跟主要道路成了直角，往旁邊延伸，還緩緩往下。

「那邊，妳看，」我邊說邊指：「妳覺得怎麼樣？」

黛安猶豫了，往下瞥著主要道路，然後又往上瞄迅速落下的霧氣。「咱們試試看吧。」

所以我們這麼做了。

「小心，」我說。黛安落後我整整四五碼。「走快點。」

「我已經他媽的儘可能快了，史蒂夫。」

我沒咬餌上鉤，只是轉身繼續小跑。比較緩和的坡度意味著我們可以跑，但即便如此，我們還是不夠快。突然間一切都變成白色。

「可惡，」黛安說。我伸手去握她的手——她就只是白色水氣牆裡的一道陰影——而她握住了那隻手，走近了一點。霧氣很冰冷、潮溼又黏著不放，像是帶著溼氣的蜘蛛網。

「現在怎麼辦？」黛安說。她讓聲音保持平穩，但我可以分辨得出這對她不容易。而我不能怪她。

別被湖區如同風景明信片的景致，它的高山與藍色冰斗湖、溫德米爾湖上的小船、觀光禮品店與石造建築村莊給騙了。你從城市來到這裡，發現空氣比較新鮮也比較乾淨，而當你晚上抬頭往上看，你會看到天上有數百顆、數千顆的星星，因為這裡沒有光害。不過同樣地，從這樣的山坡跌落，周圍不會有半個人，你的手機也收不到訊號。而要是像這樣的霧降下來吞沒你，你又不知道要往哪走——在一個冰冷的十月天，過不了多久你就體溫過低了。每年這些高山低谷都奪走像我們這樣的人命。

我深吸一口氣。「我想……」

「你還好吧？」她問道。

「我很好。」我有點惱火她竟然有別的想法；她才是那個聽起來需要安慰保證的人，不過我現在不打算開始拌嘴。我突然想到——在我腦海深處這麼想，而且要是有任何人這樣向我建議，我會直接加以否定——這可能是因禍得福；如果我能保持冷靜，帶領我們到安全地點，我就可以在她眼中成為英雄。「我們必須到某個地勢較低的地點。」

「對，我**知道**。」她說道，就好像我指出的是明顯到愚蠢的事。唔，或許是。我只是企圖釐清狀況。好啦，我想讓她印象深刻，想要臉上有光。不過我也想做正確的事。這是真話。

所以我指向那條小徑——在它消失在霧中之前，我們能看見的寥寥幾呎。「最好繼續走。保持冷靜，慢慢前進。」

「對，這個部分我也想到了。」我辨認得出她的語調；是她給高傲學生下馬威時用的那種。有過一段時間，我習慣溜進她的課堂裡，雖然無論當時或現在，我對地質學都一無所知；我只是喜歡聽她講她最喜歡的主題。我不記得有看她出現在**我的**任何一堂課上——她對音樂不感興趣。也許狀況從來不是我以為的那樣子。也許不管對我們哪一個人來說，狀況一直都不對。

這不是我喜歡的想法，但最近我太過頻繁地回歸這個想法。黛安也是。因此有了這趟旅行，而在這段時間裡，這趟旅行變得越來越不像是個好主意。我們曾經在這裡度過我們的蜜月時光；我猜我們本來希望重新捕捉到某種東西，但地方是沒有魔力的。唯獨人有魔力，而且只有寶貴的一點點；你變得越老，就變得越少。

而這全都不可能讓我們安全地離開這裡。「那麼好吧，」我說。「來吧。」

黛安抓住我的外套後面一拉。我滑過去面對她，然後失去平衡地晃動著。鬆動的小石頭嘩啦啦散落到迷霧裡；腳下的路徑石塊變得更多了。她抓住我的手臂穩住我。我掙開了，徹底氣壞了。「怎樣？」

「史蒂夫，我們還在走。」

「我注意到了。嗯，實際上，我們現在沒在走，因為妳剛才抓住我。」

她交叉著手臂。「我們已經走了將近二十分鐘。」我可以看到她正設法要止住她的牙齒發顫。「而我不認為我們有更接近地平面。我想我們可能有點走偏了。」

我領悟到我的牙齒也開始打架了。這很難確定，但我想她可能說得有道理；這條路看起來再也不像是在往下坡走了。如果這條路是水平前進，我們現在還在這座該死山丘的半山腰上。「可惡。」

我感覺到恐慌的威脅，就像一隻小而飢餓的動物在我的胃裡齧咬著，如果我加以放任，牠威脅著要一路咬穿我的身體。我不會的。不可以。一定不許。如果我們恐慌了，我們就完蛋了。

至少我們不是完全沒有準備就來了。我們背包裡有肯德爾薄荷餅跟一個保溫瓶的熱茶，這有幫助，但只能爭取到一點點多餘時間。我們要不是迅速下山，就是永遠下不了山。

我們試了我們的手機，但這就是個演習；這邊沒有訊號。它們就跟碎木頭差不多。我抗拒著把我的手機扔出去的誘惑。

「應該就留在主要道路上的，」黛安說：「如果慢慢走，我們本來不會有事的。」

我沒回應。她瞥向我，然後翻了個白眼。

「怎樣？」

「史蒂夫，我不是在批評你。」

「好。」

「不是所有事情都一定跟那個有關。」

「我說好了。」

但她不肯放過這件事。「我就只是說我們本來應該繼續走主要道路。我不是說這全都是你的錯。」

「**好了**。」

「我沒有那樣說。如果是我看到那條路，我可能也會做一樣的事。這條路看起來好像會讓我們更快下山。」

「對。」

「我只是說，回顧過去，我們本來應該走另一條路。」

「好了。行了。妳已經說明妳的論點了。」我站起身。一隻羊發出微弱的啼聲。「我們能不能現在就放下這件事？」

「好吧。」我看到她又翻了白眼，卻假裝沒有。「所以現在該怎麼辦？如果我們往回走……」

「你想我們辦得到嗎？」

「如果我們可以回到主要道路，我們應該能夠從那裡找到回頭路。」

如果我們非常幸運，或許可以；我們的旅館距離這個特定山峰的山腳有整整兩哩路，而很有可能這片霧也會籠罩地面層。就算下了山，我們距離大功告成還有漫漫長路，不過這似乎是眼前最好的選擇了。要是我們有更早走那條路就好了；我們可能不會聽到狗吠。

但我們聽到了。

我們兩個都僵住不動。黛安把她眼前的黑髮往後撥，然後目光越過我，望進迷霧裡。我也看了，但看不到多少東西。我能看到的就只有前方幾呎的石頭路，往後它就消失在一片白茫茫之中。

羊再度啼叫。幾秒鐘後是狗吠。

我注視著黛安。她回望著我。光是一隻羊，什麼意義都沒有——最有可能的狀況是迷途走失了，就跟我們一樣。但一條狗——出現一條狗，最有可能的狀況是有個主人。

「哈囉？」我對著霧裡喊道。「哈囉？」

「下面有人嗎？」黛安喊道。

「哈囉？」一個聲音往回喊。

「謝天謝地。」黛安悄聲說道。

我們開始沿著喀啦喀啦作響的小徑走，走進霧中。「哈囉？」那聲音喊道。「哈囉？」

「繼續喊。」我喊回去，然後我想到，我們是聽起來像救援者的人。也許我們找到了另一個山中健行者，像我們一樣被困在霧中。我希望不是。關於狗吠也是一樣，我指望是一個牧羊人出外圍捕一隻走失的羊，最好是一個天性慷慨大方的人，就在附近有座溫暖的小屋，爐火與提供一杯杯熱茶的水壺一應俱全。

我們過去的時候，碎石在腳下吱嘎喀啦作響。我領悟到路徑的表面幾乎完全變成鬆脫的岩石了。不只是這樣，到最後還有個急遽往下的角度。黛安抓住我的手臂。「小心。」

「是啊，好，我知道。」我扯著手臂掙脫了，設法忽略她在我背後發出的長長歎息。

霧在我們到達底部的時候散開了幾分。我們可以看到前方的二十五到三十碼左右，這是個長足的進步，雖然白化現象仍然完全藏住了那距離之外的一切。那條路往下通往某個淺溝壑，夾在我們這座山峰跟隔壁鄰居之間。這兩個險峻山坡的基底，微微往下傾斜到一片大約十碼寬的地面上。這一點很難確定，因為地面跟那些較低的山坡都覆蓋著一層厚厚的鬆動石頭碎片。

我們跟著走的那條小徑漸漸消失，或者更精確地說，是消失到那不可靠的表面上。兩個頂端扁平的大石頭從碎石礫中突出來，一個大約在溝壑底部地面往前二十碼處，另一個則大概再往前十五碼，在一個從我們這個山峰側邊裂開的峽谷開口處。

霧飄移著。我看不到任何人或獸的跡象。「哈囉？」我喊道。

過了一會以後，在溝壑的某處有個喀噠、喀啦的響聲。大石頭、小石頭，一個個滑落，撞在一起。

「糟糕，」我說。

「放輕鬆點，」黛安說。「看來我們到底還是找到某片低地了。」

「這沒多大意義。我們失去方向感了。」

「有人在這附近。我們聽到他們了。哈囉？」她最後一句是用喊的——感覺上就像在我耳朵旁邊。

「哎唷。」

「抱歉。」

「別在意了。」

又是另一陣石頭喀噠喀啦的響聲。而那聲音再度喊著：「哈囉？」

「在那裡，」黛安說。「看吧？」

「是啊。好。」

有一聲羊啼，就在我們左上方。我看到了，然後滿確定就是我們先前聽到的羊，只是比較像是羔羊，在隔壁山峰較低山坡的岩石上搖搖晃晃地走著。

「噢，」黛安說：「可憐的小東西。」她就是看到毛茸茸小動物就會多愁善感的那種人。這並沒有阻止她吃掉牠們；我幾乎很想提起前一晚上她極其享受的紅酒醬烤羔羊排。幾乎。

那隻羔羊看見我們，眨眨很大的黑眼睛，再度可憐兮兮地啼叫著。

作為回應，出現了更多喀噠喀啦的聲音，還有從溝壑更深處傳來的呼應羊啼。羔羊的蹄子重心挪移了一下，往旁邊移動，然後再度啼叫。

過了一會以後，我聽到石頭再度喀噠響起，但這次聲音輕柔。這次也延續得比較久。幾乎就好像有某樣東西在緩慢移動，在這片嘈雜地帶容許的範圍內，儘可能偷偷摸摸。羔羊站著不動，靜靜地看著溝壑。我也在看，設法要看到碎石礫消失在霧氣裡以後的地方。

還是不動。

岩石輕聲喀噠作響，然後沉默下來。接著一條狗吠起來，吠了兩次。羔羊繃緊身體，卻

喀喀喀，石頭響著，狗又吠了一次。

羔羊啼叫著。一陣漫長的沉默。

黛安的手指合握住我的手臂。我感覺到她吸氣要說話，但我轉身要她噤聲，把手指放到她嘴唇上。她皺起眉頭；我收回手指碰我自己的嘴唇，然後轉過去再度看著那隻羔羊。

我不知道我為什麼會做這些事，但不知為何就知道我得這麼做。一會以後，我們兩個都很高興我這麼做了。

移動的石頭發出的喀噠聲變得越來越大、越來越快，幾乎是窸窣作響，像是某個東西從草中間溜過時，青草分開的聲音。羔羊啼叫著，沿著山坡搖搖晃晃地往回退了幾步。小石頭嘩啦啦地落下。那些岩石聽起來停住了。我凝視著霧，但我什麼都看不到。然後狗又吠了起來。牠現在聽起來非常近。比近到看得見還要近了，但溝壑的地面卻空蕩蕩的。我回頭看那隻羔羊。牠靜靜不動。牠歪著牠的頭。

岩石喀噠一響，然後某個東西啼叫起來。

羔羊回以啼叫。

岩石再度嘩啦啦響起，聲音大到會讓人聾掉，而黛安發出一種抑制住的驚喘，可能是在喊我的名字，她的手緊抓著我的手臂，抓到會痛，並且用她空出來的手指著。

溝壑的地面在移動。某個東西在岩石底下隆起，在它經過時把石頭推高，所以那些石頭在它後面發出喀噠喀噠的響聲。這就像是注視著某樣東西在水下移動。它往前直奔，箭一般飛向那隻羔羊。

羔羊發出單單一聲嚇壞了的啼叫，然後企圖轉身逃跑，但牠根本毫無機會。那碎石礫下隆起的形體猛然衝向牠，鬆動的時候喀喀作響，就像一個搖動著的杯子裡的骰子，然後在羔羊站著的地方，岩石往上噴撒，就像許多被踢起來的沙子。牠的啼叫變成一種恐怖的尖叫噪音——我從來不知道綿羊可以發出那種聲音。石礫下雨似地落回地面。羔羊繼續尖叫。我只能看見牠的頭跟前腿；其他的部分被埋在岩石下面。前腿瘋狂地踢蹬，腦袋來回抽動著，在牠尖叫出牠的痛楚時，嘴唇恐怖地往後翻，露出牙齒。然後突然之間，令人震驚的血液噴泉從崩潰的岩石遮罩下面噴出來，像把猩紅色的扇子。隨著一聲短促、震驚的叫喊，黛安用手蓋住了她的嘴巴。我想我自己可能啞著嗓子說了「耶穌啊」，或者類似意思的某句話。

羔羊的尖叫達到一種傷害耳朵的全新刺耳強度，就像指甲在黑板上刮，然後哽住，接著被切斷。碎石礫嘩啦嘩啦作響，然後嘶嘶響著下了山坡，接著停了下來。羔羊躺著不動。牠的毛皮上有血留下的紅斑；牠的眼睛已經看起來定住不動，眨也不眨，毫無生氣。牠上方還有周圍的岩石閃耀著微光。

但願牠已經不會再痛了。我希望如此，因為下一刻那隻羔羊的身體前半部被劇烈地拉扯，更往碎石下面抽動，而在同一瞬間碎石礫似乎漲起來淹沒牠。堆著的鬆垮岩石抽搐移動了幾次，微微起了波浪，然後靜止下來。就連上面噴到血的石頭都不見了，滾到表面底下，消失在視線範圍外。幾塊微微發亮的地方還留著，離羔羊原本在的地方更遠些，但除此之外，沒有牠曾經存在的跡象。

「幹。」這次我肯定說出來了。「喔他媽的見鬼了。」

有一陣沉默；我可以聽見黛安再度吸氣要說話。然後那個現在很耳熟的喀噠喀啦聲音出現了，有某個東西在碎石礫下面移動。而從羔羊本來在的地方有個聲音，一個低而空洞的聲音喊道：「哈囉？」

黛安把她的手蓋在我嘴上。「保持安靜。」她悄聲說道。

「我知道。」我悄聲回應，被她的手悶住了。

「它靠聲音獵捕，」她悄聲說。「一定是。透過岩石傳遞的震動。」在羔羊被殺的地方，有個輕微的低矮隆起；你必須很努力看才看得到它，還要知道你試圖要瞥見的是什麼。一個輕柔的喀噠聲從那裡出現。石頭碰石頭。

「它在岩石底下。」她耳語道。

「我**看得出**這點。」

「所以如果我們可以回到扎實的土地上，我們應該就沒問題了。」

「應該。」

她給我一個惱怒的眼神。「有更好的主意嗎？」

「好吧。所以我們往回走？」

「哈囉？」那聲音又喊道。

「對，」黛安耳語。「而且非常、非常、非常慢，還要小心又安靜。」

我點點頭。

那些岩石喀噠作響並且移動著，動作很輕。黛安抬起一隻腳，往上坡移動，很慢地落地，輕柔地再度往下踩。然後是另一隻腳。她轉頭看著我，然後伸手牽我的手。或者是我牽她的手，隨你高興怎麼說。

我跟著她上坡。我們盡自己所能在近乎靜默的狀態下攀爬，往上朝著溝壑的入口走，朝著堅實的小徑走。岩石在腳下滑動、喀喀作響。就好像在回應似的，羔羊死掉的染血岩石也喀喀響著，在某個東西在它們底下移動時彼此輕敲著。

「哈囉？」我們攀爬的時候，我又聽到了。然後再一次：「哈囉？」

「繼續走。」黛安低語。

岩石再度喀喀作響。在一聲響亮的格格聲之後，一顆石頭往下彈到溝壑地面上。「約翰？」這次是個女人的聲音。從口音聽來是蘇格蘭人。「約翰？」

「他媽的見鬼了。」我低聲嘟囔。比我打算的還大聲，也比我應該的還大聲，因為那聲音再度響起。「約翰？約翰？」

黛安抓我的手抓得那麼緊，讓我幾乎喊出來了。有一刻我納悶地想，是否就是這個用意——讓我喊出聲來，然後放手就跑，把那個不想要的伴侶當成食物丟給岩石底下的東西，同時她就這麼逃跑了，一石兩鳥。但不是這樣的，當然了。

「蕭娜？」這次聲音是男人的，同樣有蘇格蘭口音。「蕭娜，妳在哪啊？」

我們都沒有回答。一陣冷風吹過。在牙齒企圖再度開始打顫以前，我咬緊牙關。我聽到風吹著口哨又呻吟出聲。矮灌木叢在突然的強風中拍打振動，周圍地帶視野變得比較清楚了，雖然沒清楚多少。然後風再度變小了，一陣輕柔冰冷的白，再度開始淹沒隱約可見的樹木與高地輪廓。

石頭喀噠作響。一隻羊的啼叫響起。然後一隻母牛哞哞叫了。

黛安拉拉我的手。「來吧，」她說：「咱們走。」

在我們行走的時候，狗吠了兩三次，尖銳而突然，有點嚇到我，讓我短暫地搖晃了一下以求平衡。我望著黛安，露出一點點微笑，呼出長長的一口氣。

我們大概距離頂端九呎左右的時候，一個震耳欲聾的吼聲把靜默切成片片。我不知道那見鬼的是什麼，是哪種動物的聲音——但就連戴安都喊出來了，而我步伐踉蹌，送出一陣迷你山崩，沿著山坡往回溜下。

破開的石板鼓起又喀喀作響，然後漲了起來，同時某樣東西飛掠過去，從下面穿過溝壑地面朝我們而來。

「跑！」我聽到黛安大喊，而我試著這樣做了，我們兩個都試了，但那形體箭一般經過我們。我們在最後一刻看到那一幕；它猛衝經過我們到達碎石礫的邊緣，到達碎石礫被路徑取代的地方。

黛安已經開始往後退了，推著我到她後面，這時地面爆發出一陣石頭碎片雨。我以為我瞥見了某樣東西，只看到最短暫的片刻，在破裂石頭的冰雹中移動，但在它落回原位的時候，那裡沒有任何東西出現的跡象——如果你有在看，只會看到一個低矮的隆起形體。

黛安衝過我身邊，仍然緊抓著我的手，沿著溝壑猛衝。在我們後面，我聽到那東西追上來時石頭喀喀作響。黛安改變方向，朝最近的大石頭去——它大致上是一輛小型車的大小，看起來像是相當堅實的地面。

「來吧！」黛安跳起來——就一個生活並不特別活躍、年齡逼近四十的女人來說，算是相當靈活——上了那顆大石頭，回頭伸手拉我。「快！」

那形體朝我們猛衝過來，在它靠近我們的時候慢了下來。它用鬆弛石頭造成的弓狀波浪變得更密、更寬；它在蓄積速度。我可以看出會發生什麼事；我抓住黛安，然後把她推倒平躺在大石頭上。她沒抵抗，所以我猜她跟我達到了一樣的結論。

出現咚一聲悶響，大石頭晃動了。有一會兒我想我們兩個都會被拋到旁邊的碎石礫上，但大石頭挺住了，太根深柢固而無法被扯鬆。岩石如降雨，連珠炮般地落在我們身上；我縮著頭。

我領悟到我緊抓著黛安，她也同樣緊抓著我。我睜開眼睛注視著她。她回望我。我們兩個人都沒說話。

在我們後面，有著喀噠喀啦的響聲。我緩緩轉身，從黛安身上滑下來。我們兩個人都坐起來觀望。

在大石頭旁邊，剛才那東西襲擊的鬆弛岩石層裡，有某種火山口似的東西。底部的碎石礫鼓起、移動又泛起波紋。火山口四壁顫動滑移著。在一會以後，整塊區域自己崩潰了。不平整的表面泛起波紋，又多鼓起一點，最後停下來，這時它看起來跟先前一樣——未受擾動，除了下面有個低矮的隆起形體，當然了。

當它在它的路徑上移動，評估狀況的時候，石頭喀喀作響。在它移動並且開始繞著大石頭寸寸挪動的時候，喀噠喀噠。「約翰？蕭娜？哈囉？」所有那些不同的聲音，每一個都從挪動的岩石上冒出來。然後是羊的啼叫。然後是怒吼。我發誓我感覺得到它帶起的風衝擊著我。

「基督啊。」我說。

岩石輕輕地喀喀作響，這時隆起的形體開始移動，緩慢地沿著大石頭旁邊繞圈。「基督啊，」我自己的聲音在回答我。然後另一個聲音叫喚起來，一個孩子的聲音。「媽咪？」喀噠喀噠喀噠。「蕭娜？」喀噠。「喔，看在老天份上，瑪嬌莉，」出現了一個豐厚、圓潤的聲音，聽起來肯定是二次大戰以前的。如果不是第一次大戰以前。「看在老天份上。」

喀噠。然後是靜默。風哀號著吹過隘道。如蕨類葉片的霧氣冰冷地飄蕩過來。喀噠。一個高亢、尖細的女聲，清晰而甜美，開始唱著民謠〈白蠟樹叢〉。非常緩慢，幾乎像是一首輓歌。「在遠方，小溪蜿蜒的綠色山谷下……」

黛安緊緊抓著我的手腕。

喀噠，然後那首歌停了，就好像有個開關被關上。喀噠喀噠。然後是一種緩慢的窸窣聲跟喀噠聲，同時這形體開始從大石頭旁邊移開，往回移動得越來越遠。黛安把我抓得更緊。霧氣變濃了，那形體又動作緩慢，所以很快就不再有可能確定它確切的位置。然後最後一聲喀噠消失了，只有靜默、風還有霧。

時間流逝。

「它沒有走遠，」黛安悄聲說：「只是夠遠了，讓我們有一點行動自由。它要我們行動，想辦法逃跑。它知道它沒辦法在這裡逮到我們。」

「但我們也不能待在這裡，」我用同樣的耳語指出這點。我的牙齒已經再度開始打顫，而我可以看出她也是。「我們會他媽的凍死。」

「我知道。誰知道呢，也許它也會。無論如何，我們必須逃走，最好早一點而不是晚一點行動。如果我們再耗久一點，我們就毫無機會了。」

「妳覺得它到底是什麼鬼東西？」我問道。

她對我皺起眉頭。「你指望我知道？我是地質學家，不是生物學家。」

「不認為妳手機裡會有個好生物學家的電話嗎？」

她停下來瞪著我看。「我們是一對他媽的白痴，」她說道，然後在她的牛仔褲口袋裡到處掏。她的手機出現了。「甚至從沒想到這個。」

「沒有訊號。」

「之前沒有。這值得一試。」

希望短暫地燃起，但為時不長；現在狀況就跟之前一樣。「好吧，」我說。「所以我們無法打電話給朋友。那麼咱們就來想想吧。我們對它知道些什麼？」

「它活在岩石底下，」黛安說：「在岩石底下移動。」

「也喜歡待在岩石下面，」我說：「之前它直接起來對抗我們。在遠離我們**那麼**遠的地方。它本來可以就從下面冒出來，輕而易舉地攻擊我們，但它卻沒有。它寧願穩紮穩打，守株待兔。」

「所以也許它很弱，要是我們可以把它從岩石底下弄出來的話。容易受到傷害。」黛安拿下她的眼鏡，揉著她的大眼睛。「也許它是瞎的。它似乎是靠著聲音、震動來打獵的。」

「一個模仿者。這是別的特徵。它是個模仿者，就像鸚鵡一樣。」

「只是更快些，」她說：「它聽過你一次以後，就立刻模仿你了。」

「也對聲音有很好的記憶，」我悄聲回應：「那些聲音裡有的……」

「對，我也這麼想。還有它發出的那種怒吼。從有任何東西在這個鄉間到處遊走，還能夠發出那種噪音開始，它存在多久了？」

「也許是一隻熊，」我提出意見：「或者是其中一隻大型劍齒貓科動物。」

黛安低頭看著碎石礫。「冰磧堆。」她說道。

「什麼？」

「抱歉。這邊的石頭。這是所謂的冰磧堆——被冰河壓力壓成岩石的泥土，從這裡冒出來。」她上下打量著這個溝壑。

「所以？」

她給我的表情是受傷與憤怒平分秋色。「所以……沒什麼，我猜。」

風吹過去。

她聳聳肩。「沒關係。」

「我很抱歉。」

「不，真的。」

她給我一個微笑，至少在那時。然後皺起眉頭，看著我們的來時路——這只是過去一小時裡發生的嗎？「看看那個。你現在可以看到它了。」

「看到什麼？」

她指出來。「這是個冰磧岩。」

「一個什麼？」

「冰磧岩。這是一條冰河融化時留在後面的碎屑——冰磧物跟壓碎的岩石。這一切都被壓碎在山腰上，天知道壓了多久……」

我記起黛安跟我說過最後的冰河時代，我們長大的城市上方如何有著兩哩厚的冰。這一切本來在多深的地方？而有任何東西會——能夠——活在裡面嗎？

我願意打賭，我們在生物系的任何同事都會對這個想法嗤之以鼻。但就算是這樣……生命是非常頑強的，不是嗎？它可以緊抓著你從沒期待它會在的地方。

也許某些生物在冰河時代曾經在下面那裡存活，在壓碎的石頭之間的裂隙裡爬動滑行。而在每個食物鏈裡，都有某個東西位於頂端——某個靠振動盲目獵食、靠模仿來引誘的東西。某個活過冰河融化的東西，甚至因此欣欣向榮，變得更大、更肥，獵捕更大、更肥的獵物。

迷失的羔羊引起它的注意，因此救了我們。要是沒有牠，我們本來會毫無預警，會追隨著那個聲音——毫無疑問，屬於另一些早已死去的受害者——進入那片殺戮之地的中心。

喀噠喀噠喀噠，在那生物移動然後漸漸停止的時候，遠方的岩石發出聲響。

而黛安靠近我，在我耳朵裡用氣音說道：「我們很快就非得行動不可了。」

在我們左邊是我們的來時路，碎石礫堆得厚厚的路徑往上傾斜，然後融入冰磧岩裡。二十碼。還不如說是十哩。

山峰的底部在我們背後。它並不陡峭，不盡然是，但滿可以這麼說了。唯一能讓手抓握的地方，就是偶爾出現的石頭或樹根；就算墜落沒殺了你，你也會太過暈眩或傷得太重，沒有生還機會。對面山峰的底部——就算我們可以越過那生物——也沒有比較好。

在我們右邊，溝壑的主體繼續往前，鋪著厚厚的碎石，然後消失在霧中。沿著那裡跑跟自殺無異，但還有我們先前看到的小峽谷。就我所能看到的部分來說，峽谷底部散布著厚厚一層碎石，但肯定角度朝上，但願是通往地勢更高的堅實泥土跟草，冰磧岩裡來的那東西無法跟上。更好的是，在小峽谷谷口有第二塊大石頭，看起來跟這一顆一樣大、一樣扎實穩固。如果我們能跑那麼遠——要是有一點運氣，我們或許可以——我們就有機會透過小峽谷出去。

我注視著那個大石頭，然後回顧黛安。她仍然在研究它。「妳覺得怎麼樣？」我用氣音說。

喀噠喀噠喀噠，輕柔、幽微、溫和的回應來了。

黛安瞥向兩側。「那混帳東西很快，」她回以耳語。「會是千鈞一髮。」

「我們可以讓它分心，」我建議。「製造一個噪音把它引走。」

「像是什麼？」

我的頭朝著大石頭底部的岩石一點。「挑個地點，用高拋物線丟幾顆石頭過去。但願它會認為那是另一頓美味大餐。」

她看起來很懷疑。「想來會比什麼都不做來得好。」

「如果妳有更好的主意……」

她看起來受傷的程度更勝於惱怒。「嘿……」

「我很抱歉。」我確實也抱歉。我碰碰她的手臂。「我們就只是要跑到那塊大石頭上。」

「然後接下來呢？」

「我們會想到什麼的。我們總是想得到。」

她硬擠出一個微笑。

往下伸手去撿零星碎石跟岩石並不令人愉快，主要是因為那玩意行動完全靜默，而根本無從得知它現在可能離得有多近。每次我的雙手碰到岩石的時候，我都確信它們會在我臉前面炸開，然後某個東西就會抓住我、把我扯到岩石下面去。

但頂多發生的就只是那麼一次，在附近，那些岩石喀噠輕響，而我們兩個都靜止不動，等了好幾分鐘，然後在一段適當的暫停以後，才再度伸手下去。到最後我們每個人都備妥了半打大小剛好的岩石。

「我們要把它們扔到哪去？」黛安悄悄說道。我指向小徑；畢竟，我們會朝著相反方向去。她點點頭。

「準備好了？」

另一次點頭。

我丟了第一塊岩石。我們把它們全都丟出去了，速度很快，就在幾秒鐘內，而它們在板岩上發出爆裂聲、喀喀作響。在某個東西移動時，附近的板岩發出喀噠聲與嘶嘶聲。

「走。」黛安說道；我們跳下大石頭，然後衝向小峽谷口。

黛安通常會批評說我處於狀況外，所以我相當高興我設法跑得比她快了。我輕易地超越，很快就遠遠超前。大石頭就在兩大步之外，頂多是三大步，然後——

兩個聲音合在一起；黛安發出的驚慌叫喊，然後是移位碎石礫的那種嘶嘶聲、喀噠聲、格格響聲，升高到一種衝出來的怒吼，同時一波弓狀的破碎岩石波浪從黛安背後升起，朝著她壓下去。

我尖叫著叫她快跑，衝過到大石頭之前剩下的距離，然後跳上去，轉身，朝她伸出我的雙手，就好像這樣會有幫助似的。但我還有什麼別的可做？跑回她身邊不會讓她速度更快，而且——

喔。對。我本來可以設法把它引走。冒我自己的生命危險，甚至犧牲自己，來拯救她的性命。對，我本來可以那樣做。多謝提醒。

在我轉身時它逮住了她。一陣碎石炸開，一陣碎石大噴射，然後她尖叫出來。我舉起雙手來保護我的臉。一塊石頭從我前額掃過，我踉蹌著，前後搖晃，失去平衡，但感謝神，我沒有丟下我的後背包——那重量把我拉回來，而我跌倒在大石頭上。

在我盯著黛安的時候，碎石如雨落下，在我們身邊啪嗒啪嗒落下。她臉朝地面倒在地上，手臂往外展開。她蒼白的手，在泥土上展開，距離大石頭大概三呎。

我朝她伸出一隻手，在我膽量許可的範圍下儘可能往前靠。我張嘴說了她的名字，然後她抬起頭往上看。她的眼鏡在她蒼白的臉上歪了一邊，而一邊鏡片破裂了。再過一會，我可能會跳下大石頭去她身邊，但接著她尖叫出聲，血從她被一層碎石蓋住的腳那裡的地面噴出。她的背部拱起；在她抓著地面的時候，一根指甲裂開來。紅色從石頭之間冒著泡流出來，就像一道泉水。

黛安在痛楚中飲泣；她設法扭過身體來看她出了什麼事，但在她能完成動作以前就抽搐、顫抖，然後哭喊出來。她扭回來面對我，嘴唇顫抖著，仍然在哭。

我往前傾，手往外伸，卻碰不到。然後我想起了後背包，掙扎著脫下來，弄鬆了背帶，讓它達到有可能最鬆弛的程度，抓住一邊，然後把後背包舉到儘可能遠的地方，好讓另外一側垂到離她更近的地方。「抓住它，」我悄聲說：「我會把妳拉進來。」

她用力搖頭。「不，」她最後設法說道。「你沒搞懂嗎？」

「什麼？」我們不再耳語了。這樣似乎沒多大意義。除此之外，她的聲音因為痛楚而變得粗啞。

「它想要你去嘗試。你看不出來嗎？否則它早就直接把我拉到下面去了。」

我瞪著她看。

「史蒂夫……它用我當誘餌。」她的臉繃緊了。她咬著嘴唇，新鮮的眼淚流下她蒼白的臉頰。她的綠眼睛緊緊閉著。在那雙眼睛再度睜開的時候，它們發紅又泛著血絲。「喔天啊！它對我的腿做了什麼？我的腳呢？」

「我不知道。」我撒謊了。

「喔，就是這樣了，你看不出嗎？」她現在深呼吸著，設法要控制住劇痛。「我不行了。就算它讓我去追你，也跑不遠。無法跟著你到上面那裡。所以你別動。」

「可是……可是……」我隱約領悟到我也在哭。這是我太太。我**太太**啊！看在老天份上。

黛安硬擠出一個微笑。「就別動。或者試著……想辦法逃跑。」

「我不會離開妳。」

「會，你會。它會追著你去。也許能夠……拖著我自己到那裡。」她對著大石頭點點頭。「你可以去找救兵。救我。可能有機會。」

我看著血仍然從石頭之間冒出來。她一定看到我臉上的表情了。「就像那樣，對吧？」

我轉開視線。「我可以試試看。」我望向小峽谷的視線，仍然受限於我的位置。我可以看見它的地面往上傾斜，但看不到它最終去到多遠的地方。如果沒別的好處，我還可以把它從她身邊引開，給她一個機會到達大石頭。

然後呢？如果我找不到路離開小峽谷？如果甚至沒有一個大石頭可以爬上去保持安全，我就會死掉，黛安能指望最好的事情就是流血至死。

但我至少欠她一個生存的機會。

我把後背包放下，注視著她的眼睛。「它一往外移，就開始爬。在妳到那裡的時候喊我。我會繼續大吵大鬧，設法占住它的注意力。」

「要小心。」

「妳也是。」我對她微笑，拒絕去看她的腳。我們在大學裡相遇，我有告訴過你嗎？我有提過嗎？一次在學生會酒吧裡醉醺醺地討論政治。其實比較像是吵架。我們站在不同立場，但到頭來為彼此傾倒。我猜想，那差不多總結了我們的婚姻。「愛妳。」最後我設法說道。

她給我一個緊張、崩壞的微笑。「也愛你。」她回應。

那絕對不是我們任何一方曾經輕易說出口的話。早該知道，要碰到這類的事情我們才會說。「好吧，那麼，」我嘟囔道：「掰。」

我深吸一口氣，然後跳下大石頭開始跑。

我沒有回顧，就算在黛安發出一聲哭喊的時候也沒有，因為在我衝進小峽谷，知道那東西剛才放她走——放她走，好讓它能夠來追我——的時候，我可以聽到我後面的板岩格格作響、衝刺的聲音。

地面朝上傾斜的坡度相當迅速地逐漸消失，周圍的牆有整整十呎高，險峻又沒有可抓握之處，除了它的正後方。那裡有個舊河道——現在只有最纖細的涓涓水流能從中流出了，但我在猜這條河曾經比較強勁，因為一股泥土與鵝卵石的混合，微微地往外溢出，形成一個通往上方地面的斜坡。兩棵長著節瘤的樹在附近抽芽，而我可以看到它們的根從土地中掙脫——粗而扭曲，很容易攀爬。我要做的就只有到它們那邊。

但接著我注意到了別的事情；某個讓我狂笑出來的事情。距離我現在所在處只有幾碼的地方，地表從一片碎石礫平原變成了裸露的石頭。到處都有泥土累積，抽芽長草，但重要的是那裡沒有碎石堆可以讓那生物在底下移動。

我冒險看我背後一眼，就只看一眼。它朝著我猛衝過來，那巨大的弓狀石頭波浪。我跑得更快，設法跑了最後幾步，然後俯衝滾過上天賜福的堅實地面。

碎石從碎石堆邊緣噴向我，而我再度最短暫地瞥見某樣東西在那裡移動。就算我嘗試也無法替它安上任何一種名字，而且我不認為我想這麼做。

碎石堆隆起，然後落下。石頭喀喀作響。我站起來，開始後退。只為了預防萬一。喀噠，喀噠，喀噠。以前有任何東西曾經逃過它嗎？我無法想像任何有人性的東西或者男人逃過它以後，還會帶著武器回到這裡，找到它、殺了它。或許沒人相信生還者。喀噠。喀噠，喀噠。喀噠，喀噠，喀噠。

喀噠。一隻羊啼叫著。

喀噠。一隻狗吠了。

喀噠。一隻狼嗥叫。

喀噠。一頭牛哞哞叫。

喀噠。一頭熊怒吼。

喀噠。「約翰？」

喀噠。「蕭娜？蕭娜，妳在哪啊？」

喀噠。「媽咪？」

喀噠。「喔，看在老天份上，瑪嬌莉。看在老天份上。」

喀噠。「在遠方，小溪蜿蜒的綠色山谷下……」

喀噠。「基督。」我的聲音。「基督啊。」

喀噠。「史蒂夫？去求救。救我。」喀噠。「史蒂夫。救我。」

我轉身開始跑，開始攀爬。在我聽到石頭喀喀作響時我回顧。我回顧然後看到某個東西，一個寬大的形體，在石頭底下移動，然後朝別處去，回到小峽谷谷口。

「黛安？」我吼道：「黛安？」沒有回應。

根據我的腕錶，現在我已經走了整整半小時。我的牙齒在打架，而且我很疲倦，在我的周遭，我能看到的只有霧氣。

手機上仍然沒有訊號。現在他們可以從手機撥的一通電話追蹤到你的位置。那樣會有幫助。我企圖走直線，所以如果我找到救援，我可以就只是往回指我的來時路，但我很懷疑我真有維持在同一線上。

我告訴自己，她一定昏過去了——因為把自己拖到那顆大石頭上的努力與痛楚而昏迷。我告訴自己，寒冷會讓她的循環放慢到她可能還活著的地步。我不認為我有看到很多血從石頭底下冒出來。

我不去想失溫。她不會的。我還在行動，所以她在那裡一定也還有機會，肯定是吧？

我繼續走。我會繼續走，只要我能相信黛安可能還活著。在那之後，我就不會有辦法繼續了，因為那再也不重要了。

我現在在爬行了。

我們來到這裡，為了看看我們是否還撐得下去，我們兩個在所有的混亂狀況之下還行嗎。而看來像是我們還能繼續。

至少有這個冰冷的安慰。

版權說明

愛倫・達特洛 主編

白晝是披著死亡的薄暮，夜晚是上下顛倒的深淵……

THE BEST OF THE BEST

HORROR

OF THE YEAR

10 YEARS OF ESSENTIAL SHORT HORROR FICTION

ELLEN DATLOW

直到被黑暗吞噬

世界最恐怖小說精選

夢之魘

國家圖書館出版品預行編目資料

直到被黑暗吞噬：世界最恐怖小說精選 / 愛倫·達特洛編著；吳妍儀、陳芙陽譯. -- 初版. -- 臺北市：皇冠, 2020.5 面; 公分. --(皇冠叢書；第4840種) (CHOICE；330)
譯自：The Best of the Best Horror of the Year: 10 Years of Essential Short Horror Fiction

ISBN 978-957-33-3531-3 (全套：平裝)

813.7 109004083

皇冠叢書第4840種
CHOICE 330

直到被黑暗吞噬

世界最恐怖小說精選

The Best of the Best Horror of the Year:
10 Years of Essential Short Horror Fiction

編 著 者—愛倫·達特洛
譯　　者—吳妍儀、陳芙陽
發 行 人—平雲
出版發行—皇冠文化出版有限公司
台北市敦化北路120巷50號
電話◎02-27168888
郵撥帳號◎15261516號
皇冠出版社(香港)有限公司
香港上環文咸東街50號寶恒商業中心
23樓2301-3室
電話◎2529-1778　傳真◎2527-0904
總 編 輯—許婷婷
責任編輯—蔡維鋼
美術設計—王瓊瑤
著作完成日期—2018年
初版一刷日期—2020年5月

法律顧問—王惠光律師

讀者服務傳真專線◎02-27150507
電腦編號◎375330
ISBN◎978-957-33-3531-3
Printed in Taiwan
【死之眼】【夢之魘】兩冊不分售
定價◎新台幣特價699元/港幣233元